RUIMTE

Walter van den Berg

Ruimte

Roman

HOLLANDS DIEP
AMSTERDAM
2020

Deze uitgave kwam tot stand door bemiddeling van Sebes & Bisseling Literary Agency te Amsterdam

Omslagontwerp: Bureau Beeldzorg, Antwerpen
Typografie: Crius Group, Hulshout
Foto auteur: © Jan Reinier van der Vliet

ISBN 978 90 488 5333 5
ISBN 978 90 488 5334 2 (e-book)
NUR 301

www.vandenb.com
www.hollandsdiep.nl
www.overamstel.com

OVERAMSTEL
uitgevers

Hollands Diep is een imprint van Overamstel Uitgevers bv

Deel 1

1

De tweede keer dat ze weggingen hadden ze nergens meer om heen te gaan.

Ze stond in de kleine keuken van hun flatje en probeerde haar gedachten rustig te krijgen, waar moeten we heen, waar moeten we in godsnaam heen, maar ze kon niets bedenken. Ze had plastic tasjes in haar handen voor spullen, maar god, wélke spullen?

De eerste keer waren ze naar haar zusje gegaan, en nu was het een jaar daarna; het was allemaal nog veel slechter dan het bij die eerste keer was geweest. De eerste keer was weggaan geweest, de tweede keer was het vluchten.

Ze telde vier tasjes, twee voor haar jongen en twee voor haarzelf, de rest duwde ze terug in de keukenla.

Naar haar zusje konden ze niet meer, want die had bij de eerste keer al gezegd dat ze niet terug moest gaan, dat ze een grote fout maakte door terug te gaan.

Bij die eerste keer wist Erik waar hij haar moest zoeken, hij wist waar haar zusje woonde; hij was een keer mee geweest toen alles nog goed was. Ze had hem trots laten zien aan de familie toen, en het was later niet moeilijk voor hem te bedenken dat ze daar zaten, zij en haar jongen.

Hij postte die eerste keer dat ze bij hem weg waren gegaan bij haar zusje, in zijn auto, altijd alles in die auto van hem, hij sprak haar jongen aan toen die buiten speelde, beloofde hem dat het weer goed zou komen, zoals hij haar later die week zou beloven dat hij het nooit meer zou doen.

Het spijt me zo, liefje. Het spijt me zo.

Mij ook.

Jou ook?

Misschien zei ze iets om iets te zeggen, misschien had ze wel spijt van hoe ze tegen hem kon zijn.

Wat spijt je dan precies?

Niets, ik weet het niet, laat maar, vergeet het.

Maar hij vergat het niet. Ze kreeg het terug, en hoeveel later was dat, een maand, misschien anderhalf?

Wat spijt je dan precies? Dus er ís iets om spijt over te hebben, zie je wel, kankerwijf. Hier *heb* je iets om spijt over te hebben.

Ze liep met snelle passen naar de kamer van haar jongen, gaf hem zijn twee tasjes en zei dat hij alleen kleren mee moest nemen. Daarna stapte ze terug het halletje in.

Je maakt een grote fout, zei haar zusje toen ze had gezegd dat ze weer terug zou gaan.

Nee, vond ze toen zelf, dat was geen fout, het zou nu allemaal beter worden, want hij had met hart en ziel beloofd dat ie niet meer in die fouten zou vervallen. Hij realiseerde zich hoeveel hij van haar hield toen ze weg was en het speet hem zo verschrikkelijk, maar het werd maar heel even beter en daarna werd het weer slecht en nog slechter, en het was zó erg dat ze niet naar haar zusje had geluisterd en dat haar zusje nu voor altijd gelijk had. Zo erg. Dus naar haar zusje konden ze niet meer.

Pas later bedacht ze dat hij ze daar zo weer had gevonden als ze er weer waren gaan zitten, en dat was een betere reden geweest om niet naar haar zusje te gaan, dus werd dat de reden in haar hoofd, en die eerste gedachte verdween uiteindelijk helemaal, zoals het contact met haar zusje al was verdwenen.

Toen ze eenmaal wist dat haar zusje gelijk had gehad – een maand nadat ze terug was gegaan, anderhalve maand – had ze het contact losgelaten; ze had niet meer gebeld, en haar zusje belde eerst nog wel, toen minder, en toen ook niet meer.

Ze keek om zich heen. Dit was nu.

Over een maand zou ze hier weer staan en alles zou kapot zijn.

Hij zou alles kapot hebben geslagen en het woord zou op de muur staan, in grote rode letters. Er zou een andere man bij haar zijn, een man bij wie ze zich op dat moment veilig zou voelen, en hij zou naar het woord op de muur kijken en zijn hoofd schudden en hij zou de man voor wie ze gevlucht was een klootzak noemen. En de klootzak zou zelf verdwenen zijn. Hij zou alle meubels kapot hebben geslagen, al het servies dat ze nog had van toen ze met Wesleys vader trouwde zou aan scherven liggen, hij zou haar kleren over het balkon hebben gegooid en ze zou nog wat verregend textiel in de struiken onder de flat vinden, een beha met een brandrand; hij zou geprobeerd hebben haar kleren te verbranden. Ze zou de foto van Wesleys vader, haar dode man, in snippers vinden, tussen de scherven van de lijst die om de foto heen had gezeten.

Ze zou met grote rode letters HOER zien staan op de muur van de woonkamer.

Ze ging haar slaapkamer binnen, de kamer waar hij twee jaar, *mijn god twee jaar*, naast haar had gelegen en het zou niet meer gebeuren, hij zou vanaf nu nooit meer naast haar liggen en ze zocht kleren bij elkaar, twee broeken, een paar truien, alleen maar praktische kleren, slips, beha's, pantykousjes, makkelijke schoenen.

Bij de tweede keer was er uiteindelijk zoveel meer drama dan bij de eerste keer, alsof de eerste keer een generale repetitie was; alsof het oefenen was geweest.

Bij die eerste keer had ze ergens al geweten dat ze wel weer terug zouden komen, terug in haar eigen huis, dat ze nog niet hard genoeg weg wilde, en ze wist het omdat het als vakantie had gevoeld, dat weekje bij haar zus. Vrijaf. Maar nu, bij de tweede keer, stond ze om zich heen te kijken in die slaapkamer en nam ze afscheid van de spullen die er stonden, van het schilderij dat aan de muur hing, van die lelijke vis die haar dode man ooit had geschilderd omdat hij dacht dat hij een hobby nodig had, en ze keek ernaar omdat ze dacht dat ze ze niet meer terug zou zien.

Ze zou haar spullen uiteindelijk wel terugzien, maar alles zou kapot zijn. Ook het schilderij van de lelijke vis. Hij zou de lijst kapot hebben geslagen en het doek kapot hebben gesneden.

Ze liep terug naar Wesley en ze zei: we moeten weg, anders overleven we het niet.

Dat was té dramatisch, het zou geen 'we' zijn, haar jongen zou het overleven – hij had haar jongen nooit aangeraakt. Hij had kleren gepakt, Wesley, hij droeg ze in een stapeltje de hal in om te vragen of dit goed was, maar het waren zomerkleren terwijl het winter was, dus ze nam het stapeltje over en ze gooide het op zijn bed. Ze koos snel een stel winterkleren voor hem, sokken, onderbroeken. Ze zag zijn knuffel in de kast staan en heel even wilde ze die ook meenemen, maar de jongen was twaalf jaar oud. Hij was jong voor zijn leeftijd, maar hij zat al in de brugklas en een knuffel kon echt niet meer, toch?

De eerste keer had ze een plan gehad: naar haar zusje, en daarvandaan de onderhandelingen voeren. Nu was er geen ruimte voor onderhandelingen, nu was het vluchten. Dat was ook het woord dat ze er later voor zou gebruiken: we zijn toen gevlucht.

Hij was erger dan hij ooit geweest was, zoals hij elke nieuwe keer erger was dan de keer ervoor, en toen hij een kwartier geleden weg was gegaan kondigde hij zelf aan dat het erg zou worden; ze had iets gezegd wat hem irriteerde, hij had zijn fles uit de vriezer gepakt, zei dat hij een ritje ging maken, maar dat hij terug zou komen, en het was alsof hij haar nu de keus gaf: als je straks niet weg bent, kan het héél erg fout gaan.

Dus ze koos voor weggaan. Uit haar eigen huis.

Later zou ze naar *Oprah* en *Dr. Phil* kijken en zag ze vrouwen die hun slechte man uit huis zetten, maar dat was niet realistisch, mijn god, hoe kon dat ooit realistisch zijn als een man zichzelf moedwillig in een roes dronk om zijn vrouw in elkaar te slaan nadat zij iets had gezegd of gedaan wat hem niet beviel? En ze zag vrouwen die eerder hadden gekozen voor weggaan. Maar haar jongen dan? Wes zou geen huis hebben op het moment dat ze weg zouden gaan. Ze moest toch zorgen dat haar jongen een dak boven zijn hoofd had?

Hij was weggegaan met zijn fles, en ze had de onmiddellijke angst voor de aangekondigde pijn gevoeld. Ze had de beslissing genomen en nu was het twintig minuten later en ze stonden samen met hun plastic tasjes achter de voordeur, zij en haar jongen.

Klaar? vroeg ze.

Wesley haalde zijn schouders op.

Wacht, zei ze, en ze stapte de keuken in en pakte haar kapperskoffertje, want ze zou moeten werken, en dat zei ze ook tegen Wesley: ik moet kunnen werken, ik moet geld verdienen.

Ik moet mijn schoolboeken mee, zei hij.

Ze zei nee nee, dat is allemaal te zwaar en te veel en ik denk dat jij voorlopig even niet naar school hoeft, en ze zag hoe zijn gezicht vertrok naar opkomende tranen en ze kon het niet gebruiken dat het juist nu tot hem door zou dringen wat de situatie zou worden, de komende weken, maanden, jaren. Maar dat vind je vast niet erg, voorlopig even niet naar school, zei ze. Toch? Jij bent een volwassen kerel.

Hij duwde de opkomende tranen weg en schudde zijn hoofd. Misschien kan ik ook wel gáán werken, zei hij.

Ze drukte hem even tegen zich aan, het joch was twaalf en ze was ontroerd; hij was sterk voor haar als ze erom vroeg, als ze het nodig had. Over jou hoef ik me nooit zorgen te maken, zei ze.

Een maand later zou Wesley niets zeggen, die dag dat ze terug zouden gaan naar het huis met de nieuwe man; Wesley zou alleen maar staren naar het woord op de muur, en daarna zou hij zijn zomerkleren opgevouwen in zijn kast terugvinden en zijn kamer zou onaangeraakt zijn, al zijn spullen zouden nog heel zijn, zijn bed en zijn bureau en zijn computer en zijn stripboeken.

Ze gingen de deur uit nu, het trappenhuis op, en ze keek nog even kort de flat in voor ze de deur sloot. Ze moesten weg nu, weg, want hij zou elk moment terug kunnen komen, ze wist niet waar hij heen was met die fles, dronk ie 'm zittend in zijn auto leeg, een straat verder, of was ie naar een andere plek gereden? Hij wist wat hij deed – *hij wist wat hij deed* – want hij kondigde het aan; hij zou zichzelf in die roes drinken om zijn irritatie om te zetten in woede, en zijn woede zou hij omzetten in klappen, in stompen in haar maag, in zijn hand als een bankschroef om haar bovenarm, in pijn op plekken waar de wereld niets van zou zien, geen kneuzingen die zichtbaar zouden zijn – het zou privépijn zijn. Zo was ze het gaan noemen: privépijn. En de buren wisten het, die wisten van haar privépijn, want ze kon wel haar best doen om geen geluid te maken bij de stompen die ze in haar maag kreeg, maar als de pijn te scherp was, moest ze schreeuwen, een korte, hevige schreeuw.

Dan hebben we dat gehad, dacht ze een keer.

Ze had er toen bijna om moeten lachen, maar ze wist dat zijn irritatie alleen maar zou toenemen als ze had gelachen, dus ze had zich ingehouden. De irritatie moest afnemen. Laat het gebeuren en zijn irritatie is op, straks, en dan kunnen we slapen, en morgen is hij lief, omdat het hem dan spijt.

Morgen is hij lief. De gedachte kwam op toen ze beneden in het trappenhuis stonden. Wesley had zijn hand al op de deurklink, achter de deur was de wereld, met hem in die wereld, ergens in zijn auto met die fles die hij had meegenomen, en het zou zo'n avond kunnen zijn als ze terug zouden gaan, een avond met privépijn en een korte schreeuw en afnemende irritatie en morgen is hij lief.

Wesley, wacht, zei ze, beneden in het trappenhuis.

Wesley bleef staan, zijn hand klaar om de deur naar de wereld te openen.

Moeten we blijven?

Haar jongen keek haar aan en dacht kort na, keek langs haar heen naar de trap die terug zou leiden naar hun huis, naar zijn kamertje met zijn strips en zijn posters aan de muur en zijn computer en zijn schoolboeken, en hij schudde zijn hoofd en trok de deur naar de wereld voor zijn moeder open.

2

Het meisje kwam hem halen.

Hij stond op en liep de kleedkamer uit waar zijn naam op de deur stond, achter haar aan en ze zei dat over twee minuten de reclame was afgelopen en dat hij dan in zijn stoel moest zitten, maar geen zorgen, dat halen we makkelijk. Er komt nog iemand langs om de glim van je hoofd te halen. Tv, hè, zei ze.

Ja, zei hij, tv.

Het meisje had hem een dag eerder gebeld en vroeg of hij wilde komen praten over het succes van zijn boek, en hij zei: als het daarover gaat, ja, natuurlijk. Hij was in Londen geweest, aan het werk in een hip koffietentje, en hij had een flat white naast zijn laptop staan. Hij was van plan geweest nog wat tekst te schrijven voor een sessie die hij over twee weken in Taiwan zou hebben, omdat hij niet wist of de tekst die hij in Europa gebruikte daar ook zou werken, maar hij was weer op een forum beland waar het over hem ging, over iets wat hij gezegd had. Hij was iets aan het tikken geweest waarvan hij nog niet zeker wist of hij het moest posten, en omdat hij daar diep over na zat te denken, schrok hij van het voorstel.

Waarover zou het anders kunnen gaan? vroeg het meisje toen.

Ja, waarover anders, inderdaad, zei hij, en hij vond dat een bevestiging: er was niets aan de hand. Hij gooide de reactie waar hij mee bezig was meteen weg. Onzin.

Het meisje zei dat ze wist dat hij nu in Londen woonde en dat ze een hotel in Amsterdam en een ticket voor hem ging regelen.

Volgende dag terug of een nachtje erbij? Wij betalen. Dan kan je misschien nog wat bekenden zien als je een dagje overhebt.

Mijn moeder, zei hij. Als ze weet dat ik in de stad ben, kan ik niet zomaar weer weggaan.

Ja, zei het meisje, zo zijn moeders.

Zo zijn moeders, zei hij.

Leuk dat je komt, zei het meisje en ze groette en hing op. Hij keek om zich heen naar de hippe mensen in het koffietentje, wilde tegen iemand kunnen zeggen dat hij morgen te gast zou zijn bij het best bekeken tv-programma van Nederland, maar dat zou idioot zijn.

Het meisje stuurde hem een berichtje met de vluchtgegevens – *Je vliegt al over 4u hoop dat je dat niet erg vindt* – en de naam en adres van het hotel: midden in de stad, achter de Dam. Duur, zag hij op de website, en hij knikte, goed, ze hebben er wat voor over, dus het gaat echt over het succes, ze zetten me in een duur hotel dus ze willen aardig voor me zijn.

Hij keek nog een keer om zich heen, zag niemand tegen wie hij dit allemaal kon vertellen, en stuurde een berichtje naar zijn agent.

- Ben gevraagd voor Mr. Daily, morgen

- Leuk, zou eigenlijk via mij moeten maar leuk. Hoe kwamen ze aan je nummer?

- Geen idee

- Never mind, leuk hoor

Hij pakte zijn laptop in en ging nog naar Harrods omdat dat iets was wat ie zich had voorgenomen: als ik in Londen woon, dan winkel ik bij Harrods, en hij wilde een nieuw overhemd voor *Mr. Daily*.

In de winkel keek hij om zich heen, zag alle toeristen en was tevreden: dit is nu de plek waar ik mijn overhemden koop. Het meisje achter de kassa sprak zo plat Londens dat hij haar bijna niet verstond.

In zijn appartement pakte hij zijn reistas en liep daarna naar de *tube*, nonchalant, als een local. Hij lachte om zichzelf. Een appartement hier, morgen bij het best bekeken tv-programma van Nederland te gast, alles wordt voor me geregeld – je hebt het goed voor elkaar.

Ja, er zeurde iets, hij had nog steeds het tekstje in zijn hoofd dat hij aan het tikken was geweest toen het meisje van *Mr. Daily* hem belde, maar wat er zeurde was niet echt – wat er zeurde bestond niet in de wereld van normale mensen, en hij was een normaal mens.

Hij liep achter het meisje aan. Alle meisjes die hij in de studio zag leken op elkaar en hij wist niet zeker meer of dit ook het meisje was dat hem de dag ervoor had gebeld.

Na een stuk met de metro had hij de trein naar Luton gepakt. In de *newsstand* zag hij de Engelse vertaling van zijn boek liggen in een grote stapel tussen andere bestsellers.

Zijn plek in het vliegtuig was aan het gangpad en tijdens de vlucht keek hij naar de achterhoofden van de mensen die schuin voor hem zaten. Een stewardess zei dat ze zijn boek had gelezen en kneep hem daarbij in zijn schouder.

Maar het is een boek voor mannen, zei hij, en hij knipoogde erbij.

De stewardess zei dat ze het toch héél leerzaam vond.

Goed zo, zei hij.

Ze kwam hem een drankje brengen en zei dat hij dat drankje van haar kreeg en hij wist zeker dat ze nog nooit van het forum had gehoord waar hij dat tekstje voor wilde tikken, nooit van 'Wes' Epidemie' had gehoord zoals ze het op het forum noemden en dat er niets niets *niets* aan de hand was. Dat wat een paar idioten in een obscure hoek van het internet hadden verzonnen bestond niet; het was onzin. Hij was de forumgesprekken een paar weken geleden tegengekomen omdat hij zelf in die obscure hoeken kwam, en echt, ik heb niets gedaan of gezegd, mijn god, lees het boek maar en je weet het.

Zo had hij de eerste keer dat hij die verhalen tegenkwam gereageerd: ik heb niets gedaan of gezegd.

Weet je dat zeker, werd er gezegd, want we hebben bewijs.

Op Schiphol pakte hij een taxi en hij zei tegen de chauffeur (groot, sterk) dat hij straks graag het bonnetje wilde hebben, want dat had het meisje nog geappt: bewaar het bonnetje als je een taxi neemt.

De chauffeur vroeg of hij op reis was geweest en hij zei nee, nee, ik ben nu juist op reis, ik woon in Londen (en hij vroeg zich even af of hij dat zei om indruk te maken). De chauffeur had een tattoo in zijn nek. De tattoo was een slang die uit zijn nek omhoogkroop.

Er kwam een filmpje online als 'bewijs' en hij zei inderdaad íéts, maar het 'bewijs' was flinterdun, want wat hij zei was overduidelijk een grapje. Maar de nerds op het forum vonden het bewijs, en het filmpje stond daarna op alle fora waar de nerds kwamen. Maar dat was een uithoek, 4chan, 8chan, subreddits. Het waren allemaal uithoeken. Dat was niet de echte wereld. Het was onzin.

Op de ring keek hij naar de flats, grijs geregend in passend novemberlicht. Hij voorspelde de stoplichten vanaf het Surinameplein richting de Overtoom (nog vier seconden voor groen), telde de fietsers op de fietspaden. Die fietser weet niets van Wes' Epidemie. Die niet. Die niet.

Bij het hotel waren ze uitgestapt en gaf de chauffeur hem zijn kaartje. Omdat u hier op reis bent, zei hij. Misschien heeft u nog een taxi nodig dit weekend, zei hij, en hij gaf een stevige handdruk en een knipoog en Wes was even onder de indruk van die knipoog, maar dat was iets ouds, want dat was een Man en hij was een Jongetje, maar hij was geen jongetje meer. Hij zou de volgende dag bij *Mr. Daily* zitten. Dat had hij moeten zeggen – ik ben in de stad omdat ik ben uitgenodigd voor *Mr. Daily*. Maar de chauffeur was weer in zijn taxi gestapt en weggereden.

In de lobby van het hotel wachtte hij tot hij geholpen werd. Hij zag er een mooi voorbeeld van wat hij op bladzijde 340 van zijn boek had beschreven (*als andere mensen hun problemen niet kunnen oplossen, is dat niet jouw probleem*): een oude vrouw werd gebeld op haar iPhone en het was een Facetimegesprek, maar ze nam op als bij een gewoon gesprek; ze veegde met een te langzame beweging over haar scherm, hield de telefoon bij haar oor en uit de luidspreker klonk een dochter die '*mom*' zei, '*mom, I'm looking at your ear*', en de vrouw praatte tegen haar dochter alsof ze haar niet gehoord had terwijl de hele lobby had gehoord dat haar dochter naar haar oor keek omdat bij een Facetimegesprek de luidspreker nu eenmaal aanstaat.

Hij haalde diep adem. Dit is niet jouw probleem. Je hoeft dit niet te regelen. Zie bladzijde 340. Je hoeft niet alles te regelen. Als andere mensen hun problemen niet kunnen oplossen, is dat niet jouw probleem; je hoeft niet voortdurend altruïstisch te zijn.

(Bloem had gezegd dat het geen altruïsme maar wantrouwen was, geen vertrouwen in het idee dat iemand anders dan jij iets goed zou kunnen doen en eigenlijk was dat dus iets heel narcistisch, maar als er iemand níét narcistisch was, was hij het wel. Fuck haar en haar therapeutenwijsheid.)

De conciërge wist wie hij was zonder dat hij zijn naam hoefde te geven en zorgde snel voor zijn sleutelkaart.

Hij had een kamer op de vierde verdieping en er stond een ouderwetse typemachine als decoratie op een antiek houten bureautje en hij wist niet of er in elke kamer zo'n typemachine stond of dat mensen die een boek hadden geschreven deze kamer kregen en dat filmmakers die een kamer boekten misschien een oude projector hadden staan. Naast de typemachine stond een doosje bonbons en een kaartje met het logo van de omroep en in bollend meisjeshandschrift *Tot morgen!*

Hij was het hotel niet meer uit gegaan; hij was Nederlandse tv gaan kijken, op bed, dat doosje bonbons erbij, omdat hij Nederlandse tv nu een rariteit vond. Het journaal en de spelshows en de nieuwsrubrieken en de herhaling van *RTL Boulevard* en de herhaling van *Mr. Daily* van die dag en hij was in slaap gevallen met de tv aan. In de nacht werd hij wakker, zette de tv uit, douchte en ging weer op bed liggen, zijn MacBook op zijn schoot. Hij werkte aan een project waarvan hij niet wist of het iets ging worden – het was misschien te veel zijn vroegere zelf, en niet meer de persoon die hij nu was. Hij klapte de MacBook weer dicht, maar hij kon niet meer slapen tot hij de tv weer aanzette. In de nacht is de muur het dikst, zei hij hardop, maar dat was onzin, dat was iets waar hij alleen maar aan dacht omdat zijn moeder het over de bus had gehad. Hij viel in slaap bij een item over een ziekte in China waar mensen voor opgesloten moesten worden in hun huis, een epidemie, maar dan een echte, niet Wes' Epidemie.

Hij droomde half dat hij daar iets over op moest schrijven, allemaal opgesloten in je huis vanwege een epidemie, hoe ironisch, de epidemie waar híj mee te maken had kwam juist terecht bij mannen die zichzelf vaak al opsloten in hun huis (*nee dat is niet netjes om te zeggen over je fans*), en hij bedacht er iets slims over dat hij was vergeten toen hij wakker werd. Hij kleedde zich aan, ging even aan het antieke bureautje met de typemachine zitten en tikte de zware toetsen in: OPGESLOTENINJEEPIDEMIE – maar er was geen lint, geen papier, dus geen letters en het idee dat hij had in zijn halve droom kwam niet meer terug. Hij pakte het plastic pasje dat werkte als kamersleutel en liep twee trappen af naar de ontbijtzaal.

Op een lange tafel langs de muur stond een buffet opgesteld, en een jongen met een klembord streepte zijn kamernummer door.

Hij pakte een bord, legde er twee croissants op, twee kuipjes boter, negeerde de rest van het buffet, tapte koffie uit een ketel, zocht een vrije tafel. Bij het zoeken keek hij een vrouw aan die alleen aan een tafel voor vier zat.

De vrouw schrok en stootte haar koffie om, een serveerster kwam meteen helpen, en de vrouw stond op, verontschuldigde zich, en liep de ontbijtzaal uit, haar blik op de vloer gericht.

Verschillende mensen keken, maar Wes liet het lijken of hij niet keek; hij keek ook niet als ergens een ongeluk was gebeurd – hij wilde iemand in een onprettige situatie de ruimte geven, dus dat deed hij ook bij deze vrouw.

Na het ontbijt ging hij terug naar zijn kamer, en hij werkte toch nog wat aan het nieuwste project waaraan hij bezig was. Hij had het bronbestand `invisible_man.cpp` genoemd. Het idee was simpel: je haalde punten als je in de game door de stad liep en de mensen die hij erin geprogrammeerd had je niet aankeken, een spelletje waar je in een uurtje klaar mee zou kunnen zijn, gewoon op je telefoon.

Hij testte de alfaversie nog een keer op zijn eigen iPhone, maar hij was te snel verveeld – of misschien wel geïrriteerd, want waarom zou dit boeiend zijn?

Dus hij was andere dingen gaan doen op zijn telefoon en hij kwam terecht bij filmpjes van vechtende mannen op YouTube. Het algoritme dacht dat hij alleen nog dat wilde kijken, dus het was alles wat er in zijn app verscheen. Hij was een paar weken geleden gefascineerd geraakt door een, twee, drie filmpjes, en was er nog meer gaan zoeken. Het waren sparringpartijen die helemaal misgingen, opgefokte gasten die elkaar uitdaagden, mannen die elkaar een duw gaven bij de McDonald's en daarna met hun vuisten op elkaar inbeukten en hij wilde er niet naar kijken maar hij merkte dat hij elke klap in zijn buik voelde als hij het keek, maar op een lekkere manier. Hij zag verschillende mannen die hij Eriks vond, echte Eriks, mannen van wie het af spatte dat ze hun vrouw ook klappen gaven. Dat is er één, en dat is er ook één. Vrouwenmeppers. Maar nu waren ze elkaar aan het slaan, kregen zélf de klappen – misschien dat het daarom lekker voelde om ernaar te kijken.

Hij was in de middag nog even naar buiten gegaan, om het hotel heen gelopen. Aan de andere kant zat een Albert Heijn, aan de achterkant van het paleis op de Dam. Op de trappen voor de winkel zaten toeristen en daklozen. Hij liep naar binnen, kocht een pak Mars-repen. Terug buiten waren twee daklozen met elkaar begonnen te vechten, toeristen gilden een beetje, maar het vechten stelde niets voor. Hun dronkenheid zorgde voor meer missers dan rake klappen. Een paar van de toeristen waren het vechten aan het filmen met hun telefoons en hij bedacht dat het algoritme van YouTube hem deze filmpjes zomaar zou kunnen tonen als hij weer in zou loggen.

Nog één minuut dertig, zei het meisje. Kijkt je moeder?

Ja, zei hij, maar hij wist dat ze niet zou kijken.

Leuk, zei het meisje.

Ik snap het niet, had zijn moeder gezegd toen hij een keer eerder op televisie was geweest, ik snap niet wat je doet dus ik snap de gesprekken niet en als ik het niet snap raak ik in paniek en ik wil niet in paniek raken.

Ik begrijp het, mam. Je hoeft niet te kijken.

Hij had haar gebeld toen hij die middag in het hotel was, en gezegd dat hij ergens voor in de stad was en dat hij dus bij haar langs zou komen en zij had gezegd dat dat goed was, want ze hadden iets te vieren.

Ja, mam, dat had je al gezegd.

Moment, zei ze, eerst een puf, want ik heb zo weinig lucht.

Hij hoorde hoe ze een busje in haar apparaat klikte en de spray opzoog. Daarna zei ze: je weet nog steeds dat we iets te vieren hebben, toch? Je weet nog dat we vijfentwintig jaar geleden de bus hebben gepakt?

Ja, mam, dat weet ik nog steeds. Je vroeg een paar dagen geleden precies hetzelfde en toen had ik het ook al onthouden.

Ik vind dat iets om te vieren, zei ze.

Goed, zei hij, dat is mooi, dan kom ik langs met gebak, zoals ik een paar dagen geleden ook al zei.

Na dat gesprek was hij gaan lopen door de stad, tussen de toeristen door, en hij dacht aan die vijfentwintig jaar geleden, aan de twee jaar dat Erik bij hen in huis was geweest en zijn moeder in elkaar sloeg. Hij had het een paar keer in interviews verteld nu en het was een riedeltje geworden: hij had dat boek geschreven omdat hij mensen wilde helpen, hij had zelf een lastige jeugd gehad, vader vroeg dood, zijn moeder kreeg een gewelddadige vriend, en hij had zijn moeder kunnen helpen door de aandacht van haar vriend af te leiden, dus die behoefte om te helpen zat er al vroeg in, ja, of die was daar misschien wel ontstaan. Dat riedeltje zou er bij *Mr. Daily* ook wel weer komen. Ja, zijn boek had succes inderdaad, omdat helpen goed is. Is dat de kern van het boek, helpen is goed? Nee, ik denk dat de kern van het boek *help jezelf eerst* is. Want je kunt anderen pas helpen als je jezelf hebt geholpen. Net zoals je in een vliegtuig altijd eerst zelf het zuurstofmasker op moet zetten voor je anderen gaat helpen. Ik ben door schade en schande wijs geworden.

Hij stond even stil op straat – hij was zichzelf weer aan het interviewen, merkte hij. Dat was iets wat hij jong al deed, toen hij er nog van droomde beroemd te worden en in tv-shows te komen. Hij had het zichzelf interviewen op een gegeven moment geaccepteerd omdat het een goede manier was om zijn gedachten te formuleren.

Help jezelf eerst en dan kun je anderen helpen. Maar bij *Mr. Daily* zouden ze het over het succes van het boek willen hebben, de *The New York Times*-bestsellerlijst, en dat was ook leuk natuurlijk. Hij snapte die insteek ook wel.

En in mijn boek staan oefeningen om jezelf te helpen.

Dus nu zijn ze in Amerika massaal jouw oefeningen aan het doen? zou Mr. Daily vragen.

Ja, misschien wel.

En die schade en schande waar je het over hebt?

Och ja... Kijk, mijn boek heet *Ruimte* omdat het belangrijk is dat je ruimte inneemt. Dat is niet alleen belangrijk voor jezelf, ook voor de mensen om je heen. Als je in een relatie bent en je neemt zelf geen ruimte in, dan dwing je de ander dat wel te doen, en geen ruimte innemen lijkt aardig, maar het ís niet aardig. Want jij bent dan de vriendelijke jongen, maar je verplicht de ander de niet-vriendelijke dingen te moeten doen of zeggen. Tja, als je dat blijft doen... Dat is de schade en schande waar je dan wel wijzer van wordt. (Maar dat was bullshit natuurlijk, niks wijzer, want Bloem had hem dat verteld en hoe hard hij ook zijn best deed, het lukte hem niet om ruimte in te nemen. Schade en schande zonder wijs te worden.)

Hij volgde het meisje. Ze gingen een paar gangen door en toen waren ze plotseling in het decor dat hij van tv kende: de grote rode tafel, de schermen, de mensen. Er klonk een ruis aan stemmen, iedereen was opgewonden voor het begin van de live-uitzending. Aan de tafel zat de presentator, Mr. Daily zelf, die naar een stapel kaartjes in zijn handen keek, en voor hem op tafel lag Wes' boek – hij herkende het omslag – en er stonden vier andere stoelen. Eén stoel was vrij voor hem, op de andere drie stoelen zaten vrouwen.

Op de stoel naast die van hem zat de vrouw die vanochtend haar koffie had omgestoten.

Ze was vanochtend *van hem* geschrokken.

Zij wist wie hij was en zíj wist precies waarom ze gevraagd was voor *Mr. Daily.*

Het gaat niet over het succes, besefte hij.

Hij zou over één minuut op tv zijn en hij had de hele dag gehad om dat te kunnen bedenken.

De hele dag.

Waarover zou het anders kunnen gaan, had het meisje nog gevraagd.

Nou, toch over Wes' Epidemie bijvoorbeeld, over dat filmpje waarin hij een grapje maakte.

Over dat filmpje waarin hij niets meer doet dan een grapje maken.

Hij bleef kort staan en keek naar de tafel met Mr. Daily en hij snapte hoe het programma werkte: Mr. Daily zou beginnen met het boek. Dit boek, zou hij zeggen en hij zou het omhooghouden, is geschreven door Wes D. en het is een wereldwijd succes. U heeft het vast in de winkel zien liggen of misschien heeft u het al thuis in uw kast staan. Het is een zelfhulpboek voor de moderne man, de man die zijn tijd grotendeels achter een scherm doorbrengt en niet zo goed raad weet met het leven búíten het scherm, maar het heeft een veel groter publiek bereikt – de wijsheden van Wes D. sloegen aan bij zowel nerd als huisvrouw. Het is vertaald in twintig talen, en het stond deze week op één in de *The New York Times*-bestsellerlijst. Dit boek heeft van Wes D. een ster gemaakt, want het publiek kwam van heinde en verre op zijn lezingen af en die lezingen werden *sessies*, mensen vroegen Wes om hulp, en de bezoekers van die sessies betalen nu grof geld om hulp te krijgen van deze nieuwe goeroe.

Zo zou het kunnen gaan. Dat zou Mr. Daily kunnen zeggen.

Daarna zou hij verder kunnen gaan met: maar er is een filmpje in omloop dat gezorgd heeft voor een epidemie onder fans van de nieuwbakken goeroe.

Wes veegde zijn handen aan zijn broek af.

Het meisje pakte hem bij zijn arm en zei: we moeten gaan zitten.

Nee, dacht hij, *ik* moet gaan zitten, ik, niet jij, jij loopt straks weg en je leven gaat verder, mijn leven is straks voorbij.

Niet in paniek raken nu.

Hij keek naar het exemplaar van zijn boek op de tafel, god ja, dat boek, ik ken het wel, het staat vol met slimme dingen over kutsituaties en hoe je jezelf eruit kan worstelen en hij wist dat hij op bladzijde 12 een herinnering had opgeschreven om een voorbeeld te geven van een kutsituatie, vijfentwintig jaar geleden nu volgens zijn moeder, is dat niet ontzettend grappig en toevallig? Hij draaide die herinnering af, zijn moeder die het besluit nam om hun spullen te pakken en hem meenam, weg uit dat leven, zijn moeder die het besluit nam. Zijn moeder stond in de kleine keuken van hun flatje met die plastic tasjes in haar handen en ze vroeg hem sterk te zijn.

Het lukte hem toen sterk te zijn, het lukte hem volwassen te zijn voor zijn moeder. Het meisje raakte zijn arm nog een keer aan. Hij keek naar de lege stoel aan de tafel die vrij was gelaten voor hem. Goed, zei hij, en hij liep naar de stoel toe.

3

We zijn goed onzichtbaar, hè? vroeg zijn moeder terwijl ze snel liepen.

Ja, zei Wesley, we zijn goed onzichtbaar.

Ze bleven in de schaduwen van de flats, renden de straten over en zijn moeder sloeg een arm om zijn lichaam en boog naar voren, haar hoofd ploegend door de kou en alleen daarom begon de sneeuw te vallen – het extra beetje drama waar ze om vroeg. Ze trok haar jongen mee de volgende zijstraat in en ze ontweken de grote straten tot ze bij een bushalte zouden zijn – dat was het plan. Een bushalte. Maar niet wachten bij de bushalte zelf want de bushaltes waren verlicht. Ze zouden wachten op de bus in de schaduw, weg van de straatverlichting, en samen goed opletten of er een bus aan kwam en op het laatst mogelijke moment zouden ze rennen, zwaaien, we komen net aan mogen we nog mee?

We moeten opletten, zei ze tegen haar jongen, maar haar jongen trilde, hij schudde en zijn armen waren om zijn lichaam heen geslagen en ze zei dat het niet zó koud was, kom op, je moet er nu even bij blijven, ik heb je nodig, Wesley, ik heb je nódig. Ze sloeg haar armen even om zijn armen heen en zei dat hij haar grote vent was. Jij bent mijn grote vent en jij gaat zorgen dat ons niets overkomt.

Ja, zei hij.

Dat kan je, hè?

Dat kan ik, zei hij.

De bus komt, zei ze, en dan stappen we in de bus en dan zijn we veilig.

De bus kwam niet.

Er kwamen auto's en nog meer auto's en elk paar koplampen kon van hem zijn, en de schaduw was niet eens donker genoeg als de koplampen van de langsrijdende auto breed uitwaaierden, dus ze krompen steeds verder in elkaar, en de sneeuw liet zijn extra drama langzaam vallen, en na tien, twaalf auto's met hun koplampen waren ze zo diep weggezakt in de schaduw dat ze op de stoep zaten, hun ruggen krom tegen de muur van het gebouw dat schuilschaduw bood, ze voelde zich als een zigeunermoeder die een te groot kind in haar schoot had. Zijn auto, zou ze die kunnen herkennen aan de koplampen? God nee, waarom zou ze ooit de behoefte kunnen hebben auto's aan hun koplampen te herkennen? Ze vroeg het Wesley of hij het zou kunnen. Zou jij zijn auto kunnen herkennen aan de lampen?

Hij rijdt een Opel Rekord, zei Wesley, en hij zei dat ie in elk geval de koplampen van een oude Opel zou herkennen, en hij zei het zo achteloos als mogelijk was, maar hij was er ook trots op, zag ze.

Goed, zei ze, dat is heel erg goed, wil je daar dan op letten? En komt hij weleens van die kant? Heb jij meegemaakt dat jullie van die kant kwamen?

Ja, zei hij, maar niet vaak, of wel, ik weet het niet, misschien. De twijfel deed de trots van een paar tellen terug weer teniet, en ze kneep even in zijn arm met een glimlach.

Het maakt niet uit, als ie komt, dan komt ie, laten we samen kijken.

De eerstvolgende koplampen waren van een Volkswagen, zei Wesley, en toen de auto langskwam herkende ze er niets in, maar haar jongen was blij genoeg om te geloven dat hij gelijk had gehad, en de auto daarna zou een Toyota zijn, ik denk een Corolla, en hij maakte een vuist van zijn hand toen de zijkant in het voorbijrijden zichtbaar werd. Ze wist dus dat hij zichzelf weer gelijk kon geven, en dat was goed, laat het maar een spel zijn.

Dat is een Opel, zei hij toen er een minuut later nog een auto aan kwam – dat is wel een Opel.

Samen gingen ze wat meer rechtop zitten en tegelijkertijd probeerden ze zich beter te verstoppen in het donker, klaar om te rennen, waarschijnlijk, want iets anders zou ze op dat moment niet kunnen bedenken.

De Opel kwam dichterbij, ze geloofde onvoorwaardelijk dat Wesley gelijk had, dat hij drie uit drie scoorde, en de koplampen werden groter en feller en ze raakten haar en haar jongen, streken langs hun armen, schouders, wangen, neuzen, en zetten de andere kanten van hun lijven in een zwarte schaduw, en toen ze heel kort haar ogen dichtkneep zei Wesley: het is hem niet.

Het is hem niet.

Maar daarna zei hij: daar is ie.

Heel even voelde ze een aankondiging van de pijn. Hoe had ze ooit durven denken dat ze weg zou kunnen komen van de pijn? Had ze de pijn die ze nu zou krijgen niet gewoon verdiend door dit alles, door te denken dat het slim zou zijn om haar jongen uit hun huis te halen?

De bus, zei Wesley toen, daar is ie, en de volgende koplampen waren van de bus, *de bus kwam*. Twee grote koplampen en een streep licht daarboven die dichterbij komende letters werd: CENTRAAL STATION. De warme, veilige bus.

Ze renden naar de halte, kom, nu, en ze zwaaiden naar de chauffeur en hij zag hen en hij stopte, goddank hij stopte, en de deur ging open en ze duwde haar jongen naar binnen, loop maar vast door, naar achteren, en zelf bleef ze bij de chauffeur staan om de strippenkaart te stempelen en ze wist dat hij aan haar zag dat ze een slechte moeder was. Ze trok haar schouders op tegen al het licht in de bus, want iedereen buiten de bus kon alles zien binnen de bus en ze zagen een slechte moeder die haar kind van huis weghaalde, ze wilde het niet, maar ze had het uiteindelijk toch gedaan omdat ze bang was dat ze het niet meer zou overleven. Ze dacht aan zichzelf. Uiteindelijk dacht ze toch aan zichzelf.

Met haar gestempelde kaart liep ze door de bus, de bus reed al dus ze moest zich vasthouden van bankje naar bankje, en ze keek naar de vloer tot ze haar jongen 'hier' hoorde zeggen, en hij had een plek gevonden waar hij tussen twee bankjes op de vloer van de bus zat – zijn ogen keken hoopvol naar haar op.

Ze kroop op het bankje en maakte zichzelf klein, keek haar jongen lachend aan, hij op de vloer, opgetrokken knieën, zij op het bankje, zo klein mogelijk en onder het raam, blijf onder het raam want hij kan langsrijden en je zien. De bus maakte een bocht en ze rolde bijna op hem en ze lachten, zij en haar kleine jongen lachten, en alles zou goed komen want ze waren weg.

De bus reed over de Postjesweg de stad in, en ze keken vanuit hun schuilplaats naar de gevels van de gebouwen waar ze langs reden; gelukkige huishoudens in de verlichte ramen, stuk voor stuk, dat moest wel, ieder huishouden moest wel gelukkiger zijn dat het huishouden dat zij achter zich hadden gelaten. Ze zagen sneeuw in het licht van lantaarns vallen, en ze zei tegen haar jongen dat er straks misschien wel een pak zou liggen als ze weer rechtop durfden te zitten. Een pak sneeuw!

Mensen die de bus in kwamen bij de haltes en doorliepen en hen zagen in hun zitje, de jongen met opgetrokken knieën op de vloer van de bus en de moeder met ingetrokken benen op het bankje liggend, keken weg; ze zagen iets wat te intiem was om naar te kijken. Ze deden alsof ze niets hadden gezien en gingen ergens anders zitten en keken naar buiten zonder nog naar Dimphy en haar jongen te kijken. Het niet-kijken maakte ze onzichtbaar, de wegkijkende ogen trokken het licht mee en maakten het donker. Zo voelde ze zich ook, bedacht ze, alsof er een grote donkere deken over hen lag. En het was zoals het al die tijd geweest was: mensen wisten dat er iets aan de hand moest zijn, maar ze deden niets. Zoals de buren niets deden, terwijl ze allemaal de schreeuw die ze niet binnen kon houden hadden gehoord. Eerst eens in de twee weken, dan eens per week, later met twee of drie avonden ertussen, en op het laatst misschien wel elke avond.

Ze keek naar Wesley en hij lachte, hij lachte breed, maar ze wist niet of hij die donkere deken ook voelde en zich nu groot voor haar aan het houden was, of dat hij echt blij was, en ze durfde het hem niet te vragen. Ze zou het hem vragen als ze ergens waren waar ze rust hadden, waar ze rustig een gesprek konden voeren dat ze langzaam die kant op zou kunnen sturen: zeg, maar wat voelde je dan precies, en hoe voel je je nu? Ze zou het hem vragen, maar de gelegenheid moest er zijn. Nu waren alle handelingen bedoeld om te overleven, om weg te komen, en al het denken om die handelingen te ondersteunen. Eerst ergens naartoe, maar god, wáárnaartoe?

De bus stopte weer, en er stapten mensen uit en er kwamen mensen bij, en de mensen die ze langs zag lopen (en weg zag kijken) hadden sneeuw op hun jassen en ze stampten hun schoenen uit in het gangpad en ze zag het gangpad steeds natter worden van smeltende sneeuw, en het dikke water rolde langzaam naar Wesley. Ze zei dat ze rechtop moesten gaan zitten voor hij nat zou worden, kom, op het bankje.

Nee, zei hij, nog niet.

Maar je wordt nat, Wes.

Nog niet, zei hij, en ze besefte dat hij doelde op het water dat nog niet bij hem was, en ze zei dat ze rechtop gingen zitten als het water bij hem zou zijn.

Hij knikte en lachte weer breed, en ze hoopte dat die lach zo gemeend was als hij eruitzag.

Ben je blij? vroeg ze.

Heel blij, zei hij. Hij gaat je niet meer slaan.

Nee, zei ze, maar ben je ook blij voor jezelf?

Ja, zei hij, want hij gaat je niet meer slaan.

Ze wilde dezelfde vraag nog een keer stellen, maar schudde haar hoofd leeg, richtte zich op van het bankje en keek naar de straat waar de bus doorheen reed, en god, ze was zo lang niet in de stad geweest; ze kende hier niets, ze had geen idee waar ze waren.

Wesley trok haar terug. Nog niet, zei hij.

Hij is hier niet, zei ze, hij rijdt altijd de stad uit, nooit de stad in.

Dat weet ik, zei Wesley, maar dit is goed zo. Hij zei het nog steeds met die brede lach op zijn gezicht.

Als we een telefooncel zien, stappen we uit, zei ze.

Maar wie wil je bellen dan?

Dat weet ik nog niet, zei ze, maar we bedenken wel iets. Ze ging weer rechter zitten, en Wesley liet het toe. Kom, zei ze, samen uitkijken naar een telefooncel.

Hij kwam omhoog, ging naast haar zitten, en samen keken ze naar buiten. Hij zei dat een telefooncel misschien geen goed idee was. Dat er te veel licht in een telefooncel zou zijn. Hij zei dat ze beter een café of een snackbar in konden gaan, omdat daar altijd telefoons waren.

Je hebt gelijk, Wesley. Je hebt helemaal gelijk.

En ze bleven zitten tot ze bij een plein met een halte waren waar ze een snackbar op een hoek zagen; ze keken elkaar aan – daar? daar – en ze stapten uit, liepen samen met snelle passen naar de snackbar, door een waas van sneeuw die langzaam de stoepen overnam.

In de snackbar stond een man met een snor. Hij keek ze aan, zonder verdere uitdrukking.

Goedenavond, zei Dimphy.

De man knikte.

Ze keek de zaak rond en zag een munttelefoon aan de muur hangen. We willen graag bellen, zei ze.

De man knikte.

Wie gaan we bellen, mam?

Ze keek Wesley aan.

Zullen we gewoon tante Angela bellen?

Nee – nee, dat kan echt niet, zei ze. Ze konden niet naar haar zus, naar haar zus die altijd alles beter wist en dit vast ook beter had geweten. Haar zus die zoveel verstand van mannen had dat ze er nooit een langer dan een jaar had kunnen vasthouden. Dimphy had Wesleys vader bijna twintig jaar vastgehouden, tot hij ziek werd en doodging, wat was het nu, vier jaar geleden? Frank, god, waarom moest hij ziek worden? Waarom was hij niet naar de dokter gegaan toen dat kuthoestje begon? Hij was altijd zo trots geweest op het feit dat hij nooit een huisarts had gezien, nooit nodig gehad, dus ook niet voor dat kuthoestje.

Twintig jaar, Angela, twintig jaar een gelukkig huwelijk, dus wat kun jij me over mannen vertellen?

Een gelukkig huwelijk met de koppigste man ter wereld. Als hij naar de dokter was gegaan, had ik nu niet in een stinkende snackbar gestaan, op de vlucht voor een ander.

Klootzak. Klootzak, *godverdommesse klootzak.*

Mam, zei Wesley, we zijn weg hoor.

Ze had het hardop gezegd. Mijn god, ze draaide door. Nee, zei ze, nee, je vader was een lieve man, en ze zag de verwarring in Wesleys ogen; natuurlijk had ie niet gevolgd hoe haar gedachten waren gegaan. Hij dacht natuurlijk dat ze aan Erik dacht, want Frank was een heilige voor Wesley. Je vader was een lieve man, zei ze nog maar een keer. Veel te lief, dacht ze daarachteraan, veel te lief. Ze keek naar de man achter de balie van de snackbar. Hij keek terug.

Wesley zei: ik ga nooit worden zoals Erik.

Sorry jongen, wat zei je?

Hij zei nog een keer dat hij nooit zoals Erik ging worden. Ik heb respect voor vrouwen.

Ze schoot bijna in de lach omdat het iets was wat kinderen op grappige videofilmpjes die op tv langskwamen zeiden – zo'n jochie nog en dan zoiets zeggen. Natuurlijk word jij niet zoals Erik, zei ze.

Hij schudde zijn hoofd. Ik heb respect voor vrouwen.

Dat heb je inderdaad, zei ze. Ze schudde haar hoofd – *denk na.* Wie moest ze bellen? Ze kende niemand. Ze had geen vrienden, Frank was altijd alles geweest, ze hadden hoogstens buren gehad met wie ze omgingen, maar ze waren te vaak verhuisd, ze hadden te kort naast die buren gewoond om er vriendschappen aan over te houden – en wat wist ze überhaupt van vriendschappen?

Wilt u iets bestellen? vroeg de man van de snackbar.

Ze keek Wesley aan, en Wesley knikte.

Mogen we samen één patat zonder?

Eén gulden vijftig, zei de man.

Dimphy pakte haar portemonnee, keek naar haar geld, telde één gulden vijftig uit.

Daarna ging ze zitten aan een van de twee tafeltjes, en Wesley ging tegenover haar zitten.

Ik weet niet wie we kunnen bellen, zei ze.

Ik weet het ook niet, zei Wesley.

De man van de snackbar liet een schep bevroren patat in zijn frituurvet zakken.

Denk je dat ik Jane kan bellen? zei ze.

Ik weet niet wie dat is.

Ik zat met haar op de opleiding.

Wesley haalde zijn schouders op. Misschien.

Van de bodem van haar kapperskoffertje pakte ze het huiswerkschriftje dat ze elke week meenam toen ze een paar jaar geleden naar de kappersschool was gegaan. Ze bladerde door het schriftje en op de zesde bladzijde stond, in een ander handschrift dan het hare, een telefoonnummer en een naam: JANE. Ze hielpen elkaar, toen. Als de een een theorieles miste, dan gaf de ander het huiswerk door. Jane was de eerste vrouw in jaren geweest die een vriendin had kunnen worden. Ze hadden naast elkaar bij de theorielessen gezeten en hun modellen hadden ze naast elkaar gezet als er praktijklessen waren. De meeste vrouwen en meisjes in de klas praatten met hun modellen, omdat modellen altijd mensen waren uit hun eigen kennissenkring, maar Dimphy had geen kennissenkring, dus ze legde advertentiekaartjes neer in supermarkten: KAPPERSMODELLEN GEZOCHT, GRATIS GEKNIPT. Jane nam oude mensen mee uit het bejaardenhuis waar ze in de keuken werkte. Ze zette de hoofden van de oude mensen steeds met ruwe bewegingen recht. De docenten hadden gezegd dat ze ook mensen met andere haartypes moest meenemen, niet alleen oud haar, maar daar haalde ze haar schouders over op.

Ze praatten tijdens de lessen over dingen waar je over praatte, het weer, mannen, dode en levende – Dimphy was over Franks dood heen aan het komen en ze stond niet meer te huiverig tegenover het ontmoeten van een nieuwe man, en Jane had vriendjes, af en aan, maar er zat nooit een goeie tussen.

Jane was de eerste vrouw in jaren die een vriendin zou kunnen worden, had Dimphy gedacht, maar daarna dacht ze: hoezo, de eerste in jaren? Wanneer was de vorige dan geweest? Ze had nooit vriendinnen gehad. Nooit. Er waren pogingen geweest op de kweekschool, jaren geleden, genoeg meisjes daar, maar ze had gewoon niet geweten hoe dat wérkte, vriendinnen maken. Dat had ze eerder moeten leren, toen ze jonger was, toen ze klein was. Maar toen was er geen gelegenheid geweest. Geen tijd. Dus geen vriendinnen.

Ik ga het doen, zei ze, ik ga Jane bellen.

Oké.

Is het gek om iemand te bellen die je al drie jaar niet hebt gesproken?

Dat weet ik niet.

Denk je dat ik 'r kan bellen?

Dat weet ik niet.

Ik ga haar bellen.

Oké.

Ze stond op en Wesley stond ook op.

Blijf gewoon zitten, zei ze, eet je patatje, en ze knikte naar de man van de snackbar die om zijn balie heen liep en een plastic bakje friet voor Wesley neerzette.

Ze stapte naar de telefoon met het schriftje en haar portemonnee. Ze duwde een kwartje in het apparaat en belde het nummer.

Hallo?

Hallo, Jane?

Ja?

Het is Dimph – Dimphy, van de kappersschool?

O hoi, Dimphy.

Hoi. Dat is lang geleden.

Ja, dat is inderdaad lang geleden.

Ik hoop dat je het niet vervelend vindt dat ik je bel?

Ik zat tv te kijken.

O, oké. Dus je vindt het niet vervelend?

Ik zei al, ik zat tv te kijken.

Oké, sorry dat ik je lastigval, maar ik ga het je toch gewoon vragen: kan ik eventueel een nachtje bij jou slapen? Met m'n zoontje? Ik zit een beetje in de problemen.

Jane bleef een paar tellen stil. Daarna zei ze: ja hoor, dat kan wel.

Dat is zo lief van je, zei Dimphy.

Hm, zei Jane.

Waar moeten we precies heen?

Jane zuchtte eerst, en zei toen: de Kamperfoelieweg.

Oké, de Kamperfoelieweg. En welk nummer?

127.

Oké, zei Dimphy voorzichtig, nummer 127, heel fijn, en waar is dat ongeveer?

In Noord. Bus 34 rijdt erlangs.

Geweldig. Dank je wel.

Nou, dan zie ik je wel verschijnen, zei Jane.

Je ziet me wel verschijnen inderdaad. Ik vind dat zo lief van je, zei Dimphy.

Ja hoor, zei Jane, en daarna zei ze: ik zie je zo wel. Is ie druk?

Sorry?

Is ie druk, dat zoontje van je?

Nee – nee hoor, die hoor je niet.

Goed. Ik zie je zo wel, zei ze, en ze hing op.

4

Hij stond in de lift van het hotel en leunde tegen de wand, zijn achterhoofd in een rustig ritme zacht bonkend tegen het fineer, zijn ogen naar het plafond. Er stonden Spaanse toeristen naast hem, een man en vrouw, en ze waren onzeker of ze wel op de juiste verdieping zouden belanden. Ze wilden hem iets vragen maar hij begon al met het schudden van zijn hoofd, nee, nee, nee, laat me met rust, laat me in godsnaam met rust en zeg niets tegen me, nooit, stop, ik kan dit niet oplossen. *Can I help you?* vroeg hij.

Ze lieten een kamernummer op een papiertje zien: 522.

Op de vijfde verdieping, zei hij, en hij drukte op de juiste knop. Toch kortstondige verlossing vinden in het oplossen van andermans domheid.

De lift kwam eerst bij de vierde, zijn verdieping. Hij liet de toeristen achter en liep de gang in, traag, haalde de sleutelkaart uit zijn broekzak en hield 'm voor zich als een wichelroede omdat hij het nummer van zijn kamer was vergeten en godjezus, hij zou nooit een cijfer vergeten, nooit – hier, dit was 'm, 410, en dat klopte. De sleutelkaart klikte het slot open; een groen lampje en een openspringende grendel. Hij duwde de deur open, liet de sleutelkaart vallen, stapte naar het bureau met de nutteloze typemachine. Een typemachine voor een schrijver, maar hij was helemaal geen schrijver. Eén stom boek dat er nooit had moeten komen.

Hij keek een paar momenten naar de rol waar geen letters achter waren gebleven, stond op, kleedde zich uit en keek naar zijn lichaam in de spiegel. Daarna ging hij naar de badkamer, draaide de douche open, nam niet de moeite een temperatuur te zoeken en liet onder het koude water zijn pis lopen. Hij had ooit een game in zijn hoofd die hij zo levensecht wilde maken dat de speler ook zou moeten pissen. Als je zou vergeten te pissen, zou je het in je broek doen, en dat zou je reputatiepunten kosten.

Min duizend, zei hij hardop. Zijn reputatiepunten stonden nu op min duizend. Hoe kon dit? Kon een talkshow je gewoon onder valse voorwendselen vragen te komen en dan dit doen? Je zo kapotmaken? Dat is toch *verboden*? Hij draaide de kraan dicht en wilde zijn telefoon pakken om een berichtje van een advocaat terug te zoeken; iemand had zich aangeboden een paar weken terug – je hebt een *legal team* nodig als je zo groot wordt, zullen we een keer lunchen – en ja, hij wilde nu wel lunchen want dit kon niet anders dan verboden zijn, maar zijn telefoon zat in zijn broekzak en zijn broek lag op de vloer in de kamer hiernaast en als hij die telefoon weer aan zou zetten, zou het scherm vollopen met berichten – dat begon al toen hij de studio uit was gerend.

De taxi's hadden klaargestaan om mensen op te vangen na de uitzending, maar hij was de eerste, hij was de uitzending uit gelopen, het beeld uit gerend. Hij stapte in de eerste taxi en wilde Schiphol zeggen, maar besefte dat zijn MacBook nog in het hotel lag en hij had zijn MacBook nodig, hij had iets nodig wat hij kende. En god, zijn telefoon bleef maar trillen dus zonder naar het scherm te kijken zette hij 'm uit.

Toen hij bij het hotel uit de taxi was gestapt, leken de mensen hem buiten al aan te staren. Hij had het bonnetje gevraagd en bleef te lang buiten staan om het bonnetje in het juiste vakje van zijn portemonnee te stoppen. Hij was godvergeten *rijk* door dat boek en hij vroeg bonnetjes. Rijk door het boek en de sessies. De sessies, jezus, die sessie in Taiwan over twee weken, kijken hoe ze hem daar vinden, of hij aanslaat. Zijn agent had een mooie zaal geregeld, middelgroot, maar als dit, dit gekut, in Azië terechtkomt, dan gebeurt er niets, dan willen ze hun geld terug.

Tussen alle berichten op zijn telefoon zou vast ook zijn agent zitten. Misschien trekt die zijn handen wel van hem af. Of misschien – zeker. Zéker. Hij wist het zeker, er waren al mensen geweest die hem aanstaarden, en ja, natuurlijk werd hij vaak herkend zonder dat mensen iets tegen hem zeiden, want dat is wat mensen doen, die kijken maar zeggen niets, maar dit was meteen anders.

Hij droogde zichzelf af, liep naar de kamer, stapte over zijn kleren heen en pakte zijn MacBook. Hij zou 'm openklappen, zijn editor openen, code van zijn laatste project debuggen.

Rust.

Rust.

Had hij zijn mail afgesloten toen hij de laatste keer zijn MacBook dichtklapte? Of zou hij nu melding van tientallen of honderden mails krijgen?

Niets doen. Niets doen nu, nergens naar kijken, niets openen, laat het zakken. Laat het langzaam uit de wereld verdwijnen. Alles gaat zo snel, zo snel tegenwoordig, mensen zijn je vergeten als er weer iets anders op hun feed binnenkomt. Die epidemie in Wuhan, laat die lekker groot worden, dan is Wes' Epidemie zo vergeten en hebben de nerds zo hun volgende verlosser gevonden, die *astronauten*. Fok ze allemaal. Hij hoefde het niet meer: een zaal vol nerds die je aanstaren alsof je de fokking verlosser bent. Vroeger liep hij hier door de stad en kwam hij alleen buiten als het donker was en jezus wat was het een godsgeschenk dat er supermarkten bij het station zaten die tot diep in de nacht openbleven en waar je nooit bij een kassa hoefde te komen als je je eigen boodschappen scande en er geen random controle kwam.

Ruimte. Ha ha.

De onzichtbare man wil geen ruimte. Hij wil verdwijnen, niet gezien worden, oplossen in de ruimte. Een vacuüm achterlaten.

Hij pakte zijn MacBook, hield 'm omhoog om hem met een slinger weg te kunnen gooien, want hij mocht nooit meer iets maken waardoor hij gezien zou worden, maar hij legde 'm weer terug op het bed. Zelfs dit gebaar is nep, zei hij. NÈÈÈÈÈP.

Hij liep naar het raam van zijn kamer. Hij had uitzicht op de Raadhuisstraat, trams die daar slingerend doorheen kwamen. Hij ging met zijn voeten uit elkaar staan, stak zijn armen voor zich uit, spreidde ze daarna, stak ze omhoog.

Ruimte, zei hij. Ruimte. Deze ruimte is van mij. Bladzijde 73. Oefening in ruimte.

Oplichter.

Voor Bloem, had er in de eerste druk gestaan. Ze had hem huilend uitgescholden, iets wat ze nog nooit had gedaan: klóótzak, hoe kan je dit ook nog naar je toe trekken zonder ook maar één woord gesnapt te hebben van wat je zelf hebt geschreven?

Maar ik wilde je juist laten zien dat ik het wél heb gesnapt, daarom heb ik er toch een boek van gemaakt?

Ja, zei ze, want een boek is altijd nog beter dan een fokking *spelletje*. Had je er maar een spelletje van gemaakt, had maar een game gebouwd, dan had je iets gedaan waar nog enig gevoel in zit. Dit, zei ze met het boek in haar hand, dit is nep, die titel is nep, jezus, het dan ook nog *Ruimte* noemen terwijl je totáál niet begrepen hebt wat ik daarover gezegd heb, met je bespottelijke oefening in ruimte. Mijn naam moet eruit.

Hij schudde zijn hoofd. Ik weet niet, het is al gedrukt en het ligt in de winkels, maar het zijn er maar vijfhonderd. Ik zal morgen bellen met de uitgever en kijken hoe ik het kan oplossen.

Nu wil je wéér iets oplossen, Wes. Hoe ga je mijn gevóél oplossen?

Godverdomme, riep hij, ik lós dit toch op?

Ik los dit toch op?

NÈÈÈÈÈP.

Bloem was opgelost toen ze zei dat ze hem nooit meer hoefde te zien.

Het boek ging viral omdat het rondging op de juiste fora. Bloem was opgelost door bladzijde 3 leeg te laten.

Hij stopte met zijn ruimte-oefening en staarde door het raam.

Dit is niet meer op te lossen. Het boek is niets meer waard. De sessies stoppen. Frankfurt had nooit mogen gebeuren. In Frankfurt was het misgegaan. Het was heel normaal begonnen met de tientallen telefoons die altijd omhoog werden gehouden als hij voor een zaal stond en hij liet ze twee minuten gaan, en toen kwam dat deel van zijn speech: film me, vertel al je vrienden dat je hier bent, want je hebt een belangrijke beslissing genomen – je neemt je leven weer in eigen handen en ik ben nu al trots op jullie. Maar wat we gaan bespreken houden we onder ons. Dus ik zwaai nog een keer, en ik ga straks met iedereen op de foto die dat maar wil, maar over een minuut filmen we niets meer en zijn we onder ons. Oké?

Oké.

Die volle zalen. Al die bewondering. In die stoel bij *Mr. Daily* gaan zitten en het is voorbij.

In de studio keek hij naar het productiemeisje dat hem een knipoog gaf. Ze wist dat hij een epidemie had veroorzaakt. Ze wist het allemaal, toen ze hem belde, en ze had hem keihard voorgelogen. Waarover zou het anders gaan?

Hij had tegen die zaal in Frankfurt gezegd dat hij zich zo *goed* voelde, dat het allemaal klopte en weten jullie dat ik dit nog steeds zó bijzonder vind?

Klappen, joelen.

Ik zeg dit niet elke avond. Dat was ook zo, hij hield zich niet aan zijn eigen script, en misschien ging het daarom wel mis. Ik ben een verlegen jongen, zei hij tegen die zaal, dat hoef ik niet te vertellen.

Lachen. Dat opgewonden lachen, het laten zien dat ze zijn grapje begrepen, want ze kenden zijn boek vanbuiten natuurlijk.

Hij ging op de rand van het podium zitten, de microfoon in zijn hand. Een zaal vol astronauten – zijn fans waren zichzelf 'astronauten' gaan noemen omdat zijn boek *Ruimte* heette.

Dat boek, jongens, ik was níét van plan zoiets te maken. Jullie weten waar ik begon. Ik was een programmeur. Een developer. Zijn er een paar devs in de zaal vanavond?

Een paar mannen staken hun hand op, twee van hen riepen er iets bij. Ja! Of: hier!

Elke dag en elke avond werken aan je programma of je game, zei hij, code tikken en je scherm de wereld laten zijn.

Mannen in de zaal: ja!

Ik heb games gebouwd die een hit waren. Of een hit... nou ja, ik was wereldberoemd bij een paar mensen.

Bij ons! riep iemand.

Bij jullie, ja. Ik had iets moois gemaakt, iets goeds, en ik was er trots op, maar ik durfde die trots niet uit te dragen. Ik schaamde me tegelijkertijd dat ik al die uren achter mijn scherm had gezeten. Al die dagen, al die járen. Want uiteindelijk komt het daarop neer; we zitten jaren in die wereld achter het scherm.

Niemand riep iets. Ze wachtten af waar zijn verhaal heen ging.

Ik schaamde me.

Hij keek naar de eerste rij en lachte naar de gezichten, keek ze een voor een aan. Ze lachten terug, met een hunkering, hij zag ze, ze werden gezien. Op de derde rij kwam een jonge jongen, haar tot over zijn schouders, half omhoog en hij stak zijn hand op, niet om iets te vragen maar om gezien te worden, en hij wees naar de jongen, knipoogde, en de jongen ging weer zitten, met een glimlach.

Ik schaamde me voor al die jaren die ik in die wereld had doorgebracht. Ik had iets gemaakt waar ik trots op was, maar ik durfde bijvoorbeeld het meisje achter de kassa van de supermarkt nog steeds niet aan te kijken. En ik kon dat niet oplossen door tegen haar te zeggen: maar ik heb een game gebouwd die door honderdduizend mensen geweldig wordt gevonden.

Er klapten weer een paar mannen.

Ik kon dat niet tegen dat meisje zeggen. Wie weet waarom?

She was a stuck-up bitch! riep iemand.

Ik kon het niet zeggen omdat het geen enkel effect zou hebben. Je zegt niet tegen een meisje bij wie je aan de kassa staat dat je een game hebt gebouwd die door honderdduizend nerds wordt gespeeld. *It wouldn't make any fucking sense.* Je zou overkomen als een debiel.

Weet je tegen wie je het wel kan zeggen?

De zaal joelde.

Tegen jezelf. Je zegt tegen jezelf: dit is inderdaad iets wat ik heb gedaan dus ik kan iets. Dus je mag geloven in jezelf. En als je dat geloof in jezelf voelt, zeg je tegen dat meisje: hé, je ziet er leuk uit vandaag.

Hij wees naar een man van middelbare leeftijd die met open mond zat te luisteren. Dat kan jij ook, zei hij, en de man begon hikkend te lachen. Het geloof in jezélf gebruik je om dat meisje achter de kassa van de supermarkt aan te spreken.

Hij stond op en liep naar de linkerkant van het podium.

Ik ga jullie twee tips geven over vrouwen, jongens. Tip één: schaam je niet voor je aardig-zijn. Want ik weet zeker dat jullie allemaal aardig zijn, dat jullie zorgzaam zijn, dat als jullie eenmaal een vrouw hebben, jullie ook voor haar zouden zorgen. Daar is niets mis mee. Hou dat vast. Zorg voor die vrouw. Tip twee: wees een mán tijdens dat zorgen. Vraag niet of ze nog wat wil drinken, maar schenk iets voor haar in. Vraag niet of je de deur voor haar open moet houden, maar doe het gewoon. Wees een man en zorg voor haar.

De mannen klapten.

Maar wie ben ik, *guys*? Straks denken mensen nog dat ik hier een versiercursus aan het geven ben.

En dat was niet zo, dat was écht niet zo. Hij wist zeker dat *Mr. Daily* daar iets over zou zeggen, daar dacht hij nog over na toen hij even voor de uitzending in de kleedkamer zat – jij leert onhandige mannen hoe ze in contact moeten komen met vrouwen, toch? – en hij zou weer moeten uitleggen dat het boek je leert zelfvertrouwen te krijgen door ruimte te pakken en dat het contact met vrouwen dan vanzelf komt.

Terwijl hij naar het meisje van *Mr. Daily* keek, dacht hij aan de stewardess van de dag ervoor. Het kneepje in zijn schouder. De knipoog die hij haar durfde te geven.

Ik ga het nu met jullie over mezelf hebben, zei hij tegen de zaal. Ik kan bij jullie zeggen wat ik wil omdat jullie me serieus nemen, en dat doen jullie omdat ik júllie serieus neem. Dat is de kern. Ik laat jullie in je waarde, ik geef jullie verantwoordelijkheid. De verantwoordelijkheid om naar mij te luisteren, en de verantwoordelijkheid om naar jezélf te luisteren.

Hij liep naar de rechterkant van het podium.

Dat heeft een reden, hij hield zijn vinger omhoog, dat heeft een reden, en dat is niet omdat ik een groot geheim aan het verkondigen ben en ik er zo veel mogelijk geld uit wil slepen. Mannen, ik vraag tweehonderd euro aan jullie maar jullie zouden ook zijn gekomen als ik vijfhonderd euro had gevraagd, waar of niet?

Geklap.

Ik wil er niet zo veel mogelijk geld uit slepen. Ik wil dat we onder ons zijn. Ik wil alles kunnen zeggen. Ik wil elke waarheid kunnen uiten, elke pijnlijke waarheid, en ik weet dat ik dat kan omdat ik jullie als volwassenen beschouw. Daarom maken we die afspraken. Ik wil over mijn pijn en mijn verleden kunnen praten, en ik wil dat jullie dat ook kunnen.

Iemand juichte, en een paar anderen deden mee.

Hij ging in de stoel aan de tafel van *Mr. Daily* zitten en de drie vrouwen keken niet naar hem. De vrouw die haar koffie had omgestoten keek omhoog, en hij volgde kort haar blik: het plafond was niet zichtbaar, het was daar donker achter de felle lichten en hij bedacht dat dit de details waren die hij zijn moeder kon vertellen – wist je dat de lampen in zo'n studio zo fel zijn dat je er niet langs kan kijken?

Ik wil dat als jullie hier vanavond weggaan, je weet dat je het waard bent om naar te luisteren. Dat het klópt als anderen naar je luisteren, dat het goed is als jij naar *jezelf* luistert. Dat je tegen jezelf zegt: ik ben een man met zelfvertrouwen.

Hij stapte van het podium af en liep langs de zijkanten van de zaal. Alle lichten waren aan, iedereen kon hem zien, alle hoofden bewogen mee.

Jullie weten dat dit allemaal anders is begonnen. Ik schreef dat boek, ging eruit voorlezen, er kwamen tien, twaalf mensen, ze stelden wat vragen. Er kwamen meer mensen, ze stelden meer vragen. En toen kwamen jullie.

Gejoel.

Iemand met een headset op had zich naar de presentator gebogen en sprak snel, de presentator knikte alleen; Wes zag hem diep ademhalen, zijn borst bolde even op, nog dertig seconden. *Maar de nieuwbakken goeroe is niet wij hij lijkt. Er is een filmpje in omloop dat gezorgd heeft voor een epidemie onder zijn volgers.*

Ik kan me nog herinneren hoe het eerste echte gesprek tijdens een van die lezingen ging, zei hij tegen de zaal. Ik heb nog steeds contact met die jongen.

Een paar mannen gingen staan – hij wist dat dit zou gebeuren, dit waren de mannen die dat ook wilden, nu een gesprek en dan straks blijvend contact.

Ik had dat gesprek en ik ging voor het eerst naar huis met het gevoel dat ik iets kon betekenen voor iemand anders. Dat ik waarde had, dat ik iets kon betekenen. Hij wees een man aan. Voor jou ook, *buddy*.

De man lachte breed en klapte.

De vrouw die haar koffie had omgestoten had tot dan toe haar handen onder de tafel gehouden, maar nu legde ze zijn boek voor zich neer. Het was een exemplaar waar de hoeken van de kaft waren omgekruld en het was veel dikker geworden door alle papiertjes die tussen de bladzijden waren gevouwen en de gele post-its die eruit staken.

Hij had het boek vaker in zo'n hoedanigheid gezien; de mannen die op zijn sessies kwamen hadden hun eigen geannoteerde versies bij zich, en als ze iets wilden vragen konden ze met hun post-its de passages terugvinden die ze aan wilden halen. Soms zag hij een eerste druk langskomen; die editie had een omslag waar zijn naam kleiner was, en op de derde bladzijde stond de opdracht voor Bloem. Er liepen vijfhonderd mensen rond die nog een versie van het boek hadden dat aan haar was opgedragen.

Hij zei tegen de zaal dat iedereen waarde had. Jullie allemaal. Stuk voor stuk. Jullie verdienen de ruimte die jullie in moeten nemen. En jullie moeten die ruimte koesteren – dit is heel belangrijk, want jullie moeten ook koesteren dat jullie acties gevolgen hebben. Jullie ráken andere mensen met de dingen die jullie zeggen en doen.

Dat had ie rechtstreeks van Bloem, het was iets wat zij hem duidelijk had gemaakt. Jullie raken mensen aan, de hele dag door. Als jij iets bots tegen dat meisje achter de kassa zegt, vóélt ze dat. Als jij tegen dat meisje achter de kassa zegt dat ze er leuk uitziet, vóélt ze dat. Als jij een geweldige game bouwt en er is iemand die die game speelt en daar een gevoel bij heeft, raak je diegene aan.

Jij zorgt voor een gevoel bij iemand anders.

Bladzijde 411, de conclusie. In de eerste druk stond er nog dat Bloem hem dat duidelijk had gemaakt.

Hij keek naar het geannoteerde boek dat voor de vrouw op de rode tafel van *Mr. Daily* lag en zag dat er met zwarte marker op was geschreven: MAAK ER DAN MAAR EEN EIND AAN.

Nee, het zou niet over het succes gaan.

Dit boek – hij hield het omhoog voor de zaal – had er helemaal niet moeten zijn, zei hij.

It saved me! riep iemand.

It saved me too, in a way, zei hij. Ik ben geen schrijver, zei hij, ik ben een developer. Ik bouw software, ik bouw games. ('*Whoop!*') Maar dit boek moest er eerst uit. Uit mijn systeem, uit mijn lijf, bijna. Dit boek moest er eerst uit. Ik had mijn leven flink vergooid, tot dan toe. Ik ben niet de enige in de zaal die bijvoorbeeld moeite had met… meisjes? Toch?

Gejoel.

Ik wil het er toch even over hebben. Dit is geen versiercursus, maar we zijn hier onder ons, niemand filmt, iedereen kent het gevoel, dus ik ga het zeggen en dan zeggen jullie het allemaal. Behalve de *studs* die geen moeite hadden met meisjes natuurlijk.

Gelach.

Zijn hier studs aanwezig?

Harder gelach.

Hell yes, er zijn hier studs aanwezig! We zijn allemaal studs! Wil iemand hier zijn ervaring met vrouwen delen? Hij hield zijn microfoon voor een jongen met een hoodie die hikkend begon te lachen. 'Geen enkele ervaring, *dude*,' zei de jongen.

Wes boog zich naar de jongen toe en gaf hem een *bear hug*. Daarna riep hij: wie voelt zich een stud en wil het delen?

Een man van een jaar of veertig met een dun snorretje, twee rijen verder, stak zijn hand omhoog. Wes liep naar hem toe, gebaarde dat de man uit zijn rij moest stappen, dus de man stapte uit zijn rij naar hem toe, sloeg zijn armen om Wes heen, bear hug, en daarna gaf Wes hem de microfoon. 'Ik ben een maand geleden ontmaagd,' zei de man.

De zaal applaudisseerde. Verschillende mannen gingen staan.

Good for you, man, zei Wes.

'Ik heb haar leren kennen op een forum en we daten en ik ga haar volgende maand ten huwelijk vragen.'

Good for you. Bear hug.

Maar ik kan niet genoeg benadrukken dat het hier niet gaat om ontmaagden of seks of trouwen of vrouwen (grappend: ik zie hier helemaal geen vrouwen tenslotte, gevolgd door gelach); het gaat hier om *ruimte*. (Stilte, respectvolle stilte.)

Hij keek om zich heen, snel, zette zijn handen op de armsteunen van zijn stoel, zag aan de overkant achter de tafel het meisje dat hem hierheen had geleid een stap naar voren zetten en op dat moment schoof de camera die links van hem had gestaan naar voren en begon de presentator te praten.

Vanavond gaan we het hebben over dit boek – en hij hield Wes' boek omhoog – en de schrijver ervan, Wes D.

Dat is oké, dacht hij. Ik ben een man met zelfvertrouwen.

Ik heb haar leren kennen op een forum en we daten en ik ga haar volgende maand ten huwelijk vragen.

Wat ben je dan voor idioot? Ten húwelijk vragen? Na twee maanden? Denk je dat normale mannen dat doen? Denk je niet dat zo'n vrouw zich de tyfus schrikt en hard wegrent?

Ik heb mijn vriendin, nu mijn ex, óók leren kennen op een forum, zei hij tegen de zaal. Ik denk dat het vrij normaal is voor mannen zoals wij, vrouwen leren kennen op een forum. Als je bedenkt hoe we zouden eindigen als er geen internet was...

Gejoel.

Ik heb haar leren kennen op een forum. We raakten in discussie over iets simpels, en we wilden allebei ons gelijk halen, dus we haalden er argumenten bij, bewijsstukken, en humor, heel veel humor, en ik denk dat de humor het uiteindelijk deed.

Hij knikte. Humor. Wie beschouwt hier zichzelf als *good looking*?

Twee handen.

Heel goed, trots op jullie. Dat is *ruimte*. En nu, wie beschouwt zichzelf als het tegenovergestelde van good looking?

De helft van de zaal.

Jullie stellen me teleur. Heb je dit boek gelezen of niet?

Gelach.

Wie vindt zichzelf slim?

Bijna iedereen.

Fuck yeah. Jullie zijn slim. Jullie hebben hersens. Wie beschouwt zichzelf als grappig?

Een kwart.

Je hoort vaak dat mensen een gevoel voor humor waarderen, toch? Tuurlijk, een gevoel voor humor is prima, maar dat woord *gevoel* is een beetje misleidend, volgens mij. Humor is niets anders dan jouw slimheid op een slimme manier toepassen. Humor is te analyseren. Waar moet je het hardst om lachen bij *Seinfeld*? Om een grap die jij begrijpt omdat die grap appelleert aan iets wat jij weet en een ander mogelijk niet. Dus je lacht en je kijkt om je heen en het is geweldig als iemand met jou die grap begrijpt. Gebruik humor. Denk niet aan je uiterlijk als je daar onzeker over bent. Pak ruimte met humor, en je hébt humor. Want je bent slim.

Gejuich, geklap.

Oké. Hij stapte weer op het podium en liep heen en weer, kijkend naar de vloer van het podium terwijl hij vertelde. Ik denk dat de humor ons verliefd maakte. We spraken af en mijn god, dat was *fucking scary*. Ik wist niet wat ik moest verwachten. Ik had een beeld van de ideale vrouw en dat had ik natuurlijk op haar geprojecteerd en ik – nee, wacht, ik heb een idee: we gaan eerst samen onze ideale vrouw samenstellen. Oké. We beginnen bij het haar. Wat voor kleur?

Blond!

Geklap.

Lang haar of kort haar?

Lang.

Kleur ogen?

Blauw!

Oké, blauw.

Lichaam? Hij maakte een golvend gebaar en de mannen klapten.

Een model, dus eigenlijk? Victoria's Secret?

Yeah!

Oké, dus we hebben onze ideale vrouw. Eens? Iedereen?

Geklap, duimen omhoog.

Stelletje godvergeten lullekoppen, zei hij. Ik weet zeker, honderd procent zeker, dat hier minstens tien mannen in de zaal zitten die de kans op echte liefde hebben laten schieten omdat ze aan het wachten waren op een Victoria's Secret-model. Dat jullie op het werk of bij de sportvereniging of de godvergeten kérk of waar dan ook iemand hebben rondlopen die droomt van een leven met jou terwijl jij haar negeert of zelfs schoffeert omdat je op dat model aan het wachten bent.

Hij liep nog vier keer heen en weer, zonder iets te zeggen. De zaal was stil.

Ik had mijn Victoria's Secret-model geprojecteerd op haar. Natuurlijk had ik dat gedaan. Dus toen we elkaar ontmoetten was ik teleurgesteld en het lukte me niet volledig mijn teleurstelling te verbergen – ik was tenslotte een sociaal incompetente nerd – maar ze was mooi, ze was godverdomme mooi; het enige wat er mis was aan haar, was dat ze écht was. Ze was een mens, en dat had ik nooit verwacht. Daar had ik niet op gerekend.

Ze leek op Velma uit *Scooby-Doo* en na twee jaar zei hij dat – ze vroeg of hij haar knap vond en hoewel hij wist dat ze onzeker was over haar uiterlijk wist hij ook dat hij ruimte in moest nemen omdat ze dat duidelijk had gemaakt. Hij had haar gevraagd wat dat dan is, ruimte innemen?

Nou, bijvoorbeeld zeggen wat je denkt, had ze toen gezegd. Niet te hard nadenken over hoe je dingen moet zeggen. Ik merk dat vaak genoeg aan jou, dat je nadenkt over wat je moet zeggen. Je weet toch dat ze bij de veiligheidsinstructies in een vliegtuig altijd zeggen dat je eerst je eigen zuurstofmasker op moet zetten en dan pas anderen mag helpen? Jij zou mij eerst helpen, we zouden in de knoop raken, en we zouden samen flauwvallen.

Haha, ja, dat is misschien wel zo.

Dus denk niet zo lang na voor je iets zegt.

Oké.

En dan later, veel later: vind je me knap?

En hij zat in zo'n luchtzak, al een paar dagen, zijn vliegtuig was al een paar dagen aan het vallen en hij dacht: niet te lang nadenken zet je eigen zuurstofmasker eerst op en ik vond je op Velma uit *Scooby-Doo* lijken de eerste keer dat ik je zag.

Huilen.

Maar hij had niet te lang nagedacht.

Kijk, zei hij tegen de zaal, ik kan het jullie niet kwalijk nemen dat je wacht op dat model. Jullie enige interactie met vrouwen is misschien wel heel lang alleen via het scherm van jullie computer geweest, en dan nog eenzijdig ook – de meeste filmpjes praten niet terug. Dus toen ik de vrouw ontmoette op wie ik verliefd was geworden, had ik natuurlijk dat model op haar geprojecteerd, en natuurlijk was ze niet dat model. En ik zag toen al de pijn in haar ogen omdat ze mijn teleurstelling herkende. Dat gevoel – jongens, als ik spijt wil voelen, hoef ik daar alleen maar aan terug te denken.

Hij ging weer zitten op de rand van het podium.

We hebben een heel erg mooie tijd gehad samen. En toch ging het mis. Willen jullie weten waarom?

Omdat ik dit boek nog niet geschreven had. Ik wist nog níéts van wat er in dit boek staat. Heeft iemand hier een eerste druk?

Ja, hier! riep een jongen op driekwart van de zaal.

Wil jij voorlezen wat er op bladzijde drie staat?

De jongen las voor: voor Bloem. Zijn boek zat vol met gekleurde post-its.

Wes knikte. Voor Bloem, zei hij. En in de volgende edities is dat weg. Ik moest het weghalen van haar. Ze voelde zich misbruikt. Toen ik het erin zette, vond ik het een liefdesverklaring, ook al was de liefde over. Ze heeft het me uitgelegd, een jaar geleden, en ik ben nu nog bezig met begínnen te begrijpen wat ze bedoelde.

Achter de twee vrouwen aan de overkant van de grote rode tafel had hij gezien hoe een camera zich op hem richtte en hij keek recht de lens in en hij wist dat hij nu door een miljoen mensen gezien werd terwijl hij het sulligste deed wat een mens op tv kon doen: als een dom konijn rechtstreeks die miljoen mensen aankijken. Dom konijn, dom konijn zoek de schaduw maar op, dom konijn.

Dom konijn.

Bange haas.

Ren maar weg. Ren maar weg in je hoofd. Je hoort niet wat er gebeurt. Je hebt je ogen dicht en je hoort niet wat er nu gebeurt. Denk maar aan leuke dingen.

Raindrops on roses

And whiskers on kittens

Een zaal vol astronauten.

Een boek waar je een appartement in Londen van kon betalen.

Stewardessen die naar je toe komen en zeggen dat ze je boek hebben gelezen.

Ik ben nu nog bezig met beginnen te begrijpen wat Bloem bedoelde.

Een game bouwen.

Vissen met Erik. O nee, nee vissen met Erik mag niet bij de leuke dingen, dat is verraad aan je moeder.

Bloem, wat bedoelde je? Ruimte innemen en zeggen wat ik denk was goed, toch?

De bus pakken met je moeder, onze kleren in plastic tasjes – is dat al vijfentwintig jaar geleden?

God, dat boek en die astronauten en dat filmpje kut nu niet aan het filmpje denken denk aan je moeder die haar verantwoordelijkheid nam en waar al jouw kracht op is gebaseerd en de presentator gaat nu het filmpje noemen ja daar is het –

... Maar er is onlangs een video opgedoken, opgenomen bij zo'n sessie met honderden van die zogenaamde astronauten waarin Wes zijn fans een bijzonder advies geeft als zijn vermaarde zelfhulpboek niet de redding brengt die zij ervan verwachten. We gaan even kijken.

En het filmpje wordt ingestart.

Hun kleren in plastic tasjes.

Als ik het niet snap, raak ik in paniek en ik wil niet in paniek raken.

Pak ruimte. Pak ruimte met humor. Pak ruimte pak ruimte.

5

Het was Jane geweest die had gezegd dat ze weer iets moest proberen met een man, met mannen, kijk hoe het voelt, weg met die eenzaamheid, je leeft maar één keer. Indirect was het dus haar schuld. Toen waren ze al aan het eind van hun opleiding geweest en was Dimphy al thuis aan het knippen. Op de advertentiekaartjes die ze bij de supermarkt had opgehangen, stond dat ze knipte voor een tientje, met haar adres erbij, en ze begon wat klantjes te krijgen. Die klantjes vertelden elkaar over haar en haar knipbeurten. Alleen heren, zette ze op haar kaartjes, want vrouwen vond ze te moeilijk, vrouwen wilde permanentjes en kleurspoelingen en daar had ze de spullen niet voor, en de heren moesten ook niets ingewikkelds willen. Ze had die opleiding gedaan, maar het diploma had ze niet gehaald. Niet goed genoeg, je kan het het best nog een jaar overdoen, maar een jaar overdoen kostte te veel geld, en ze was maar gewoon gaan knippen. Dus ze zag mannen, en ze had op een gegeven moment wel door dat de mannen elkaar niet alleen vertelden dat ze bij haar geknipt konden worden. Nou, zei er eentje, je bent me aangeraden door – en hij noemde een naam die haar niets zei – en die heeft niets te veel gezegd hoor, je bent een mooie verschijning.

Oké, dacht ze, oké, een mooie verschijning, ik ga dat maar gewoon als een compliment zien.

Ze had die avond gebeld met Jane; ze kende het nummer dat Jane een halfjaar daarvoor op had geschreven in haar schriftje uit haar hoofd, en ze had verteld over het compliment, en Jane had gezegd dat ze zich gewoon eens moest laten versieren.

Dus de eerstvolgende man die haar duidelijk ook een mooie verschijning vond en vroeg of ze zin had om een keer iets te gaan drinken had mazzel gehad, want ze stelde maar even geen eisen. Gewoon om te kijken hoe zoiets ook weer ging. Ze had dat ooit geweten – dát wel. Vriendinnen, daar wist ze niets van, maar vriendjes had ze vroeger wel gehad. De man had haar meegenomen naar het café op het August Allebéplein, en daar had ze nog twee mannen gezien die ze knipte, zittend aan de bar met borreltjes en biertjes. De man had haar aan een tafeltje gezet, en ze had gezien dat dat niet klopte; tafeltjes in cafés als deze waren er alleen maar om aan te klaverjassen, niet om met z'n tweeën aan te gaan zitten. En er klopte wel meer niet: hij vertelde al veel te snel dat het thuis helemaal niet goed ging – dat hij getrouwd was, dus, en dat ie nu technisch vreemd aan het gaan was. En was hij knap, aantrekkelijk, grappig misschien, invoelend? Zat er enige kwaliteit aan die man? Nee, eigenlijk niet. Maar hij had aandacht voor haar, en ze had besloten dat het weer een beetje goed mocht voelen, aandacht van een man. Dus hij mocht wijntjes voor haar kopen, en hij mocht vertellen hoe vervelend zijn vrouw was, als hij dat maar afzette met complimenten voor háár. Ik denk dat jij heel anders bent – zulke dingen. O ja, waarom denk je dat dan? Omdat ik dat zie aan je ogen. O ja? Ja, je hebt mooie ogen. En daarin zie jij dat ik heel anders ben? Ja, want je ogen zijn de spiegels van de ziel, dus jij hebt een mooie ziel. Onzin, allemaal. Maar laat maar komen, die onzin.

Hij had haar thuis mogen brengen, die paar straten rijden, en voor de deur had het nog twee kanten op kunnen gaan. Als hij goed had kunnen kussen, was hij misschien ook goed in bed geweest, en dan had ie misschien geluk gehad. Maar het was een waardeloze kusser geweest. Natuurlijk. Dus het ging de veilige kant op. Het was een leuke avond, dank je wel. Ik zie je wel weer als je geknipt moet worden.

Ze wilde nog niet dat Wesley een vreemde man in huis zag, op die manier. Nu nog niet, maar misschien zou dat niet lang meer duren.

Ze had Jane gebeld na dat afspraakje, verteld hoe het was gegaan, en Jane had dingen gezegd als 'ik ben trots op je', en daar had zíj dan weer een bepaalde trots bij gevoeld. Ze had misschien wel een vriendin, nu; ze zou misschien wel leren hoe dat eruitzag, dat onbekende landschap dat vriendschap was.

Wesley had het patatje voor de helft op – de andere helft schoof hij naar haar.

Dank je wel, lieverd.

Heb je Jane gebeld?

Ja, ik heb Jane gebeld. We kunnen daar een nachtje slapen. We moeten met bus 34 naar Noord.

Ze at haar frietjes snel weg, stond op, knikte naar de man van de snackbar, nam haar jongen mee.

Toen ze buiten stonden, de sneeuw die nu steeds meer de stoepen overnam, de auto's die alles tot pulp reden, huilde Wesley.

Wat doe je – wat *doe je nou*?

Hij snikte een keer na, haalde adem, en keek naar de neuzen van zijn schoenen. Sorry, zei hij.

Het geeft niet, zei ze, en ze meende het, het was alleen haar eigen irritatie geweest; natuurlijk mocht het joch huilen, maar zij mocht ook even kwaad worden, die ruimte moest ze hebben; waarom moest hij dat soort dingen altijd op zichzelf betrekken? Niet zo moeilijk doen, hoor, zei ze tegen hem. Frank deed dat ook, haar buien op zichzelf betrekken. Dat was slap – er was maar één ding dat ze niet miste aan Frank en dat was die slapheid. Dus het was niet gek dat ze na Franks dood en een paar slappe afspraakjes met andere slappe mannen voor een sterke man viel. Het was niet gek dat ze voor Erik viel.

Ze zei: waar zou bus 34 vertrekken? Samen liepen ze naar de bushalte waar ze uit waren gestapt.

Wesley zei: bij het station.

Hoe weet je dat?

Ik weet dat de bussen naar Noord daar stoppen, en bus 34 is een bus naar Noord, dus ik denk dat ie daar vertrekt.

Oké, zei Dimphy.

Erik was eerst een klant en daarna werd hij haar vriend. Hij was eerst een klant die ook weer van iemand had gehoord dat ze een mooie verschijning was, en dat dat haar reclame was – ach, wat maakte dat uit. Ze wist dat ze niet de beste kapster ter wereld was, en ze moest geld verdienen, dus ze vond het prima, en Erik was de eerste die dingen zei die bij haar aankwamen, en misschien was dat wel omdat híj een mooie verschijning was. Groot en sterk, dik haar waar ze haar schaar niet graag in zette omdat ze niet wist hoe het eruit zou zien als ze er klaar mee zou zijn, scherpe ogen, donker, die haar strak aankeken, maar die ook ongeïnteresseerd konden zijn. Dat had ze meteen door: hij ging heen en weer tussen aandacht geven en het weer wegnemen. Alleen maar bedoeld om haar te lokken, en ze speelde het graag mee, ze wilde gelokt worden. Hij bleef langer zitten dan de knipbeurt duurde, en het was duidelijk dat hij geen vrouw had en op een gegeven moment zei hij: ik neem te veel van je tijd in beslag, ik ga nu weg, en ze zei dat hij nog wel mocht blijven als ie niets anders te doen had, maar daar reageerde hij niet op. Ze hadden het over eten gehad, en hij zei dat hij een keer voor haar zou koken, en ze zag een man in haar keuken voor zich die al uien snijdend iets terug zou verwachten, maar hij speelde het beter: een paar dagen later kwam hij een pan hachee brengen, zette die op het fornuis, legde een zak aardappelen op het aanrecht en zei: geniet ervan. Ik kom de pan later wel weer halen.

Dat was goed geweest. Ze was versierd door een man die wist hoe zulke dingen werkten.

Je kan doorlopen, zei de chauffeur van de bus waar ze weer instapten, je stempels zijn nog geldig. De bus reed door naar het station, en daar zochten ze bus 34, die in het donker op haar en Wesley stond te wachten; de chauffeur van die bus zette zwijgend nieuwe stempels op haar strippenkaart. Op elk bankje zat één persoon, een man of vrouw die voor zich uit staarde. Ze zette Wesley op een zitting naast een zwarte man die heel even opzijkeek, en ze ging zelf aan de andere kant van het gangpad zitten, naast een witte vrouw, en de witte vrouw zuchtte.

Sorry, zei Dimphy, weet u waar ik eruit moet voor de Kamperfoelieweg?

De vrouw zuchtte weer, wachtte een paar tellen met antwoorden, en zei toen langzaam: op de halte Kamperfoelieweg, denk ik.

Dank u wel, zei Dimphy. Ze wist niet hoe dit soort dingen werkte – ze ging nooit meer ergens heen. Die strippenkaart had ze weken geleden gekocht, en ze had ervoor gespáárd, godallemachtig, ze had gespaard om een strippenkaart van acht gulden te kunnen kopen zonder dat het hem op zou vallen, ze had dubbeltje voor dubbeltje apart gehouden, elke week veertig of vijftig cent. In één keer acht gulden uitgeven zou hem zijn opgevallen. De rest van het geld dat ze nu in haar portemonnee had was de vijfentwintig gulden die ze per week uit mocht geven aan de boodschappen die hij vergeten was, en daar was al één vijftig af voor de patat en een kwartje voor de telefoon. Haar kapitaal bestond nu uit drieëntwintig gulden en een halfvolle strippenkaart.

De buschauffeur sloot de deuren, en de bus trok op.

Toen hij de pan weer was komen halen, had hij weer in haar keukentje gezeten, net als die keer dat ze hem had geknipt, en ze hadden weer gepraat, nog langer nu. Ze vertelde dat ze de hachee met haar jongen had gegeten.

O ja, heb je een zoon, hoe oud dan, en wat voor joch is het? Wat leuk, en hoe is het dan voor hem om geen vader meer te hebben? Dat moet zwaar zijn voor zo'n jongen.

Ja, ja, dat was ook zwaar, maar hij deed het zo goed. Het was zo'n sterk joch. Hij is zo sterk, zei ze.

Dat geloof ik graag.

Ze keek opzij naar haar sterke joch, dat onderuitgezakt in het stoeltje van de bus zat, niet helemaal verstopt, maar wel een beetje, en hij lachte naar haar toen hij zag dat ze naar hem keek.

Gaat het goed? vroeg ze.

Het gaat goed, zei hij.

De bus reed de IJ-tunnel in, oranje lampen in de plafonds gaven alle passagiers dezelfde kleur.

Hij stelde niets voor, die dag, hij pakte alleen de pan weer terug en vroeg niet of ze nu iets met hem ging drinken, en omdat ze niet wilde dat dit de laatste keer was dat ze hem zou zien, zei ze dat ze het wel zag zitten met hem.

Zo, zei hij, dat is mooi. En hij ging weg.

Ze vroeg zich lang af of ze daar een fout mee had gemaakt, met zo'n uitspraak, want het was een halve liefdesverklaring, *ik zie het wel zitten met jou.* Ze had hem afgeschrokken natuurlijk. Zo'n mooie man, zo'n man voor wie zijn vrijheid belangrijk was – hij woonde op een woonboot ergens in een vaart in de Zaanstreek, had ie verteld. Zulke dingen zei je niet tegen zo'n man, dan nam je hem zijn vrijheid af, dus ze zou hem waarschijnlijk niet meer terugzien.

Maar een paar dagen later belde hij aan terwijl ze iemand aan het knippen was en er ook twee mannen in de woonkamer op de hoekbank aan het wachten waren op een knipbeurt. Ze liet hem binnen, haar schaar en haar kam in haar handen, en ze wist niet zo goed hoe ze hem moest verwelkomen. Hij zei dat hij op zijn beurt zou wachten, en hij ging in de woonkamer bij de twee wachtende mannen zitten. Hij knikte de mannen gedag en hij pakte een krant. Ze had een *AD* en een *Telegraaf* op de salontafel liggen. Het was al twaalf uur geweest, en de buurvrouw van beneden stopte na twaalven *De Telegraaf* in haar bus, en de buurman van vierhoog legde het *AD* op haar mat als hij 'm uit had. Ze knipte de buurman gratis, de buurvrouw was gewoon aardig.

Ze ging terug naar de keuken en knipte door. Ze hoorde hem praten met die mannen terwijl ze aan het knippen was, maar ze verstond niets; er werd wat gezegd, er werd iets geantwoord, en er werd wat gelachen. De man die ze aan het knippen was praatte tegen haar, maar ze luisterde niet naar hem. Ze probeerde te verstaan wat er in de woonkamer gezegd werd. Het enige wat ze kon horen was dat hij de grapjes maakte, en dat de andere mannen lachten. Ze moest er zelf om lachen – als de mannen lachten, lachte zij met hen mee.

Ze raffelde de knipbeurt van de man die nu in haar keukenstoel zat een beetje af, en toen hij haar zijn tientje had gegeven, duwde ze hem de deur uit. Daarna stapte ze haar woonkamer in, keek Erik aan, en die sloeg glimlachend een bladzijde van zijn krant om. Hij had de tijd, hij wachtte wel, maar ze knipte de twee mannen met wie hij grappen had zitten maken niet netjes, en terwijl ze ermee bezig was, wist ze dat ze slechte reclame voor zichzelf maakte. Als deze mannen thuiskwamen bij hun vrouw, zou hun vrouw zeggen dat ze maar een andere kapper moesten zoeken. Dan maar een tientje meer betalen. En twee tientjes minder voor haar.

Toen ze klaar was met de mannen, toen de laatste de deur uit was en ze zich naar de kamer draaide, stond hij al in de deuropening, met zijn schouder leunend tegen de deurpost.

Je kunt behoorlijk snel knippen, zei hij.

Ik had iemand zitten wachten die ik belangrijker vond, zei ze.

Zo, zei hij. Hij zette een stap naar haar toe en kuste haar, en het was een kus die haar door haar knieën liet zakken, zoals ze al had geweten voor het gebeurde.

Je moet eruit, zei de vrouw naast haar.

Dank u wel, zei Dimphy, en ze stapte met haar jongen uit.

De bus reed verder, en ze keken om zich heen. De sneeuw hier was niet weggelopen door de honderden mensen die ze nog in de stad hadden gezien; hier liep alleen een man met een hond langs, en de hond wilde spelen in de verse sneeuw, maar de man wilde dat niet. Ze keken naar de huisnummers, en ze moesten vier-, vijfhonderd meter lopen voor ze bij het nummer van Jane waren.

Jane zoemde de voordeur open, en ze moesten een trap op. Haar huis rook naar eten, en de verwarming stond hoog. Jane stond niet bovenaan de trap, ze was weer gaan zitten op haar bank, en ze keek televisie. Ze rookte, en ze zei dat Dimphy en Wesley hun spullen maar naast de bank moesten zetten, want daar gaan jullie straks slapen. Ze zei dat ze zelf niet op de bank kon voor haar rug.

Dank je wel dat we hier mogen slapen, zei Dimphy.

Ja, dat is goed, zei Jane. Wat is er eigenlijk mis?

Dimphy dacht kort na, nog staand met haar plastic tasjes, Wesley naast zich, en zei toen: de situatie thuis was onhoudbaar.

Wat betekent dat? Spreek eens Nederlands.

Mijn vriend was gewelddadig.

Had je een mepper?

Ja, ik had een mepper.

Eruit zetten en een nieuwe zoeken.

Dimphy liet haar plastic tasjes vallen en sloeg haar handen voor haar gezicht. O god, zei ze, ik heb het verkeerd gedaan. Ik had nooit weg moeten gaan.

Jane keek van de televisie naar Dimphy. Als het zo erg was, zei ze. Daarna haalde ze haar schouders op. Ik vind het alleen niet tof dat ik twee jaar niets van je hoor en dat ik je dan ineens moet helpen.

Sorry, zei Dimphy.

Je kan één nacht blijven. Als je iemand moet bellen, dan mag je de telefoon gebruiken.

Ik weet niemand om te bellen. Daarom belde ik jou.

Geen familie?

Dimphy schudde haar hoofd.

Ik bel morgen mijn broer voor je, zei Jane. Die denkt erover te gaan samenwonen met zijn nieuwe vriendin, dus misschien kan je in zijn huis, een tijdje.

Dat zou al geweldig zijn, zei Dimphy.

Jane bleef tv-kijken en Dimphy en Wesley gingen naast haar op de bank zitten. Dimphy wilde haar jongen laten slapen, maar ze zouden moeten wachten tot Jane naar haar slaapkamer zou gaan. Ze keek mee naar het programma op tv, maar ze zag niets, ze dacht aan die kus. Hij was vier of vijf weken na die kus bij haar ingetrokken. Ze hadden het leuk gehad, die eerste weken, en ze was verliefd op hem. Ze had niet gedacht dat ze nog iets zou kunnen voelen voor een man na Frank, maar dat was een gedachte geweest die was ingegeven door romantiek, door ideeën over hoe dat soort dingen hoorden, hoe een weduwe zich zou moeten gedragen. Maar het gevoel was er, en ze had besloten het toe te laten, omdat er niet veel mensen in haar leven waren die er iets van zouden kunnen vinden. Na Franks dood was ze met Wesley verhuisd, omdat ze het huis niet kon betalen van haar weduwepensioen, en de buren in het nieuwe flatje wisten niet dat haar man dood was – dat had ze nooit verteld. Dus een nieuwe man kon, het mocht; haar familie zag ze weinig genoeg om voorlopig niets over hem te hoeven vertellen.

Ze hadden in bed gelegen toen Erik zei dat hij van zijn boot af moest, de man van wie hij het ding huurde had gevraagd of Erik iets anders kon zoeken, en of het goed was als hij zijn spullen bij haar neerzette. Ik ben hier nu toch al bijna elke dag, zei hij. En ik heb heel weinig spullen. Alle meubels op de boot zijn van de eigenaar.

O, zei Dimphy toen, ja, je kan je spullen hier wel neerzetten.

Je merkt er niets van, zei Erik. Die paar hengels en wat kleren. En mijn goeie pannen.

Die goeie pannen mogen hier wel de keuken in, zei ze.

Dat dacht ik al, zei hij. Ik heb je wel te pakken gekregen met mijn kookkunsten, hè?

Je hebt me zeker te pakken gekregen, zei ze, en niet alleen met je kookkunsten, had ze gezegd, en hij had haar nog een keer goed geneukt, en de volgende dag had hij Wesley van school opgehaald en hij had haar jongen meegenomen naar zijn woonboot. Hij had die paar spullen in zijn auto geladen en daarna had hij Wes meegenomen naar Café Huizinga, omdat ze samen een leuke dag hadden, had ie later tegen haar gezegd, en hij vond toen dat samen wat gaan drinken bij die leuke dag hoorde. Wes kreeg chocomel, zelf dronk ie een biertje, en nog een, en nog een, en het biertje werd een kopstootje, en het werd later en het werd donker en Wesley – dat arme joch – durfde niet te zeggen dat ie naar huis wilde, en pas ver na etenstijd was Erik met haar jongen in de auto gestapt terwijl zij al gek van ongerustheid werd thuis, en hij verzekerde haar later dat hij stapvoets had gereden, het was maar een klein stukje van Huizinga naar haar flat, maar god, wat was ze kwaad op hem geweest – dat ie zo laat durfde te zijn zonder iets te laten weten, en ook nog met al die drank op met haar zoon was gaan rijden. Met *haar zoon*.

Hij had spijt, hij begreep dat ze ongerust was geweest en dat was stom van hem geweest, maar hij zei dat hij die jongen nooit in gevaar zou brengen, nooit.

Ze keken tv op Janes bank en Wesley viel tegen zijn moeder in slaap. Ze aaide hem over zijn hoofd.

Ze geloofde dat Erik voorzichtig met haar jongen wilde zijn, en zelfs nu nog; hij was gek op Wes, hij zou hem nooit iets aan hebben gedaan, en dat was misschien wel een van de redenen waarom het zo lang duurde tot ze bij hem wegging.

Na het laatste programma dat Jane wilde zien, bleef ze nog schakelen tussen zenders, alle zenders af tot ze zeker wist dat er niets meer was om voor op te blijven.

Erik was een betere vader voor Wesley dan Wesleys eigen vader was geweest.

Ze durfde het te denken, en ze schudde haar hoofd erom. Frank was een week na Wesleys geboorte weer op een vliegtuig gestapt voor een opdracht van een halfjaar in dat godverkutte Abu Dhabi, waar ze Nederlandse baggeraars nodig hadden; een baby die zijn vader een halfjaar niet zag, en zo was het de eerste vier jaar geweest – twee maanden thuis, een halfjaar weg. Hij was er goed uit gekomen, haar jongen, hij wilde altijd wel contact maken met zijn vader, toen hij wat ouder was. Dat had ze niet verwacht. Maar Frank was zelf nooit echt gewend geraakt aan het vader zijn, en hij wist soms niet zo goed wat hij met dat contact moest.

Erik was beter voor Wesley. Erik nam Wesley mee als hij iets ging doen, ook al was dat iets waar Frank over zou zeggen dat dat toch niet leuk is voor zo'n jongen. Naar de sloop voor een auto-onderdeel, boodschappen doen bij de Makro. En Wesley vond het niet allemaal even leuk, maar het voelde beter dan hoe Frank het deed. Voor het slaan begon deed ie dat al, en toen het eenmaal begonnen was bleef ie het doen, die jongen meenemen, grappen met 'm maken. Ze wist niet of ze praatten, Erik en Wesley, misschien onderweg in de auto. Maar hij deed het beter dan Frank het had gedaan.

Jane zette de tv uit en zei dat ze naar haar bed ging. Ze zei dat Dimphy en Wesley op moesten staan, dus Dimphy schudde Wes voorzichtig wakker, en toen ze stonden, pakte Jane een beugel aan de hoofdleuning van de bank, en ze trok de leuning en de zitting naar voren, en toen stond er plotseling een bed, met twee gekreukte slaapzakken op het matras, die een vorige keer precies zo waren blijven liggen.

Dimphy en Wesley keken elkaar aan toen Jane de kamer uit was. Ik heb geen tandenborstel meegenomen, zei Wesley.

Die kopen we morgen, zei Dimphy. Ga nu nog maar even plassen, en dan gaan we slapen.

Ze schudde de slaapzakken een beetje op en ze lachte naar hem toen hij terugkwam.

Hij lachte terug.

Hoe gaat het met je?

Heel goed, zei hij.

Zeg het als het niet zo is.

Dan zeg ik het. Hij trok zijn kleren uit en ging in zijn onderbroek en T-shirt de slaapzak in. Hij draaide zich om en sliep.

Ze keek naar hem en zuchtte. Als hij die band niet had gehad met Erik, had ze het misschien anders gedaan. Was ze eerder gegaan. Maar die jongen had een huis nodig, en dat hád hij, ook met Erik en dat slaan erbij, en nu had hij niets meer.

Erik zou Wesley nooit iets aandoen. Dat wist ze. God, misschien was het allemaal haar schuld wel, had ze te veel gezeurd na die ene keer dat hij dronken met die jongen was gaan rijden, hij had godverdomme stapvoets gereden omdat ie wist dat ie fout zat, en zij was doorgegaan met zeuren, dagen achter elkaar, ze had gezeurd zoals ze altijd bij Frank had gedaan als die iets verkeerd deed, en dit was Frank niet, *dit was een echte man*. Wat als het haar eigen schuld was geweest? Ze had het allemaal kapot gezeurd.

Na een week van haar gezeur was hij het zat geweest, en ze hadden ruzie gehad, een normale ruzie, toen nog wel, en na die ruzie had hij zijn spullen in de gang gezet, 's nachts, en gezegd dat hij de volgende ochtend weg zou gaan, en hij was op de bank gaan slapen.

Toen Wesley uit bed kwam en vroeg waarom die spullen er stonden, zei Erik dat ie weg zou gaan, en Wesley huilde. Hij huilde meteen. Dus Erik bleef.

Erik bleef omdat haar jongen huilde. Als hij niet had gehuild, was Erik niet gebleven.

6

In de gangen, na de sessie, wilden de mannen zijn handen schudden en hij nam tijd voor iedereen, alle jongens die iets wilden zeggen wat ze in de zaal niet durfden te zeggen, hij boog naar ze toe, luisterde naar ze als ze iets zachts zeiden, en hij had geleerd dat hij dit niet op hoefde te lossen, god, Bloem zou trots op hem zijn, alleen maar luisteren en knikken en zeggen dat ie het begreep was al genoeg, en er waren er altijd een paar die grappen wilden maken omdat hij had gezegd dat humor slimheid was en ze wilden laten zien hoe slim ze waren en dat mocht allemaal, dus maak die grappen en ik lach, buddy, ook als je het niet in de zaal durfde te doen, het is allemaal goed, pak die ruimte, ik zie je. Ze wilden met hem op de foto, en hij sloeg altijd zijn arm om hen heen, maak contact, ook al voel je ze soms bevriezen omdat ze geen contact gewend zijn. Laat ze maar wennen aan contact, bladzijde 212, MAAK CONTACT – Wes Wes Wes, als een klein kind dat net zo lang om zijn moeder roept tot de moeder opkijkt van haar gesprek met een andere volwassene.

Wes Wes Wes – buddy, wat is er, zeg het maar. De jongen stond achter een deinende rij van andere mannen die allemaal wachtten op een bear hug. Het was de jongen die een eerste druk had. Hij had een beetje gekte in zijn ogen, maar hé, die gekte had hij zelf ook gehad, nog niet zo lang geleden was hij die onzichtbare man die alleen buiten kwam als het donker was en snel boodschappen deed bij een supermarkt waar hij niet bij een kassa hoefde te staan, dus hij keek niet op van een beetje gekte. De jongen vroeg naar zijn Victoria's Secret-model.

Wes lachte en zei: Hoe is het met *jouw* Victoria's Secret-model?

Je verhaal over het Victoria's Secret-model is bullshit, man, zei de jongen, want je bent laatst zelf gefotografeerd met een Victoria's Secret-model.

De telefoons die aan het filmen waren gingen van de jongen met gekte in zijn ogen naar Wes. Wes lachte en het was een kutvraag, maar hij wilde die nerds alles vertellen over het model, want ze zouden smullen, de astronauten, dus zei hij dat dat helemaal waar was, maar het was een *redhead*, en niet blond zoals jullie stemden (gelach van omstanders), het was voor een benefiet, en het was een idee van mijn agent, en weet je wat, buddy, ik stond daar met het zweet in mijn handen en ik was blij dat we na de foto's op de rode loper allebei iets anders gingen doen.

Dat lieg je, riep de jongen, want er zijn ook foto's van na de rode loper en jullie hebben het volgens mij heel leuk samen.

Wes blies zijn adem uit. Oké, gaf hij toe, dat was inderdaad een leuke avond, maar dat doet niet af aan mijn verhaal: verwacht niet dat er zo'n model op je wacht. Pak ruimte, begrijp dat je er mag zijn, maar laat je niet verblinden door een fantasie waar je al jaren op teert.

Het liefst had hij kunnen zeggen dat hij haar die avond keihard had geneukt zodat hun verafgoding nog een paar tikjes op de meter erbij zou krijgen. Hij was fokking tróts geweest op dat model, rood haar, groene ogen, mooie borsten en toen de foto's online kwamen, had zijn agent geappt dat hij het wel moest downplayen om geloofwaardig te blijven bij zijn astronauten.

- Ja, maar dit is dus ook bereikbaar, toch?

- Nee, dit is voor niemand van jouw astronauten bereikbaar, jij staat daar naast dat meisje omdat je een miljoen boeken hebt verkocht, niet omdat je goed kan programmeren. Downplayen. Houd het in het midden.

De jongen met de gekte in zijn ogen zei dat hij wilde wat Wes had.

Wes wist niet wat hij verder moest zeggen, want dit is precíés wat hij wilde, dat iemand wilde wat hij had. Dat ze zien dat hij vrouwen kan krijgen, hij kan godverdomme een Victoria's Secret-model krijgen dus hij is waar hij wil zijn. Hij is precíés waar hij wil zijn.

(Waarom heeft hij zo'n hekel aan deze slappelingen?)

Ik wil wat jij hebt, ging de jongen verder. Mijn leven zag er precies zo uit als het jouwe, precíés zo, maar ik heb nu niet wat jij hebt. Wat moet ik doen om te krijgen wat jij hebt?

In mijn boek –

Ik heb je boek gelezen. Hij hield het omhoog. De hoeken van de kaft waren omgekruld en het was anderhalf keer zo dik geworden door alle papiertjes die tussen de bladzijden waren gevouwen en de post-its die over de randen staken. De woorden met de zwarte marker waren er op dat moment nog niet op geschreven.

Zie het boek als een eerste stap, zei Wes.

Ik heb deze stap al tien keer genomen. Wat is mijn volgende stap?

Met zelfinzicht en –

Wat is mijn volgende stap?

Misschien kan je iemand in je omgeving vinden die –

Wat is mijn volgende stap?

Met therapie kom je –

Ik zit al vijf jaar in therapie. Wat moet ik doen als jouw boek me niet helpt?

Hij keek rond en de mannen keken hem aan, alle aandacht was voor hem zoals voortdurend bij deze astronauten (slappelingen), alle ogen, monden stonden open, ze moesten iets van hem horen, nu, nú, en hij dacht na over een antwoord, maar hij had even geen antwoord. En hij bedacht: slimheid en humor, humor is nu de oplossing, maak het lichter, en hij maakt het grapje en er wordt gelachen, goddank er wordt gelachen. De filmende telefoons gaan weer terug naar de jongen met de gekte in zijn ogen en hij lacht ook, ha-ha-ha-ha-ha-ha, goddank hij lacht ook.

Maak er dan maar een eind aan.

7

Ze waren blijven liggen, met honger en verwachtingen voor de dag en alleen al die verwachtingen hebben voelde zo goed, en ze hadden het wachten op Jane opgevuld met grapjes maken. Toen Jane de kamer binnenkwam zei ze niets tegen ze, dus zij durfden ook niets te zeggen. Ze stonden op toen Jane ongeduldig naar hun bed bleef kijken. O, de bank, zei Dimphy, en toen ze uit hun slaapzak waren gestapt, klapte Jane de bank in, zonder de slaapzakken weg te halen. Ze liet zichzelf op de zitting van de bank vallen en stak een sigaret op. Nu ben ik aanspreekbaar, zei ze.

Dimphy dacht na over iets om haar mee aan te spreken, maar ze vond niets, dus ze zei dat ze haar heel dankbaar waren.

Ik schop je er straks wel weer uit, zei Jane, ik kan niet tegen mensen om me heen, niet te lang in elk geval.

Dat is goed, zei Dimphy, en ze knipoogde naar Wesley, omdat het natuurlijk niet goed was, dat wist ze, sorry, ik wou dat het beter was, maar dat is het even niet.

Ik bel m'n broer zo voor je, maar die slaapt nog.

Dimphy knikte.

En kijk maar in de keuken of er iets te eten is. De broodtrommel staat op de koelkast. Geen idee of er nog wat in zit.

Ze gingen samen naar de keuken en Dimphy ontspande daar haar schouders, gaf haar jongen een kneepje in zijn nek. Ze stonden samen voor de lage koelkast, en ze keken naar de broodtrommel, een oranje metalen doos. Wat gaan we aantreffen, zei ze, rapaa rapapaa, zoals Ome Willem op tv dat deed.

Vind jij het ook zo spannend? vroeg ze en Wesley lachte een echte lach.

Heel erg, zei hij.

Ze tilde het deksel van de trommel een centimeter op en keek Wesley aan. Ik denk dat er een slagroomtaart in zit. Een verse.

Ik denk een stapel pannenkoeken met spek.

Of warme croissantjes, zei ze.

Wesley dacht even na. Vers wit brood met aardbeien en basterdsuiker.

Ze duwde de klep naar achteren en er zat een zak in met een paar sneetjes bruin brood. Oud bruin brood.

Jij zat er het dichtstbij, zei Dimphy.

Ik zou blij zijn geweest met de slagroomtaart, zei Wesley.

Ze zochten in de kastjes en ze vonden een pot pindakaas. Dimphy besmeerde alle sneetjes met pindakaas en samen aten ze, staand in de kleine keuken, omdat ze de woonkamer niet in durfden. Of dat was wat ze tegen elkaar zeiden; natuurlijk durfden ze wel, maar het voelde goed een verbondje te hebben. Dat had ze te lang al niet gehad met haar jongen. Zijn verbondjes waren met Erik geweest, het laatste jaar, hij was altijd maar bezig geweest aandacht van Erik te krijgen, en dat begreep ze wel, natuurlijk, dat had ze wel begrepen, want Wes was een jongen en Erik was een man. Het was volkomen normaal geweest, en het gevoel van jaloezie dat ze had als Wes met hem mee ging vissen en niets tegen haar zei bij het vertrekken had ze gewoon genegeerd, ze had het hem gegund, die mannenband.

Lekker, zei Wesley.

Omdat je honger hebt.

Wes haalde zijn schouders op.

Toen ze klaar waren met eten, bleven ze in de keuken staan omdat ze niet wisten wat ze anders moesten doen.

Jane kwam na een uur kijken. Wat zijn jullie hier nou aan het doen?

Ze keken elkaar aan. We weten het niet, zei Dimphy.

Jane schudde haar hoofd. Nou, zei ze, ik heb mijn broer gebeld en die vindt het goed als jullie een paar weken in zijn woning trekken, maar hij wil wel huur.

Ik moet – zei Dimphy. Ik heb – daarna zei ze niets meer, maar Jane wachtte.

Ik moet werken, zei ze. Ik moet eerst wat werken en dan heb ik geld om huur te betalen.

Nou, gelukkig heb je allebei je handen nog, zei Jane.

Ja, zei Dimphy. Gelukkig.

Mijn broer komt om twee uur vanmiddag, zei Jane. Ik ga tv-kijken. Jullie mogen uit de keuken komen, als jullie dat willen.

Ze liepen achter haar aan naar de woonkamer en Jane ging op de bank zitten, rookte en keek belspelletjes. Dimphy en Wesley zaten naast haar en keken mee.

Dit zijn ze, zei Jane tegen haar broer, en hij knikte, niet per se naar hen, maar meer bevestigend. Hij heette George en hij had zijn haar naar achteren gekamd met Brylcreem.

Kom maar mee dan, zei hij en hij liep naar de deur, en Dimphy en Wesley pakten hun jassen en hun tasjes. Wesley droeg het kapperskoffertje. Dimphy zei dat ze niet wist hoe ze Jane moest bedanken.

Door mijn broer op tijd z'n huur te betalen, anders heb ik het straks gedaan bij hem.

Buiten was de sneeuw van de dag ervoor al aan het smelten. George had een Ford Escort met spoilers. Hij ging achter het stuur zitten en startte de auto, en Dimphy en Wesley stapten snel in. Ze reden verder Noord in. George zei dat hij de tv mee zou nemen. Hij zei dat zijn vriendin graag ook een tv op de slaapkamer wilde dus dat hij de zijne meenam.

Oké, zei Dimphy.

Dan staat er dus geen tv, zei George.

Oké, zei Dimphy.
Maar je hebt wel een dak boven je hoofd.
Ja, zei Dimphy.
Dat is tenminste iets.
Dimphy keek om naar de achterbank. Wesley keek naar de straten waar ze doorheen reden. Ze gingen een dijk over en toen kwamen ze in een wijk met flats die er nog niet zo lang stonden. De flats waren drie verdiepingen hoog en rond hofjes neergezet. De straten hadden namen als Westerlengte, Voordek en Overslag.
George zette de auto neer op Midscheeps. Hier is het.
Oké, zei Dimphy.
Ze stapten uit en George liep naar de portiek. Het is op de eerste verdieping, zei hij, en hij wees naar een bel. Er hing geen naambordje naast de bel. Hij opende de deur met een sleutel, liep de trap op, en Dimphy en Wesley liepen achter hem aan. Het was een betonnen trapportaal, net zoals ze in Slotervaart hadden gehad.
George opende de voordeur van de woning en ze gingen naar binnen. Het rook er naar andermans huis.
George liep meteen naar de tv. Die neem ik dus mee, zei hij.
Oké, zei Dimphy.
Hij legde even zijn hand op de tv, als om zijn woorden te bevestigen, alsof niet alles in dit huis van hem was. Daarna liep hij naar de keuken, trok een la open en haalde er een bosje sleutels uit. Het waren er vier in totaal, en aan de ring hing ook nog een groen labeltje. Hij hield ze een voor een omhoog. Trap, voordeur, berging, brievenbus.
Dimphy knikte.
Hij legde het bosje sleutels in haar hand. Daarna liep hij weer naar de tv. Het was een groot, zwaar ding met een bijna ronde beeldbuis die in een punt aan de achterkant van de kast eindigde. Hij trok de stekker uit het stopcontact, trok de coaxkabel uit de rug van de tv, en tilde 'm op. Hij hield 'm voor zijn buik en zei dat ie weer ging.

Dank je wel, zei Dimphy.

Wesley liep naar de voordeur om die open te doen.

George stapte door de deuropening, met zijn tv, en Wesley sloot de deur.

Nou, zei Dimphy. We hebben een dak boven ons hoofd.

Zonder tv, zei Wesley.

Zonder tv, zei Dimphy, maar een dak is een dak. En dat binnen één dag. Toen voelde ze de tranen komen en ze had geen zin meer ze tegen te houden. Ze liet zich huilend zakken op de bank in het appartement op Midscheeps, Noord, Amsterdam, de wereld.

Ze voelde de arm van haar zoon om haar schouders vallen, haar dappere jongen, haar sterke jongen, en ze huilde nog harder, omdat ze wist dat het kon.

8

Wes keek de hotelkamer rond en schudde zijn hoofd – er was nú iets aan de hand, die grap van hem was gefilmd en die shit van vroeger was niet nú. Jezus, ik heb mijn agent nodig.

Hij keek naar zijn broek die op de grond lag, voor de ingang van de badkamer. In zijn broekzak zat zijn telefoon. Als hij die nu aanzette, zouden de berichten onmiddellijk binnenstromen, de gemiste oproepen van zijn agent, van zijn moeder, van journalisten, van Bloem. Van de politie. We willen u wat vragen stellen.

Hij moest zijn agent hebben, zijn agent had antwoorden. Hij kende het nummer uit zijn hoofd omdat hij de naam van zijn agent niet kende. Ze waren een jaar geleden door een bureau aan elkaar gekoppeld en op een of andere manier had zijn agent nooit een naam geappt, was er alleen een berichtje binnengekomen met *Hoi, ik ben je agent* en dat nummer was zijn naam geworden. Ze hadden elkaar alleen berichten gestuurd. Afspreken was nooit gebeurd en Wes had dat fijn gevonden. De anonimiteit werkte voor hem. Hij voelde zich los bij de berichtjes die hij heen en weer stuurde met zijn agent, losser dan bij mensen die hij daadwerkelijk kende. Maar fuck, ik ken ook helemaal niemand. Haha. Wie ken ik nu eigenlijk?

Hij moest een telefoon hebben, een smartphone, want hij en zijn agent belden nooit, ze appten alleen. Hij kon het nu niet aan voor het eerst de stem van zijn agent te horen. Hij moest naar buiten om een smartphone te kopen. Op de Rozengracht zaten genoeg belwinkels die burners verkochten; hij moest naar buiten. Broek aan, gooi die telefoon maar in de hoek, in je tas zit een schoon overhemd, schoenen, portemonnee, jas, sleutelkaart van je kamer.

Na die sessie, die sessie met het grapje – hoelang was dat geleden, een maand, drie weken? – had hij nog twee sessies gedaan, één in Madrid en daar was niets geks gebeurd, het ging alleen moeizaam omdat de meeste aanwezigen geen Engels verstonden en er een soort tolk naast hem stond die af en toe iets riep. Zijn eigen Spaans was waardeloos, maar hij kende wel een paar woorden en soms hoorde hij woorden langskomen waarvan hij zich afvroeg of hij ze wel had uitgesproken. De andere sessie was een week geleden in Dublin waar de meeste mannen in een callcenter van Microsoft bleken te werken, collega's die elkaar kenden, waardoor de meesten niet wilden vertellen of vragen wat ze echt wilden vertellen of vragen. In plaats daarvan werd het een beetje stoer doen, en meestal lukte het hem wel om dat onderuit te halen, maar hier ging het fout omdat de stoerste hem naar de epidemie vroeg, zonder uit zijn stoerheid te stappen, alleen maar: en de epidemie?

Wes had gezegd dat ze niet bij elkaar waren om cryptisch te doen. We leven al in een wereld die cryptisch is voor ons, dus zeg gewoon wat je bedoelt.

De jongen met de gekte in zijn ogen had een manifest geschreven, een boekwerk in pdf, en hij had het op tientallen plekken online gepost. Maar hij was niet om zich heen gaan schieten, dus het was niet opgevallen. Alleen de plekken waar de nerds aanwezig waren, daar werd het gelezen. Wes' naam kwam er tientallen keren in voor. Hoe Wes zijn grote voorbeeld was omdat het bijna eng was hoe hun levens op elkaar hadden geleken. Vader vroeg dood, slechte stiefvader, sterke moeder.

De stoerste zei alleen nog maar: je weet wel waar ik het over heb. The Wesidemic!

God ja, die grap ging nu rond, eerst was het Wes' Epidemie geweest, *Wes' Epidemic*, en een grappenmaker had daar *The Wesidemic* van gemaakt. De nerds op de fora citeerden rijkelijk uit het manifest. *This is true*, zeiden ze erbij, en dan weer een lang stuk over hoe pesters op school levens kapotmaakten, over hoe meisjes die jongens negeren levens kapotmaakten, over hoe de jongen met de gekte in zijn ogen eerst dacht dat hij zijn Bijbel had gevonden in *Ruimte* van Wes D. en dat hij al naar twaalf sessies van Wes was geweest, maar dat het allemaal niet waar bleek te zijn, want iedereen negeerde hem nog steeds.

Na de Dublin-sessie had iemand van de organisatie Wes mee de stad in genomen. Meestal zei hij nee tegen zulke uitnodigingen omdat hij nooit geleerd had hoe dat werkte. Hij snapte niet hoe mensen in ruimtes met harde muziek met een drankje bij elkaar gingen staan, ook al zei hij elke sessie tegen de mannen in de zaal dat ze dat vooral moesten doen, ga met andere mensen in een ruimte staan, neem een drankje, praat over de harde muziek heen, maar zelf deed hij het niet of bijna niet. Waarom toen wel?

Hij nam de lift naar beneden, en de lobby stond vol met mensen die naar boven wilden – ze wilden allemaal op het bovenste liftknopje drukken, THE CLUB – en er stonden twee portiers die de massa in bedwang hielden.

Hij duwde zichzelf tussen de mensen door naar buiten en hij voelde een hand op zijn schouder en iemand zei jij bent Wes en hij zei nee, maar een octaaf te hoog, zijn gepiep was een klassieke weggever.

Jawel, zei een man die hem naar zich toe draaide en zijn andere hand op Wes' andere schouder legde. Jij bent Wes en je bent mijn held, zei de man. Hij was groot en hij zag eruit als een acteur uit een film.

Ik ben niemands held, zei Wes, en hij wilde doorlopen.

Ja, dat ben je wel, zei de man, en die twee handen op zijn schouders waren stevig genoeg om hem op zijn plaats te houden. Ik zal je vertellen, Wes, jij hebt mij zo ongelooflijk goed geholpen, ik doe de ruimte-oefening elke dag en dat meen ik, el-ke dag.

Oké, zei Wes.

Je komt vast dagelijks idioten zoals ik tegen, sorry dat ik je lastigval, man. Nog steeds die handen op zijn schouders.

Nee, het is oké, zei Wes, en hij moest bijna huilen, jezus – het is een Man en hij heeft aandacht voor het Jongetje. Het is oké, zei hij nog een keer, en: fijn dat ik je ermee kon helpen.

Zo, en hoe, zei de man. Ik ben Bruce, zei hij en hij liet Wes' schouders los en stak zijn hand uit om te schudden.

Wes, zei Wes.

Wes, als ik ooit iets terug kan doen voor je – ik ga boven naar een feestje, heb je zin om mee te gaan? Dan ben je mijn eregast en betaal ik al je drankjes.

Nee, zei Wes, nee, geen feestje.

Er liepen wat mensen langs, mooie mensen, en ze groetten Bruce; een van die mensen was een zanger van een band, Bruce kénde mensen, zo iemand was hij. Dat was ook zo in Dublin geweest met hoeheettehij, *Mike*, zo heette zijn Ierse vriend, Mike kende iedereen in alle tenten waar ze heen gingen, en Mike bleef praten en Wes wilde praten met Mike, vond het heerlijk dat Mike naar hem luisterde en Wes dacht toen: dit is vriendschap, maar nu wist Wes dat dat ook een Man-Jongetje-ding was geweest.

Kan ik iets anders voor je doen? vroeg Bruce. Je ziet eruit alsof niet alles even lekker gaat.

Ik heb een telefoon nodig, zei Wes, ik moet een telefoon hebben en hij wees naar buiten, want daar waren telefoons.

Bruce pakte zijn iPhone uit zijn broekzak en zei: hier, gebruik deze, doe ermee wat je wil.

Wes pakte 'm aan. Mag ik er een bericht mee sturen?

Tuurlijk. Vier zes zeven twee.

Wes tikte de code in en zocht WhatsApp, probeerde niet te kijken naar de gesprekken die er al stonden, begon een nieuw gesprek en tikte het nummer van zijn agent, schreef: *Dit is Wes.*

En direct terug: *Hoe weet ik dat zeker?*

- Jij bent mijn personal driver

Dat was een grapje – ze hadden ooit een serie grappen gemaakt over waar ze elkaar misschien weleens gezien hadden, zonder dat Wes het doorhad. Een van de situaties zou in een limo zijn met zijn agent als chauffeur. Zijn personal driver.

- Ok, waar ben je?

- In de lobby van het hotel

- Wiens telefoon is dit?

- Van Bruce

- Is Bruce ok?

- Geen idee

- Regel een eigen telefoon zsm

- Hoe erg is het?

Hij moest langer wachten op het volgende berichtje.

- Erg.

Hij ademde diep in, wiste het gesprek en gaf de telefoon terug aan Bruce.

Is er iets mis? vroeg Bruce. Is er iets gebeurd? Hij had warmte in zijn ogen, oprechte warmte.

Nee, zei Wes. Meteen ontkennen is altijd het beste, in tegenstelling tot wat hij in zijn boek had geschreven, het is iets wat de onzichtbare man doet, meteen ontkennen en wegkomen. De onzichtbare man zou nu buiten willen zijn, verdwijnen, weg uit deze mensenmassa en alles ontkennen, de onzichtbare man was een deel van hem, de onzichtbare man is niet voor niets ontstaan en heeft hem in leven gehouden.

Nee, ik heb gewoon een slechte dag, zei hij.

Dat vind ik kut voor je, Wes, zei Bruce. Maar ik wil nog wel zeggen dat ik blij ben dat ik je tegenkom. Hij sloeg zijn arm om Wes heen en zei dat hij welkom was op dat feestje boven.

Wes dacht aan Mike. Mike had hem een mailtje gestuurd toen hij weer thuis was. In het mailtje stond: BUT WHAT ABOUT THAT EPIDEMIC?

Hij keek op naar Bruce. Heb je tv gekeken vandaag? vroeg hij.

Tv? Ha, nee, er kijkt niemand meer tv, toch?

Niet?

Nee, serieus, echt niemand kijkt nog tv.

Maar dat was onzin natuurlijk, onzin. Min duizend reputatiepunten. Fuck fuck fuck het is allemaal echt, het is echt gebeurd.

Hoe zit het met de epidemie?

Al die nerds in zijn sessies. Hoe was dit ooit bij *Mr. Daily* terechtgekomen, waar ze altijd YouTube-filmpjes van minstens een halfjaar oud lieten zien?

Ik moet echt weg, zei hij, en hij duwde zichzelf weer de massa in die naar binnen wilde, god, wil iedereen naar dat stomme feestje van Bruce? Hij keek nog even om, zag Bruce in de lift stappen, duwde zelf weer tegen de massa in en toen stond hij tegenover de vrouw.

De vrouw die naast hem zat bij *Mr. Daily*.

Ze wilde naar binnen, naar haar kamer, want ze hadden hen in hetzelfde hotel gezet, daarom gooide ze vanochtend haar koffie om in de ontbijtzaal.

Ze keek op, opende haar mond, sloot hem weer en Wes staarde alleen maar.

Door hun stop stopte iedereen, een paar seconden, en daarna kwam iedereen weer in beweging en de beweging ging naar binnen omdat er nog een grote groep mannen binnenkwam. Het waren corpsballen en ze droegen rugbyshirts en riepen hard: scrum scrum scrum! Eén man, verkleed als banaan, op hun schouders. De rugbyers duwden de mensen die naar buiten wilden weer terug en Wes en de vrouw hielden elkaar overeind in de scrum.

Wes maakte ruimte voor de vrouw door zijn armen te spreiden en ze werden op de golven van het geduw gedragen en ze kwamen bij het trappenhuis uit. Wes duwde de deur open, stapte erdoor naar buiten, hield de deur voor haar open, ze volgde, hij duwde de deur dicht. Door het raam in de deur zagen ze de groep met rugbyshirts springen, de banaan nog op hun schouders, en de banaan moest bukken om niet tegen het plafond te komen en de rugbyers riepen: spring spring spring! De portier stond voor de lift, hield zijn handen omhoog om ze tot rust te manen, maar ze bleven springen en ze riepen dat ze naar de club wilden.

Je hebt geen antwoord gegeven, zei de vrouw.

Sorry? Hij zei het alsof hij haar niet had verstaan of begrepen, maar hij wist precies wat ze wilde.

Je hebt me geen antwoord gegeven. Mij en de andere moeders.

Ik heb daar niet – hij zweeg.

Ze pakte het boek uit haar handtas – MAAK ER DAN MAAR EEN EIND AAN in zwarte marker op het omslag. Je hebt vanavond alleen maar iets onvergeeflijks gezegd voordat je de studio uit rende, maar je hebt geen antwoord gegeven.

Hij knikte. Het klopte, wat ze zei, dus hij knikte.

Na het filmpje had de presentator, Mr. Daily himself, eerst gevraagd waar we nu precies naar hadden gekeken.

Nou, zei Wes, ik heb voorleesavondjes die –

Dat zijn geen voorleesavondjes meer toch? vroeg Mr. Daily. Dat zijn toch sessies met vaak honderden mannen die willen leren hoe je een meisje versiert?

Nee, dat ís niet zo, zei Wes, en hij rolde met zijn ogen omdat iedereen dat voortdurend zei, willen leren hoe je een meisje versiert. Kijk naar de kern, zei hij, er zijn ontelbare mensen die gewoon niet weten hoe ze *in het leven* moeten staan, en dáár gaat mijn boek over, en dáár gaan die avonden over. Relaties met de andere sekse komen ter sprake, maar het is niet de kern. Dit boek, zei hij, en hij wees op het MAAK ER DAN MAAR EEN EIND AAN-exemplaar dat de vrouw naast hem op tafel had liggen, wordt door iedereen gelezen, iedereen, ook vrouwen, ook mensen die al tien relaties hebben gehad.

Maar toch, die avondjes, zoals jij ze noemt, die sessies, die zijn stijf uitverkocht met alleen maar mannen die voor het overgrote deel nooit een vrouw van dichtbij hebben gezien.

Ik vind het nogal respectloos tegenover die mannen om dat zo te zeggen, zei Wes.

Hoe we jou net in het filmpje hebben gezien, vind je dat respectvol?

Ik ben bijzonder respectvol, zei Wes. Bijzónder respectvol, altijd, voor iedereen die in de zaal zit.

Maar dit is ná de sessie, toch? Als je de teugels laat vieren?

(In de wandelgangen met de jongen met de blik in zijn ogen: *Wat is mijn volgende stap?*)

Zeg wat je wilt zeggen, zei Wes. Het gaat om het grapje dat ik aan het einde maak.

Noem je dat een grapje?

Iédereen die dat filmpje kijkt zal bevestigen dat het een grapje is. Iedereen om me heen in dat filmpje lácht.

Zelfs de jongen naar wie je dat grapje maakt? vroeg de presentator.

Wes knikte.

De presentator richtte zich tot de vrouw naast hem. Die jongeman in het filmpje is jouw zoon, nietwaar?

De vrouw naast hem schraapte haar keel, zei ja en ze ging rechter zitten en nu stonden ze met elkaar in het trappenhuis van het hotel en sloeg ze het boek open bij de eerste post-it. Ze las voor: neem altijd de verantwoordelijkheid als je die hebt; en je hebt die verantwoordelijkheid vaker dan je denkt.

Kijk, begon Wes. Hij keek langs haar heen de lobby in. De rugbyers waren nog aan het springen.

Nee, jíj kijk. Jíj. Ongelooflijke lul dat je bent. Waarom heb je geen verantwoordelijkheid genomen? Je wíst dat dit aan het gebeuren was. Jíj hebt hiervoor gezorgd. *Je hebt die verantwoordelijkheid vaker dan je denkt.*

Wes keek haar aan, haalde adem om iets te zeggen, en dacht aan hoe zijn moeder tegen hem zei: je weet dat ik je als een volwassene beschouw. Hij duwde de deur van het trappenhuis open, duwde zichzelf tussen de springende rugbyers, gaf er een paar een duw, duwde zich naar de uitgang.

Hij rende, weg van het hotel, de hoek om, de Raadhuisstraat in, de nacht in en hij kwam op de volgende hoek bij het pannenkoekenhuis tot stilstand. Binnen bij het pannenkoekenhuis stond een zwarte jongen de vloer te dweilen.

Wes keek kort om zich heen en er kwamen twee jochies op een scooter voorbij; de achterste keek hem aan en riep: het is die gaaaast hahaaa het is die weirdoooo.

9

Toen het avond werd, zaten ze op de bank. Ze keken om zich heen, probeerden zich te richten op het prettige van een huis hebben, maar hun blikken werden elke keer getrokken naar het gat dat de tv had achtergelaten.

Het is saai, zei Wesley.

We kunnen een spelletje doen, zei Dimphy.

Er zijn geen spelletjes.

Ze hadden het huis doorzocht. Er waren geen spelletjes.

Ze zei dat ze ook spelletjes konden doen zonder een bord en pionnen.

Zoals wat?

Ik zie ik zie wat jij niet ziet.

Ik zie ik zie wat jij niet ziet en het is… saai.

Ze lachte.

Ik zie ik zie wat jij niet ziet en het is… kinderachtig.

Ik weet het.

Ik weet een ander spelletje, zei Wesley.

Wat dan?

Dingen bedenken om Erik te pesten.

Hoe zou je 'm willen pesten dan?

Een slang in de brievenbus.

Ze lachte en ze moest bijna huilen tegelijk – de slangen. Als hij meer dronk dan anders, zag hij slangen en werd hij bang, maar in zijn angst werd hij nog enger, nog gevaarlijker.

Dat is best een goed idee, zei ze.

Hij gaf een klein glimlachje. Ik heb honger.

Zullen we een patatje gaan halen? Morgen zijn de winkels weer open en doen we boodschappen.

Is goed, zei Wesley.

Ze stonden op en Wesley pakte het bosje sleutels van het aanrecht.

De sneeuw was nu helemaal weg; het was alleen nog maar water, met hier en daar een rechtopstaand randje grijs. Ze wisten niet zo goed waar ze naartoe moesten. Haar jongen zei dat het logisch was om terug te gaan, terug naar waar de rest van de stad was, want achter Midscheeps was niets meer, alleen weilanden en wat Landsmeer moest zijn.

Goed, zei Dimphy, en ze liepen naar waar de stad was. Pas na tien minuten lopen kwamen ze iemand tegen, een man met een hond, en Dimphy vroeg hem waar een snackbar was.

De man waaide met zijn hand naar verder, in de Banne één, zei hij, niet hier in twee. Hier zit helemaal niets. Daarheen, over de dijk en dan links bij de eerste grotere weg. Daar zit een winkelcentrum. Maar de snackbar gaat wel om zeven uur dicht.

Dank u wel, zeiden ze, en ze liepen door, op een hoger tempo, want het was halfzeven, en de lantaarns maakten kringen in het smeltwater van de sneeuw.

Onderweg zei Wesley: ik zou nooit een vrouw slaan.

Ze keek naar hem en zei: nee, nee, natuurlijk niet, jongen.

Het winkelcentrum was klein en overdekt en voor de ingangen hingen rolluiken te wachten tot ze gesloten konden worden. Ze liepen door een brede gang met gele tegels op de vloer, plantenbakken en bankjes in het midden van het pad, dwars neergezet, en de gang had één hoek, en toen ze die hoek om waren, zagen ze de snackbar.

Er stonden twee mannen achter de toonbank, en ze waren al aan het schoonmaken.

Mogen wij nog wat bestellen?

Een van de mannen keek ze zuchtend aan, de ander keek niet op van het schoonmaken. We gaan om zeven uur dicht.

Maar het is kwart voor zeven.

We hebben een kwartier nodig om schoon te maken.

Maar waarom gaat u dan niet om kwart voor zeven dicht? Dan kunt u beter schoonmaken met een dichte deur.

Nu kunnen mensen nog binnenkomen voor sigaretten.

O, zei Dimphy.

Wilt u sigaretten?

Nee, we wilden iets eten.

De frituur staat uit.

Heeft u misschien een broodje kaas?

De broodjes zijn op.

Heeft u niks anders te eten?

De man pakte een doosje Marsen uit zijn koeling. Hij legde er twee neer. Eén gulden twintig, zei hij.

Dimphy keek haar jongen aan.

Hij haalde zijn schouders op, en daarna knikte hij.

Ze pakte haar portemonnee en rekende één gulden twintig af.

Ze aten hun Mars op terwijl ze op een bankje in de brede gang zaten. Tegenover hen was een dichte supermarkt. Morgen gaan we echt wat boodschappen doen, zei Dimphy. Brood en wat pannenkoekenmeel. En dan hangen we een kaartje op, knippen voor een tientje.

Eten we dan pannenkoeken?

Ja, met pannenkoekenmeel kunnen we een paar dagen vooruit. Een pak suiker voor op brood en op de pannenkoeken. Zo deden we het ook toen je vader nog werkte in het buitenland en zijn geld niet aankwam. Dan aten we soms wel een week pannenkoeken, jij en ik.

Leuk. Hoe oud was ik toen?

Jij was vier toen ie voorgoed ophield met werken in het buitenland.

Ik herkende hem niet meer, toch?

Nee. We gingen hem ophalen toen ie zes maanden weg was geweest en hij pakte je op en jij zei: mama, wie is die meneer? Ze had dat verhaal vaker verteld, het was een verhaal dat goed aankwam, omdat zijn vader daarna niet meer wegging, en dat betekende dus dat zijn vader van hem had gehouden.

En toen bleef ie.

Ja, toen bleef ie. Ze wist niet helemaal zeker meer hoeveel ze er zelf van had verzonnen om Frank thuis te houden, om goed te praten dat ie zijn baggerwerk niet meer kon doen.

Rechts van hen zagen ze de mannen hun snackbar verder schoonmaken. Er kwam niemand meer sigaretten kopen.

Later die avond keken ze het flatje rond om te zien wie waar ging slapen. Er stond een tweepersoonsbed in de slaapkamer, maar Dimphy wist al dat Wes niet bij haar in bed zou willen slapen. Ze zei dat ze de bank konden afwisselen.

Nee, zei hij, ik slaap daar wel.

Ze zei dat hij niet altijd de nobele held hoefde te zijn, kneep hem in zijn wang, en stuurde hem bij de schouders de slaapkamer in. Ze zei dat ze het zou laten weten als ze de bank zat werd. Maar het is ook logischer, toch, als ik er slaap? Ik ga later slapen, want ik ben de volwassene. Dus de bank is voor mij.

Op de bank huilde ze.

10

Het is die weirdo.

Hij zocht de schaduw op. Veilig. De schaduwen zijn veilig.

Hij liep, hij liep door en bleef naar de stoep kijken wanneer er iemand langskwam en hij keek naar de panden waar hij langskwam.

Hij kwam op de Rozengracht en stopte voor een winkeltje waar harde muziek uit kwam, een Egyptenaar achter een kleine toonbank met duizend lelijke telefoonhoesjes aan de wand achter zich. De man knikte naar hem. Hij liep naar binnen.

Goedenavond, zei de man.

Heb je een telefoon waarmee je kunt whatsappen? Prepaid?

De man pakte een Alcatel in harde plastic verpakking van een rek en legde die op zijn kleine toonbank. Negenentachtig, zei hij.

Wes pakte zijn pinpas, hield 'm even omhoog, de man drukte wat toetsen in, Wes betaalde en liep weg met de Alcatel.

Sim, riep de man 'm na.

Wat?

Je wilt ook nog een simkaart, zei de man. Hij legde nog een verpakking neer. Twintig?

Goed, zei Wes en hij rekende ook de simkaart af.

Aan de overkant zat een shoarmatent. Hij rende de straat over met zijn schouders opgetrokken. Hij ging zitten en keek om zich heen – alleen maar mannen met zwart haar die geen Nederlandse tv keken. Hij bestelde een broodje en een cola en maakte de verpakking van de Alcatel en de simkaart open, klikte de simkaart in de telefoon, en de telefoon ging aan. Hij appte zijn agent.

- *Wes weer hier, nieuwe telefoon, prepaid*
- *Hoe weet ik dat jij het bent?*
- *Personal driver*
- *Dat weet Bruce nu ook*
- *Ik heb ons gesprek op zijn telefoon gewist*
- *Zou ik ook zeggen*
- *Ik wil je om* HULP *vragen ik weet niet wat ik moet doen*
- *Je klem zuipen en je een halfjaar verstoppen denk ik. Er gaat nog een filmpje rond*
- *Wat voor filmpje?*
- *Dat wil je niet zien*
- *Is er nog een ander filmpje dan?*
- *Ja maar dat wil je niet zien*

De baas van de shoarmatent zette zijn broodje voor hem neer.

- *Stuur toch maar*

Hij kreeg een linkje naar een video op NowThis. Het geluid zette hij uit; het filmpje was in het Engels ondertiteld.

Het eerste beeld was van hem met het Victoria's Secret-model op de rode loper. Oké, dat is goed, laat ze dat maar eerst beseffen, laat ze maar weten dat ik geen totale kneus ben (meteen de herinnering aan de idiote vraag die hij haar zou stellen na die rode loper en hij neuriede meteen een pompompom-geluid omdat dat soort geluiden automatisch kwamen als hij aan iets pijnlijks dacht).

You probably know this guy, and if you don't know his face, you'll know his book. His book is EVERYWHERE. Een animatie van zijn boek dat zich als een razende vermenigvuldigde. Het filmpje ging verder over de inhoud, daarna over zijn astronauten, beelden van lange rijen nerds voor een sessie. *Het zag ernaar uit dat nerds van alle uithoeken van de wereld hun leider hadden gevonden.*

Hun *leider*? denkt hij.

Then this happened. Berichten op fora die over elkaar heen buitelen, een paar woorden uitgelicht – en het filmpje van na de sessie, de jongen met de gekte in zijn ogen, *wat is mijn volgende stap*, de suggesties van Wes, ga dit doen, ga in therapie, ik ben al vijf jaar in therapie, *wat is mijn volgende stap* – en dan Wes die zegt: maak er dan maar een eind aan.

Maak er dan maar een eind aan.

God nee ik zei dat toch als grapje?

Hij zette het volume open want hij wilde weten hoe de stem klonk, of de stem hem bespotte. De voice-over zei: hij maakt overduidelijk een grapje.

Zie je. Een grapje.

Maar wat gebeurt er wanneer zijn fans hun leider te serieus nemen?

Hou op, hou op, hou op hou op hou op.

Weer de fora, inzoomend op een zin in een bericht: IK GA HET VANAVOND DOEN. Dan weer de jongen met de gekte in zijn ogen, in een stilstaand beeld. Een naam: Stefan. En daarna eronder een geboortedatum en een sterfdatum.

Nu in beeld: de vrouw naast wie hij moest zitten bij *Mr. Daily*. Stefans moeder. Ze zit nu achter de rode tafel, nerveus haar handen in elkaar vouwend, met haar schouders draaiend. *Ze wordt geconfronteerd met de man die tegen haar zoon zei dat hij er 'dan maar een eind aan moest maken'.* Samen met nog twee andere moeders die hun zonen zijn verloren. Als ze vraagt waarom hij geen verantwoordelijkheid neemt, geeft hij antwoord, maar het is niet het antwoord dat je zou verwachten.

In het filmpje spreekt hij de zin uit, maar die wordt halverwege overstemd door de voice-over, voor het internationale publiek.

(Zijn stem: Ik zou er ook een eind aan maken als ik zo'n moeder als jij had.)

Dc ondertitels: *I would kill myself too if I had a mother like you.*

Ook dat is toch een grapje?
Dat is toch… duidelijk?
Het is geen góéd grapje, maar het is een grapje.
Het is –
Jezus, lul.
Het is zo –
Pompompom.
Wat heb je gedaan wat heb je gedáán
Lalalala
Het is zo duidelijk dat het alleen maar een beetje onhandig is, toch?

This is true

En dan het volgende beeld: Mr. Daily die tegen hem roept dat zo'n uitspraak not done is aan deze tafel en dat hij onmiddellijk zijn excuses aan moet bieden – en Wes die opstaat en de studio uit rent. De camera volgt hem een paar meter en dan is hij verdwenen.

Het beeld gaat naar een andere camera die op zijn lege stoel inzoomt.

En dan Mr. Daily: ja, ook dat is livetelevisie.

Daarna gaat het filmpje naar een nieuwe animatie waarin de aankondigingen elkaar opvolgen. *Did you see Wes at the tv show? I've lost all faith. I'm going to do it.*

Dan Wes' gezicht en twee stroken tekst over zijn gezicht:
What do you think?
Is this man a killer?

Hij appte zijn agent:
- Fuck
- Ja, heel erg fuck
- Wat moet ik doen?
- Wes, ik weet het even niet

- Het is alleen maar onhandig, toch? Dat is toch duidelijk?

- Nee, dit is echt wel ver voorbij onhandig, hier ben je echt een lul, dit zeg je niet

Hij voelde onmiddellijk tranen opkomen.

- Wil je mijn agent nog zijn?

Stilte.

Daarna:

- Tuurlijk joh

- Fijn

- Kom bij me langs. Kom maar hier op de bank slapen

- Ok waarheen?

Hij kreeg een adres in Zuid.

Hij legde de telefoon neer en keek naar zijn broodje shoarma. *Is this man a killer?* Hij nam een hap, kauwde langzaam. De baas kwam net langslopen, zei 'lekker hè' tegen hem, en Wes knikte, kauwend.

Vroeger deden Erik en hij de hotdogtest. Als ze ergens heen moesten, zochten ze een cafetaria op, bestelden ze een hotdog, en dan deden ze de test. Is het broodje gegrild, is het worstje in de frituur gegaan of op de bakplaat, zijn de uien vers gesnipperd? Ze hielden geen score bij, het was iets wat ze samen deden; hij wist niet meer of Erik of hij het bedacht had.

In zijn zak had hij een kaartje van die taxichauffeur. De chauffeur met de slang in zijn nek. Hij belde het nummer, en de chauffeur nam op. Taxi, zei hij.

Bent u aan het werk?

Jazeker.

Ik zit bij Simit op de Rozengracht.

Ik kom eraan. Ben er over drie minuten.

Wes legde een briefje van twintig neer, pakte zijn nieuwe telefoon en liep naar buiten.

De chauffeur wenste hem goedenavond toen hij achter instapte, Wes zei waar hij heen moest. De tattoo van de slang in die nek.

Hij veegde zijn neus af. *Hier ben je echt een lul.* Hij lachte kort, hij zou zijn agent gaan zíén, iets wat hij eerst helemaal niet wilde, hij wist niet eens hoe hij heette. En over een kwartiertje zou het plotseling een echt mens worden.

Een echt mens.

Hij hield niet zo van het idee. Hij hield wéér niet zo van het idee, van echte mensen; het was een tijdje beter gegaan door dat boek, door het succes van het boek. Nu was dat gevoel weer terug. Mensen.

Je lijkt wel een autist, dacht hij. Hij was geen fokking autist; Bloem had dat weleens tegen hem gezegd toen ze boos op hem was, je lijkt wel een autist, maar dat was hij niet.

Hier ben je echt een lul.

Maar hij wilde geen lul zijn, het was alleen onhándig. Het waren grapjes. Of in elk geval – nee, wel, grápjes.

Hij pakte de Alcatel, zocht de camera, filmde zichzelf. Hij vroeg aan de chauffeur of hij meer licht kon krijgen achterin. De chauffeur klikte iets aan, een geel lampje boven zijn hoofd maakte zijn gezicht iets zichtbaarder op het scherm.

Hij snoof even, vond dat toepasselijk, misschien een geluid dat aangaf dat hij gehuild had en dat was goed, een beetje emotie. Tja, zei hij, ik weet niet zo goed wat ik moet zeggen. Ik heb het filmpje gezien dat rondgaat, en ik snap dat het overkomt, dat ík overkom als de grootste klootzak ter wereld, maar zo bedoelde ik het natuurlijk niet. Het was een onhandig grapje. Hij keek even op, zag de chauffeur hem via zijn spiegel aankijken. Ik zit in een taxi, zei hij, op weg naar iemand die me begrijpt, mijn steun en toeverlaat (dat is slim om te zeggen, dacht hij terwijl hij het zei, als er iemand is die me begrijpt, dan wordt het ook meteen iets wat begrijpelijk kan zijn), en ik wilde via deze weg zeggen dat het me spijt. Ik heb het nooit zo bedoeld. Het was een onhandig grapje. Ik ben nog niet zo lang bezig om de wereld te begrijpen, en ik heb een fout gemaakt. Het spijt me.

Hij stopte met opnemen en zette het filmpje op zijn YouTube-account.

De taxi stond stil voor het adres van zijn agent. We zijn er, zei de chauffeur.

Dank u, zei Wes. Hij bleef even zitten en wachtte tot de chauffeur nog iets zou zeggen, hij wilde gewoon nog even iets geruststellends horen. De chauffeur keek achterom; hij draaide zijn grote schouders mee, keek hem aan en zei: negentien euro.

Wes knikte, vroeg het bonnetje, bleef naar de slang in de nek van de chauffeur kijken terwijl hij het bonnetje schreef.

Als ik u vanavond nog een keer nodig heb, mag ik dan bellen?

Natuurlijk, zei de chauffeur.

Ik denk het niet hoor, want ik blijf hier waarschijnlijk slapen.

Prima.

Maar als dat niet zo blijkt te zijn, dan bel ik u.

Goed. Fijne avond.

Fijne avond. Hij stapte uit, nummer 18, driehoog – boven brandde licht. Hij liep naar het trapportaal, zag drie bellen aan elke kant. Bakken met planten aan de linkerkant, aan de rechterkant bij 18 niet. Bij 18 3 HOOG stond een naam die hem niets zei. Hij keek nog een keer naar zijn telefoon; het adres klopte. Hij haalde diep adem, belde aan.

De deur werd open gezoemd en hij riep onhandig: ik ben het. Hij liep de trappen op, en bovenaan stond een man op hem te wachten.

Hai, zei de man. Kom binnen. Hij was klein.

Wes durfde niet goed naar hem te kijken, liep langs hem naar de woonkamer.

Grappig dat we elkaar nooit hebben gezien, zei Wes.

Ja, bijzonder wel, zei zijn agent. Zijn stem was, wat was het, lijzig?

Ja, bijzonder.

Schat, luister, dat filmpje net op YouTube, ik voel me een beetje misbruikt. Ik bedoel: je noemt me je steun en toeverlaat, maar je maakt me een beetje medeplichtig op die manier.

O. Ik bedoelde alleen dat je als mijn steun en toeverlaat vóélt.

Hm-m.

Meer als uitdrukking dus. Ik denk niet dat ik de term 'steun en toeverlaat' ooit eerder gebruikt heb.

Ja, oké, snap ik.

Ze stonden in het midden van de woonkamer.

Wat moet ik doen? vroeg Wes.

Weet ik niet zo snel. Ik zag dat die post op YouTube al veel views had, dus misschien kunnen we nadenken over een strategie voor dat kanaal.

Ja, dat lijkt me goed.

Maar niet nu. Het lijkt me nu vooral goed alles te vermijden wat als olie op het vuur zou kunnen werken. *Lay low*. Een dag, een paar dagen.

Wes knikte.

Wil je hier op de bank slapen?

Wes keek naar de bank, en zei: ja, ja is goed. Ik heb eigenlijk wel een hotelkamer, zei hij. Van *Mr. Daily*.

Als je liever daar slaapt is het ook prima, natuurlijk. Als je maar weet dat je niet door iedereen uitgekotst bent.

Dat is heel fijn om te weten.

Zijn agent zei 'moment, schat', en liep de kamer uit. Hij kwam een minuut later terug met een dekbed, gaf het aan. Maak het jezelf gemakkelijk, zei hij. Badkamer is de tweede deur links.

Dank je wel, zei Wes.

Slaap lekker, zei zijn agent. Morgen gaan we bedenken hoe we het een beetje beter kunnen maken.

Ja, zei Wes.

Zijn agent bleef nog even staan, en Wes zei: je gaat niet aan me zitten, toch?

Je gaat niet aan me zitten, toch?

Hij dacht onmiddellijk: die kan in het rijtje, ongelooflijke klootzak dat je er bent: maak er maar een eind aan, maak ik een kans, je gaat niet aan me zitten, toch.

Zijn agent keek hem aan met open mond, pakte het dekbed weer uit Wes' handen, zei: ga maar weg, en liep zelf de deur van de woonkamer uit.

Ja. Ga maar weg. Goed idee.

Deel 2

11

Het duurde vier dagen voor ze een klant kreeg. De bel ging en ze schrokken omdat het een geluid was dat ze niet kenden. Samen keken ze naar de hoorn die aan de muur hing; beneden stond nu iemand met wie ze konden praten via die hoorn en het zou Erik kunnen zijn.

Wesley zei dat ie door het raam ging kijken. Hij rende naar het raam van de keuken en keek naar beneden. Het is een meneer, zei hij. Niet Erik.

Dimphy pakte de hoorn. Hallo?

Hallo? zei de meneer. Heren knippen voor een tientje?

O, zei Dimphy, ja – ja! Natuurlijk, ze had dat kaartje opgehangen in de supermarkt. Ze keek naar het apparaat in haar hand en duwde op de rode knop. Ze hoorde een zoem en daarna waren er voetstappen op de trap.

Wesley ging naast haar staan. Samen deden ze de deur open.

Het was een man die hen vriendelijk aankeek. Hallo, zei hij.

Hallo, zei Dimphy. Kom binnen. Ze zette een stap opzij en ze pakte haar jongen bij zijn schouders, trok hem voorzichtig weg van de deuropening. Dit is mijn beschermer, zei ze tegen de man.

Nou, zei de man, dat moet een veilig gevoel geven, en hij knipoogde naar Wesley.

Dimphy knipte de man en kreeg twaalf vijftig. Toen hij weg was, gingen ze naar de supermarkt in het kleine winkelcentrum. Ze kochten appels en een zak chips en ze hadden nog negen gulden over. We worden rijk, zei Dimphy tegen haar zoon.

Toen ze er een week waren, kwam George terug. Hij belde niet aan, hij opende de voordeur met zijn eigen sleutel. Het was avond en hij stond in de woonkamer en Dimphy en Wes keken naar hem. Ze waren een spelletje aan het doen; ze hadden een pak spelkaarten voor twee gulden gekocht. De kaarten hadden in de supermarkt bij de lucifers en de afwasborstels gelegen. Dimphy had haar zoon verteld hoe hartenjagen werkte, en dat wisselden ze af met pesten, en als Dimphy geen zin had in een spelletje, leerde Wesley zichzelf kaarten te schudden door twee stapeltjes naast elkaar te leggen en ze met een ritsend geluid in elkaar te laten schuiven.

George knikte naar ze.

Dimphy knikte terug. Wes keek alleen maar.

Alles goed hier?

Jawel hoor.

Mooi. Hij keek om zich heen. Het is bijna het eind van de maand, zei hij.

Ja, zei Dimphy. Maar we wonen hier pas een week. Mag ik volgende eind van de maand de huur betalen voor die maand en deze week?

Hij keek even van haar naar haar zoon en begon met knikken, zei toen ja, ja dat mocht.

Hoeveel huur wil je vragen?

Hij snoof. Hij zei dat het een gemeubileerd appartement was.

Dimphy knikte.

Zeshonderd gulden?

Oké, zei Dimphy.

Misschien minder, zei hij.

Dat zou fijn zijn.

We bedenken nog wel iets.

Dat zou fijn zijn, zei ze nog een keer.

Drie dagen later stond hij weer in de woonkamer.

Dimphy vroeg of hij dat misschien niet wilde doen. Omdat we het nu huren, zei ze, wonen wij er, en jij niet, denk ik.

Hij zei dat ze daar gelijk in had. Ik zal het niet meer doen, zei hij.

Fijn, zei ze.

Wesley stond in de deuropening van de keuken naar George te kijken.

Ik kwam vragen of je misschien een biertje wilde gaan drinken, zei George tegen Dimphy. Hij keek niet naar haar zoon.

O, zei Dimphy. Zij keek wel naar Wesley.

Wesley haalde zijn schouders op. Ik vind het goed, zei hij.

Dat was niet wat ze bedoelde, ze wilde juist hulp van hem om niet te gaan. Ze zuchtte kort en toen knikte ze naar George.

Hij nam haar mee naar een café op het Mosveld. Het was een plein in Noord met lage huizen aan de ene kant en de verhoogde afrit van de snelweg aan de andere kant. In het café rookte iedereen. Hij groette mensen links en rechts en hij schoof een kruk van de bar voor haar naar achteren.

Ze keek ernaar en ze ging niet zitten. Ik kom net uit een relatie, zei ze.

Ik ook, zei hij.

Je zus vertelde dat wij in je woning mochten omdat je ging samenwonen met je vriendin.

Ik ging probéren samen te wonen, zei hij.

Dat was een week geleden.

Ik zat er al een week toen jij kwam. Dus twee weken.

Is het nu uit?

Hij haalde zijn schouders op. Misschien.

Waarom misschien?

Ik moet nog kijken.

Kijken naar wat?

Of het wat wordt met jou.

Pardon?

Hij haalde zijn schouders op en knikte naar de barman, twee vaasjes, zei hij.

De barman zette twee biertjes neer. George ging zitten op de kruk die hij voor haar had gepakt. Je kan op z'n minst wat met me drinken.

Ze snoof omdat ze een boos geluid wilde maken. Daarna pakte ze het glas van de bar. Ze bleef staan.

Bevalt de woning?

Ze wilde eerst met haar ogen rollen, maar knikte toch, en zei: ja hoor.

Mooi, zei hij.

Ze moest opzijstappen voor een paar mensen die voorbijkwamen, en ze stapte naar voren, naar George toe, en hij legde een hand op haar heup. Ze zette weer een stap naar achteren. Dat heb ik liever niet, zei ze.

Nog niet, zei hij.

Misschien wel nooit niet.

Misschien. Daarna draaide hij naar de bar en riep de barman, en ze begonnen te praten over iemand die ze allebei kenden – had je het gehoord van die en die?

Ze nam nog een slok van haar bier, zette het glas op de bar, naast George, en liep naar buiten. Het was koud, waterkoud, en ze schatte dat ze ongeveer drie kwartier moest lopen om weer bij Midscheeps te komen. Ze zocht in haar handtas, want ze wist dat ze daar nog die strippenkaart had. De strippenkaart naar de vrijheid, dacht ze, en ze lachte erbij. Toen Erik bij haar was, ging ze nooit meer ergens heen zonder hem, en ergens heen was op een gegeven moment alleen een plek die hij had bedacht, een plek waar altijd wel een klap lag, een blauwe plek verborgen onder haar kleren, en altijd alles in die auto van hem.

Ze stond op de bushalte en George kwam voorrijden, in die Ford Escort met spoilers.

Altijd alles in die auto.

Ze had een heel helder beeld van Wesley die op de bijrijdersstoel zat bij Erik, ze zag ze wegrijden met z'n tweeën, op weg naar een klusje van Erik. Een stil joch, geen hoogte van te krijgen, en god, kreeg ze maar eens hoogte van hem en waarom zat hij zo graag bij die man in die auto, hij was toch háár kind. Haar kind.

George duwde het portier van zijn bijrijdersstoel open. Hij leunde naar haar toe, keek haar aan en zei dat ze gelijk had, dat het inderdaad een waardeloze tent was. Stap in, we gaan iets anders zoeken.

Ik wil graag naar huis.

Mijn huis bedoel je? Waar je ook níét zou kunnen zitten?

Ze bukte, keek de auto in en ze vroeg of hij haar chanteerde.

Hij zei dat hij haar op haar opties wees. Daarna lachte hij breed, en ze zag zijn lach, en ze vroeg zich – vroeg ze zich het echt af of wist ze het al? Dat hij eigenlijk goed was, maar dat hij slecht spéélde?

Ben jij een klootzak? vroeg ze.

Sorry?

Ben jij een klootzak, een hufter, een schoft? Een lul?

Weer die lach. Ze had die lach nog niet gezien tot een paar tellen daarvoor en die lach was de barst in zijn masker. Ze zei dat hij een lul was, en ze stapte in zijn auto, en ze zei dat hij haar naar huis moest brengen.

Naar mijn huis bedoel je?

Naar het huis dat je verhuurt aan mij en mijn kind.

Hij zette haar voor de deur af. Hij zei dat hij niet mee naar boven hoefde. Ik weet namelijk al hoe het eruitziet, zei hij.

Dimphy had zes klanten in drie dagen. Het waren allemaal rustige mannen, en ze betaalden allemaal iets meer dan het tientje dat ze vroeg, en een van hen zei dat hij ook voor veertien of vijftien gulden zou zijn gekomen, dus toen ze weer boodschappen gingen doen, liepen ze naar de kaartjeswand bij de supermarkt. Ze haalde haar oude kaartje weg en met de balpen die aan een kettinkje aan het bord hing schreef ze ter plekke een nieuw kaartje waar ze van de prijs twaalf gulden maakte. Ik vind meer te duur klinken, zei ze tegen Wesley.

Goed dan om er twaalf van te maken, zei hij. Hij maakte er een tekening bij van een schaar en een kam.

De dag erna kwamen er drie mannen die haar vijftien gulden gaven voor een knipbeurt, en er was één man die op zijn drie gulden wisselgeld wachtte.

Ik denk dat het door jouw tekening komt, zei Dimphy tegen Wesley. Dat het kaartje nu veel beter opvalt.

Toen ze anderhalve week in Noord waren, zei Dimphy tegen haar zoon dat hij weer naar school moest. Ze zaten bij de wasserette in het winkelcentrum en ze keken hoe hun was draaide. Ze hadden bij de Zeeman allebei nog een extra stel kleren gekocht, voor twintig gulden totaal, en nu wasten ze de kleren die ze van huis hadden meegenomen.

Maar ik heb mijn boeken niet.

Misschien kunnen ze op school iets voor ons regelen. Een fonds met boeken.

Maar Erik kan bij school staan wachten, zei hij. Hij weet waar ik op school zit. Hij kwam me vroeger ophalen.

Ze knikte langzaam. Ja, zei ze. Ja, dat zou hij inderdaad kunnen doen.

Ze zei: zullen we wachten tot er een maand voorbij is?

Hij knikte. Dat is goed.

Ze bleven kijken naar de was, en toen de was klaar was, haalden ze ook nog een muntje voor de droger. Terwijl de droger draaide, lazen ze allebei tijdschriften uit de leesmap die in de vensterbank lag. Dimphy las drie verhalen uit *Mijn Geheim*, Wesley las *Kuifje*.

Vier dagen later stond George voor de deur. Hij belde nu aan, en Wesley had de hoorn gepakt om te vragen wie daar was, en hij kwam boven met de tv die hij eerder mee had genomen, en een sporttas. Hij zei dat hij weer thuis kwam wonen omdat het uit was met zijn vriendin. We hebben het geprobeerd, maar het werd niks, zei hij.

Dimphy zei: maar we hebben geen plek, we kennen niemand.

Je kent mij, zei hij. Dat is toch genoeg?

Maar ik denk niet dat het goed is als wij hier blijven terwijl jij hier weer komt wonen.

Hij zei dat het misschien een beetje passen en meten was. Maar het moest wel lukken, toch? Gewoon, huisgenoten.

Gewoon, huisgenoten, herhaalde ze. Ze keek naar Wesley, en Wesley wachtte tot zij er iets over zou zeggen – er zou nu geen hulp bij hem vandaan komen.

Ik weet het niet hoor, zei ze. Het lijkt me niet dat het goed is. Mijn zoon en ik komen uit een traumatiserende ervaring en we hebben tijd nodig om eroverheen te komen.

Hij zette de tv en de sporttas op de vloer van het halletje. Wat voor traumatiserende ervaring dan?

Ze keek naar haar voeten en zei dat ze wel dacht dat Jane hem dat verteld zou hebben.

Nee, zei hij. Jane heeft me niets verteld, die vertelt me nooit wat. Ze zei alleen dat ze iemand had die mijn huis wilde huren.

Nou, ik ben blij dat ze zo discreet is geweest.

Maar wat was er dan?

Ik had een vriend die –

Een vent met losse handjes?

Ja, zei ze.

Ook naar die jongen toe? Hij keek daarbij naar Wesley.

Nee, niet naar die jongen toe.

Oké, zei hij. Want dat zijn de ergsten. Hij keek er serieus bij toen hij dat zei, en Dimphy voelde haar knieën week worden.

Er zijn blijf-van-mijn-lijf-huizen, hè.

O, zei ze. Maar…

Niet dat je daar van mij heen hoeft, maar er zijn mensen die je kunnen helpen.

Ja, zei ze. Goed. Ze keek om zich heen, alsof ze nu een telefoonboek zocht.

Het hoeft niet, zei hij. Je bent nu hier. Ik zet de televisie terug op z'n plek en ik ga bij m'n zus slapen en ik zal jullie een tijdje met rust laten. Hij pakte de sporttas, zette die tegen de deur aan, pakte de tv op en tilde 'm naar z'n plek, naar het gat dat het apparaat had achtergelaten. Hij prikte de kabel in de achterkant, stak de stekker in het stopcontact en zei dat ze maar eens tot rust moesten komen samen. Daarna ging hij weg, de sporttas over zijn schouder.

's Avonds ging de telefoon. Ze zaten tv te kijken, en het was heerlijk, bewegend beeld in huis, leven, en bij de Ster-reclame voor het achtuurjournaal hadden ze reclames geraden, pindakaas, Rolo, en toen ging de telefoon. Ze hadden de telefoon wel zien staan, maar ze hadden het ding nooit als zodanig erkend: het was grijs, het had een draaischijf en een hoorn, dus oké, het was inderdaad een telefoon, maar ze hadden er niet aan gedacht dat je ermee zou kunnen bellen of gebeld zou kunnen worden.

Dimphy wist vrijwel zeker dat Erik hen gevonden had, en dat het pesten nu zou beginnen. Dat deed hij – hij pestte de vrouwen bij wie hij ooit had gezeten door ze te bellen en Dimphy wist dat omdat hij het had gedaan waar zij bij had gezeten.

Ze keek naar Wesley. Kan jij je stem vervormen?

De telefoon rinkelde nog een keer.

Ja, zei Wesley.

Kan je volwassen klinken?

Ja, zei hij weer, maar nu met een bromstem. Hij keek er fronsend bij.

Neem maar op dan.

Hij haalde diep adem, stapte naar het toestel toe en zei hallo, met die bromstem.

Daarna hield hij de hoorn in de lucht. Het is Jane, zei hij.

Ze nam de hoorn over. Hallo?

Met mij, zei Jane. Wat heb je met m'n broertje gedaan?

Hoe –

Mijn broertje is van zijn vriendin af en nu zit ie bij mij. Nou, lekker dan.

Maar ik heb niks gedaan, zei Dimphy. Hij probeerde mij te versieren. Ik heb 'm alleen maar afgehouden, zei ze.

Ja, dat ken ik, dat afhouden van jullie soort.

Van *jullie soort*?

Van die onzekere types die net doen of ze niet weten dat ze een lekker wijf zijn. Had je z'n vriendin gezien?

Sorry?

Had je z'n vriendin gezien? Zo lelijk als de nacht. En dan kom jij langs en dan zit je in z'n huis en dan gaat hij fantaseren over een lekker wijf dat in zijn bed slaapt.

Dimphy lachte een korte lach van ongeloof. Nou, maar dit lekkere wijf slaapt op de bank hoor.

Nou en. Dat weet die lulhannes toch niet. Luister, zei Jane, die broer van mij is een goeie jongen en je kan 'm beter geven wat ie verdient, anders krijg je met mij te maken.

Anders krijg ik met jou te maken? Maar Jane, ik dacht dat we vriendinnen waren.

Ik heb jaren niets van je gehoord en nu zijn we ineens vriendinnen. Wees maar goed voor m'n broertje, dan worden we weer vriendinnen. Die jongen heb een gouden hartje, en dat kan jij zo breken. Dus dat wil ik niet zien gebeuren. Oké?

Oké?

Begrijp je me?

Ja, zei Dimphy, ik begrijp je, maar –

Mooi, zei ze en ze hing op.

Nou ja, zei Dimphy. Ze keek naar Wes en Wes vroeg wat er was.

Ze schudde haar hoofd. Jane zei dat ik George moest geven wat hij verdient.

Met de huur? Maar we hebben nog niet zoveel geld, toch?

Nee, zei ze. We hebben nog niet zoveel geld.

De volgende dag stond Wesley naar de telefoon te kijken.

Op de draaischijf stond het nummer van de lijn geschreven, afgedekt door een doorzichtig kapje. Mam, zei hij.

Ja?

We kunnen dit nummer ook op het kaartje in de supermarkt zetten, zei hij. Dat mannen ook eerst kunnen bellen om te kijken of je er wel bent.

Maar we zijn er altijd.

Van de week waren we vier uur in de wasserette. En als mannen kunnen bellen om een afspraak te maken, komen ze misschien eerder.

Dat is een goed idee, zei Dimphy. Ze zei dat ze dat vandaag nog gingen doen, het nummer op het kaartje schrijven.

Ja, zei Wesley. Hoe meer mannen er komen, hoe eerder je George kunt geven wat hij verdient.

Ja, zei Dimphy, daar heb je helemaal gelijk in.

Toen ze later naar de supermarkt liepen, zei haar jongen dat ze misschien ook naar andere supermarkten moesten gaan om kaartjes op te hangen. Hij zei dat ze dan zeker de telefoon nodig hadden zodat mannen dan afspraken konden maken.

Dimphy zei dat ook dat een heel goed idee was. Ze hadden het nummer van de telefoon opgeschreven op een stuk papier en het voelde als een poort naar de wereld, naar *rijkdom.*

Later zou Dimphy hier een herinnering aan hebben, een *goede* herinnering, en ze had niet gedacht dat ze daar al aan toe was, goede herinneringen maken. Door Noord, met een nieuwe strippenkaart op bus 34, uitstappen als ze een supermarkt zagen.

Na drie kaartjes kenden ze allebei het telefoonnummer uit hun hoofd. Ze zei tegen haar jongen dat het voelde alsof het hún nummer was nu en hij zei dat hij precies hetzelfde dacht. Na vijf kaartjes in vijf supermarkten vonden ze het mooi, en ze pakten de bus terug. Ze stapten uit bij het kleine winkelcentrum, waar de snackbar zat die om zeven uur sloot, en het was nog lang geen zeven uur, dus ze bestelden een feestmaal: patat speciaal, een kroket en een kaassoufflé, en ze aten het daar op, aan een tafeltje. Uit eten, zei Dimphy.

Ja, zei Wesley, uit eten. Hij zei dat ze wel snel weer thuis moesten zijn, want er zou al iemand kunnen bellen, en daar had ze om gelachen, dat zal vast nog niet zo zijn, maar toen ze een uur later weer binnen waren en ze de tv aanzetten, rinkelde de telefoon en het was een klant, een man die graag de volgende dag geknipt wilde worden. Nou, dat kan, zei Dimphy, u bent heel erg welkom.

12

Buiten belde hij de taxichauffeur.
Taxi.
Kunt u mij weer ophalen? Waar u me net heeft afgezet?
Geen probleem.

Hij trok het portier naast de chauffeur open. Kan ik hier zitten?
Natuurlijk, zei de chauffeur. Waar wilt u heen?
De stad, dacht hij. Zijn hotel, zijn MacBook. Of West, dat kon ook. Zijn moeder zit in West. De Drie Hoven. Een kamertje daar. Televisie aan een beugel. Eten op een dienblad. Een zoon in Londen. Of nu hier. De stad of West. Wat is je gevoel?
De chauffeur deed niets, zei niets tot Wes iets deed of zei.
Ik weet het niet, ik voel niet zoveel op het moment. In de nacht is de muur het dikst.
Wat zei u?
Niets, sorry. Ik praatte in mezelf denk ik.
Wat zei je? vroeg Bloem.
In de nacht is de muur het dikst.
Welke muur? vroeg ze.
Ik weet het niet, zei hij, dat is een soort beeld dat ik heb. Maar laat maar, het is een beetje onzin, aanstellerij. Hij wilde met Bloem niet over dit soort dingen praten – hij wilde niet dat ze zou schrikken van wat hij werkelijk voelde, of niet voelde.
Maar wat bedoel je met 'ik voel niet zoveel op het moment'?

Daar gaan we. Dat had hij niet moeten zeggen. Wat hebben we hier in godsnaam aan, zo'n gesprek, waarom zegt hij zulke dingen? Als ze de waarheid kent, vindt ze hem de grootste klootzak die op aarde rondloopt.

Hij wreef kort over zijn ogen om de herinnering weg te duwen en zei tegen de chauffeur dat ie even geen idee had. Rij maar wat. Misschien richting Wijk aan Zee of zo. Of eerst naar Slotervaart.

De chauffeur zette zijn vinger op de meter. Die kan ik uitzetten als we een afspraak maken.

Ik hoef geen afspraak, zei Wes, en daar had hij meteen spijt van, een afspraak was goed geweest, een afspraak met deze man, een verbondje. Laat de meter maar lopen, zei hij.

In de nacht is de muur het dikst.

Het zat in die game die hij had gebouwd – wat was dat nu, tien, twaalf jaar geleden? Het jongetje dat hoort hoe zijn moeder in elkaar wordt geslagen door de drinkende stiefvader. Het jongetje dat, om het niet te hoeven horen, een muur bouwt voor zijn deur om het geluid buiten te sluiten. Het was maar een animatie tussendoor, tussen de speelbare delen door, en hij vond het toen wel een mooi beeld, had er niet veel aandacht aan besteed, maar in dat gesprek met Bloem, die discussie, die ruzie, was het naar boven gekomen. Wat voel je dan, had ze geroepen. En zachter, nog een keer: wat voel je dan? Het was een handreiking, maar hij had zelf geen handen om terug te reiken, dát was wat hij voelde.

De chauffeur zei niets meer en reed. Wes keek naar zijn YouTube-account. Duimpjes omhoog en duimpjes omlaag. Reacties die hij niet las. Alleen een paar woorden. 'Zieke gast' zag hij staan, en 'nekschot'.

Nekschot, zei hij hardop.

Pardon? zei de chauffeur. Hij draaide het Hoofddorpplein op.

Iemand gunt me een nekschot, zei Wes.

Dat is niet aardig.

Nee, dat is niet aardig, zei hij, maar misschien heeft die man geen ongelijk.

U zal het wel het beste weten.

Dat vind ik fijn, dat u me ondersteunt en niet meteen uit beleefdheid naar verzachtende omstandigheden zoekt.

De chauffeur zei dat hij meestal wel beleefd was, maar dat hij sommige dingen niet kon beoordelen. Dus dan laat ik me daar niet over uit, zei hij.

Dat lijkt me een prima instelling.

De chauffeur zei daar niets op terug – hij zei dat ze nu Slotervaart binnenreden.

Ja, zei Wes. Ga maar rechts de Derkinderenstraat in.

Ik ben nog niet zo lang bezig de wereld te begrijpen.

Je bent een monster zonder gevoel, had iemand gereageerd.

Zonder gevoel. De hele wereld vond dat hij een lul was. Dat was genoeg gevoel. Denk aan leuke dingen. *These are a few of my favourite things*. De hotdogtest. Vissen met Erik. Nee, waarom geen dingen van nu, dingen die je morgen kunt doen als je thuis bent? Waarom steeds dat vróéger? Vissen op zee, alleen maar op zee, Erik viste niet in zoet water en Wes schudde nog steeds zijn hoofd bij zoetwatervissers. Ankerlood aan je lijn, een paternoster met twee of drie haken, zeepier of zager aan de haak, en dan je lood de zee in werpen. Rijden met Erik. Toen het allemaal nog goed was, vóór de bunker, begrijp me niet verkeerd, dacht hij, die dingen waren leuk toen het allemaal nog goed was en hij zijn moeder nog niet in elkaar sloeg.

Daarna waren ze noodzaak.

Het vissen ná de bunker was noodzaak. En dan 's nachts. Als ze 's nachts gingen vissen en Erik sliep daarna in de caravan, dan was er weer een nacht voorbij dat hij zijn moeder niet sloeg.

Voor de bunker, na de bunker.

Alles na de bunker was pure noodzaak.

Hij wist dat kinderen zichzelf de schuld gaven over van alles, maar bij hem was het ook daadwerkelijk zijn schuld. Dat wist hij nu ook als volwassene. Als de bunker er niet was geweest, dan – et cetera et cetera et cetera. Maar dat deed hem niet zoveel meer. Een voordeel van de muur. En hij wist dat zijn moeder het niet zo zag, die vond dat de grootst mogelijke onzin, maar dat was haar liefheid. Haar opofferingsgezindheid. Haar geduld.

13

George belde aan toen ze bijna een maand weg uit hun eigen huis waren. Hij zei dat hij wilde weten hoe het met ze was. Hij zei dat hij nog steeds niet terug hoefde, maar dat hij bezorgd om ze was. Ik wilde je wat tijd geven, zei hij. Dat dan weer wel.

Dat is aardig, zei Dimphy. Van allebei, bedoel ik, van het bezorgd zijn en het tijd geven.

Ja, zei hij.

Wil je koffie?

Ik wil wel koffie, ja.

Wesley keek tv.

Ze ging met hem aan de kleine tafel in de keuken zitten.

Is er nog iets waar ik mee kan helpen?

Nee, zei ze. Ik kan binnenkort huur gaan betalen, zei ze. Ik verdien een beetje geld.

Mooi, zei hij. Dat je geld verdient, bedoel ik, de huur maakt me niet zoveel uit.

Maar jij betaalt wel gewoon huur, zei ze. Dus het is alleen maar goed als ik dat van je overneem. Tijdelijk dan.

Ja. Hij keek naar zijn koffie. Wat heb je gedaan met de woning waar je vandaan komt?

Ze haalde haar schouders op. We zijn gewoon weggegaan. Ik maakte de huur elke maand over, maar – ik weet niet hoe het nu zit. Ik durf niet meer terug.

En je spullen?

Ik denk dat ik die niet meer terugzie. Ik heb tegen die jongen gezegd dat we binnenkort gaan kijken, maar ik durf niet. Ik durf niet meer terug.

Ik kan mee.

Dat hoeft niet.

Dat zeg je uit angst. Als ik meega, hoef je niet bang te zijn.

Hij... ik weet niet of hij er nog is. Hij is sterk.

Ik ben sterker.

Hij zei het met zoveel gemak en overtuiging dat het waar moest zijn. Maar het was niet zo, natuurlijk. Erik was bovenmenselijk sterk, hij was geen mens meer, hij kon sterker zijn dan een mens, sterker dan deze man die misschien niet de meest onbaatzuchtige bedoelingen had maar wel lief was, op zijn manier.

Ik denk wel dat ik wil dat je meegaat, zei ze. Maar ik moet zien hoe het voelt als we daar zijn, of ik naar binnen wil of niet.

We kunnen rustig kijken. Kijken of het er bewoond uitziet. Als je me het adres geeft, kan ik er vanavond heen rijden om te zien of er licht brandt.

Wes? vroeg ze. Ze keek naar hem door de keuken, ze zag hem op de bank zitten, dat groter wordende jongenslijf. Wes?

Hij keek naar haar.

Denk jij dat het een goed idee is als George gaat kijken of Erik nog in het huis is?

Wesley haalde zijn schouders op. Weet ik niet, zei hij.

Die jongen hoeft daar toch niets over te zeggen? Luister, zei George tegen haar, ik ga erheen, kijk gewoon vanuit mijn auto of er licht brandt, of ik het idee heb dat ie er nog is of niet, en dan weten we al wat meer. Als ik dan nog twee keer ga kijken, hebben we een patroon.

Een patroon?

Wesley zei vanuit de huiskamer dat George daar wel gelijk in had.

Zie je? Ik heb gelijk, volgens die kleine professor daar. Waar moet ik heen, zei hij, waar woonde je?

Achter de Derkinderenstraat, zei ze, in Slotervaart.
Net zo'n gribus als hier in Noord.
Ja, ach. Het was een fijn appartementje.
Tot die lul langskwam.
Ja.
Hoe kwam je daar terecht?
Het was – mijn man is een paar jaar geleden overleden, en we hadden wel wat gespaard, maar niet veel, en er kwam geen geld meer binnen toen hij dood was, alleen een weduwepensioen, dus ik moest naar iets goedkopers. Sociale huur.
En die nieuwe vent, die trok bij je in?
Ja, die had zelf alleen een woonboot.
O, zei George. Sommige mensen doen een moord voor een woonboot.
Ja, maar dit was niet zo'n soort woonboot.
Wel hoor, zei Wesley vanuit de woonkamer.
Voor jongens misschien, zei Dimphy, en ze lachte verontschuldigend naar George. Het was niet echt ideaal; je moest je wassen in het keukentje bijvoorbeeld.
Ha, zei George. Een mannenboot.
Ja, zei Dimphy. Een mannenboot.
Hij knikte en wachtte tot ze verder zou gaan.
Nou ja, zei ze, hij kwam na een paar weken eigenlijk al bij me wonen.
En daarna ging het mis?
Ik – ik denk dat ik er niet echt over wil praten.
Snap ik.
Ze zei niets meer.
Als je maar niet denkt dat we allemaal zo zijn.
Sorry?
We zijn niet allemaal zo. Mannen, bedoel ik. We zijn niet allemaal klootzakken.
Ze glimlachte. Dat idee heb ik ook helemaal niet.

Goed zo. Hij legde zijn hand kort op de hare, nam 'm op tijd weer weg. Hij stond op. Wat is het precieze adres?

Ga je er nu langs dan?

Ja. Hoe eerder ik ga, hoe sneller ik een patroon vast kan stellen. Vraag maar aan de professor daar, zei hij, en hij knikte in de richting van de woonkamer.

Wesley keek op, hij keek hun kant op, hij zei niets.

Twee dagen later zaten ze bij hem in de auto, en ze reden naar Slotervaart. Dimphy wiegde licht van achteren naar voren, en George keek af en toe opzij. Het gaat niet helemaal goed, hè, zei hij.

Nee, het gaat niet helemaal goed.

Wesley leunde naar voren vanaf zijn plek op de achterbank en legde een hand op haar schouder; zij greep die hand en kneep erin.

Ik ben bang, zei ze, mijn god ik ben bang.

Ik ben erbij, zei George, en ik ben honderd procent zeker dat ie er niet is.

Ben jij niet bang? vroeg Dimphy aan haar zoon.

Nee, zei hij, ik ben niet bang.

Dat is slim, zei George. Het is slim om niet bang te zijn. Je moet gewoon je spullen hebben, toch?

Dat past toch niet allemaal in jouw achterbak?

Nee, zei hij. We gaan nu ook niet alles ophalen. Je moet gewoon wat dingen meenemen die je nu graag wilt hebben.

Ze keek naar de auto's die hen tegemoetkwamen en ze schrok van een auto die op die van Erik leek. Nee, besloot ze, dit moet niet, dit moet ik niet de rest van mijn leven houden. Niet voortdurend in angst. Ze hoorde Wesley zacht neuriën op de achterbank en ze was onmiddellijk boos op hem, hoe durf je geluid te maken want dit is begonnen door jóú. Nee, dat was niet zo, dat was onzin, ook zonder dat Wesley ook maar iets gedaan zou hebben zou het zijn begonnen. Het was iets wat zíj had aangezet. Ze had het ook aan kunnen zetten met een keer de ramen niet lappen, met een verkeerd grapje – zij was het die zijn irritatie aanzette. Maar het was onmiskenbaar begonnen met die bunker.

Ze bleven een kwartier voor de flat staan, in de auto.

Naar binnen? vroeg George.

Ze knikte. Laten we het maar doen.

Alles was stuk.

Alles was stuk en het stonk.

Ze liep traag door de woning; het begon al bij de kapstok in het kleine gangetje, hij had de kapstok van de muur gerukt, ze moesten eroverheen stappen. Ze zagen het woord op de muur staan.

Waarom, zei Dimphy. Ik…

Wesley legde een hand op haar arm.

Ze schudde haar hoofd en George zei dat het een klootzak was.

Ze keken verder. Haar kleren waren half verbrand, gescheurd, verknipt. De kast met glazen was stuk, overal kraakte glas. Het waren glazen die ze al jaren had gehad, glazen die ze nog met Frank had gekocht toen ze trouwden.

Er klonk een klop op de deur en Dimphy gilde – kort maar hard.

George liep naar de deur en trok hem open. Over zijn schouder zag ze een van de buren staan, de man die beneden woonde en vroeger altijd zijn krant bij haar op de mat legde als hij hem uit had; hij had dat gedaan tot Erik het verbood. De buurman keek over Georges schouder heen. Je leeft nog, zei de buurman, jullie leven nog.

Ze zette een stap dichterbij, George zette een stap naar achteren, zodat zij en de buurman elkaar konden zien. Wesley kwam naast haar staan. Ja, zei ze, we leven nog.

Hij heeft hierbuiten gestaan in een caravan, zei de buurman.

Wat?

Hij heeft hierbuiten gestaan in een caravan. Hij heeft een caravan in de parkeerhaven gezet en daar woonde hij en het leek of ie op je aan het wachten was. Hij is eigenlijk pas een paar dagen weg.

O, zei Dimphy. Ze voelde haar lichaam trillen, zei pardon en trok de deur van de wc open en ze moest kotsen maar de wc lag vol met poep en kots en zelf kotste ze ernaast, naast de pot, want daar was nog plaats.

Toen ze weer opkeek, was de buurman weg.

George haalde zijn schouders op. Hij vond het pijnlijk, denk ik, zei hij.

Ja, zei Dimphy. Pijnlijk.

Zo stonden ze een paar momenten.

Wesley liep naar zijn kamer en ze zei nee, wacht, ze wilde hem dat niet alleen laten ondergaan, zijn spulletjes ook stuk, maar zijn kamer was zijn kamer nog gewoon. Er was daar niets stuk.

Maar, zei Dimphy. Wat –

Toen de herinnering aan een maand geleden, de zomerkleren die haar jongen had gepakt en die ze op zijn bed had gegooid. Ze waren er niet meer. Ze trok zijn kast open en daar lagen ze, onhandig opgevouwen.

O, zei ze.

Nou, gelukkig, zei Wesley, en het klonk een beetje ongemakkelijk. Hij haalde snuivend adem en begon toen dingen bij elkaar te zoeken. Een ruimteschip, een stapel stripboeken, zijn computer, daarna schoolboeken; hij bouwde een stapeltje in het midden van zijn kamer.

Nee, zei Dimphy, niet nu, *niet nu*.

George zei dat er best wel wat in zijn achterbak kon. Het is niet dat je nog iets zinnigs in de rest van het huis gaat vinden.

Niet nu, zei ze nog een keer.

Wesley keek van haar naar de stapel. Hij wilde eerst gaan jammeren, dat zag ze, ze herkende zijn jammergezicht, maar hij slikte het weg. Oké, zei hij.

Eén ding, zei ze, neem één ding mee.

Ze zag hem nadenken; hij pakte de schoolboeken. Haar hart

brak, zo volwassen van hem, het was toch een goede jongen, toch wel en ze zei: nee, neem je computer mee, want we gaan een andere school voor je zoeken en daar hebben ze waarschijnlijk toch andere boeken. Neem je computer maar mee.

Dank je wel mam, zei hij.

14

De straat waar ze hadden gewoond werd gesloopt. Een deel was al weg; vanaf de Derkinderenstraat was het nieuwbouw, erachter de lage flats waar een paar jaar met zijn moeder had gewoond toen hij kind was en ze hadden Heras-hekwerken om nieuwsgierige jochies buiten te houden, de onderste etages dichtgetimmerd met houten platen. Geen auto's meer in de donkere straat. Ze waren hier gaan wonen toen zijn vader dood was. Zijn vader had zijn zaken 'niet goed geregeld', had zijn moeder een paar keer gezegd, dus ze moesten hun huis uit, hun huis met een tuin. Zijn vader regelde veel dingen niet goed toen hij gestopt was met werken in het buitenland – ook niet toen hij ziek werd. Hij werd ziek maar hij ging niet naar de dokter en dus werd ie nog zieker en op dat moment ging ie wel maar konden ze er niets meer aan doen. Zijn vader kwam niet meer thuis en ze moesten hem opzoeken in het ziekenhuis.

In het ziekenhuis hadden ze elkaar ook niets te vertellen, zijn vader en hij. Hij wilde wel, hij wilde wel iets zeggen of iets vragen, maar hij wist niets.

Stop hier maar, zei hij tegen de taxichauffeur. Hij stapte uit, vond twee hekken die al door anderen uit elkaar waren geduwd, stapte ertussendoor. De voordeur van de flat was er niet meer, over het hele portaal waren platen geschroefd die na het weekend weer losgehaald zouden worden om verder te kunnen werken. Hij legde zijn hand op de plek waar de deur moest zitten, daarna op de plek waar de brievenbussen misschien nog zaten. Die van hen had rechtsonder gezeten.

Hij zag de naamplaatjes nog naast de bellen zitten, hij herkende nog twee oude namen, buren die misschien wel wisten wat er gebeurde bij hen thuis, want ze moeten zijn moeder gehoord hebben, ze móéten wel, hoe hard ze ook haar best deed om stil te blijven. De naam van de buurman die was komen vertellen over de caravan. Wes had zelf die caravan daar nooit zien staan, alleen maar op de camping in Wijk aan Zee, maar hij kon het zich zo goed voorstellen, die kleine caravan en dat grote lichaam van Erik dat daar woonde, wachtend op hen, wachtend tot ze terug zouden komen.

Het was allemaal zo erg voor haar.

Dit is waar *Be the Monster* zich afspeelde, de game waarmee hij prijzen had gewonnen, en zo had het eruitgezien toen hij de eerste versie bouwde, maar hij wist dat zo'n flatje niet zou werken – het moest een huis in een eng bos zijn om er iets iconisch van te maken, dus hij maakte er een huis in een eng bos van. Daar hielden mensen van als ze wilden griezelen, een huis in een bos – een flatje in Amsterdam Nieuw-West zei ze niets. Maar die game kwam veel later, veel later, toen deze plek een ver verleden was. Eerst moest alle kutzooi hier gebeuren. Hier gaan wonen omdat zijn vader dood was. Zijn moeder die zo verdrietig was. (En hij ook, *hij ook*, natuurlijk, ook al hadden ze elkaar niet veel te vertellen, zijn vader en hij, maar hij was wel heel erg verdrietig. Hij had dat verdriet en hij wist dat zijn vader dood was gegaan zonder dat hij had kunnen zeggen dat hij van hem hield. Natuurlijk hield hij van zijn vader.) Zijn moeder die kapster werd. Mannen, de hele dag door mannen die in hun woonkamer zaten te wachten tot ze geknipt zouden worden. 's Avonds wilde hij er niet meer zitten omdat er de hele dag al mannen hadden gezeten. Zijn moeder die zich zorgen om hem maakte omdat hij geen vriendjes meer had, dat zei ze, je hebt geen vriendjes meer omdat we verhuisd zijn en we moesten verhuizen omdat je vader de zaken niet goed heeft geregeld en nu ben je je vriendjes kwijt, maar hij had al geen vriendjes bij het huis met de tuin. Zij dacht dat dat wel zo was, maar dat was niet zo.

Het hielp toen hij haar ging helpen, toen hij zag dat het hielp als hij iets voor haar deed, als hij de afwas deed, als hij een hand op haar schouder legde. Toen had ze het niet meer over vriendjes en vond ze het niet meer ongezond als hij op zijn kamer zat. Ze kon nog zeggen dat hij in hun oude huis zo'n mooie kamer had, maar ze had het niet meer over vriendjes.

En toen kwam Erik.

Erik voor de bunker, Erik na de bunker.

Voor de bunker zag hij hoe Erik haar gelukkig maakte, en dat was goed, hij vond dat prima; ze wilde er met hem over praten, dat Erik natuurlijk nooit de plek van zijn vader in zou nemen, maar wat hem betrof mocht dat.

Na de bunker zag hij hoe hij haar óngelukkig maakte. Hoe ze wachtte op de klappen. Hoe hij zelf wachtte op het geluid van de klappen.

Hij ging terug naar de taxi, stapte weer in. Ik heb daar gewoond toen ik kind was, zei Wes.

De chauffeur keek naar het gebouw. Dat staat er straks niet meer, zei hij.

Nee, dat duurt niet lang meer.

Ik ben daarvandaan gevlucht met mijn moeder, zei hij daarna.

O, zei de chauffeur.

Ik had een gewelddadige stiefvader.

Wilt u nu ergens heen?

Sorry?

Wilt u nu ergens heen of wilt u gewoon stil blijven staan?

Ik weet het niet. Wijk aan Zee? Is dat gek?

De chauffeur haalde zijn schouders op. Dat kost wel geld, zei hij.

Dat is geen probleem, zei Wes.

De chauffeur zocht Wijk aan Zee op. Zijn navigatie tekende een route op de kaart: de Ring op naar de A4.

Ha, zei Wes, wij reden vroeger altijd over de Haarlemmerweg.

Vroeger had je nog geen TomTom, zei de chauffeur.

Klopt, klopt, zei Wes. Daarna zei hij: mijn stiefvader deed mij niets, maar hij sloeg mijn moeder in elkaar.

Hm-m. De chauffeur reed de oprit naar de A10 op, rustig. Het regende licht, en de banden van de taxi maakten een suizend geluid.

Ik zeg steeds mijn stiefvader, maar dat is voor het gemak. Hij was niet getrouwd met mijn moeder, hij woonde alleen bij ons.

Hm-m.

Wes keek nog een keer op YouTube. In zijn rij 'aanbevolen' stonden MMA-filmpjes, mannen die in een kooi van touw met elkaar vochten. Hij had alleen nog maar vechtende mannen in zijn algoritme. Hij hield zijn telefoon omhoog naar de chauffeur. Ik heb alleen maar MMA in mijn lijst, zei hij.

Sorry?

Op YouTube. Ik heb alleen maar MMA. Mixed Martial Arts.

Hm.

Wes schudde zijn hoofd licht, wat een domheid, natuurlijk wist deze man wat MMA was. Hij keek naar de tattoo van die slang in zijn nek. *Ik heb alleen maar MMA*. Wat was dat nou weer, wil je respect van deze man krijgen? Die man snapt niet eens dat een algoritme je die filmpjes laat zien en het kan hem waarschijnlijk niet eens schelen. Wil je dat hij denkt dat je stoer bent?

Als ik een tattoo laat zetten, wordt het ook een slang.

Hm-m.

What the fuck. Waarom *zeg* je zoiets?

Ik weet wel waarom, dacht hij, kan ik je zo vertellen, je wil dat hij je aardig vindt *omdat hij een Erik is* en het is ook nog een goed idee, een slang, natuurlijk, waarom ben ik daar niet eerder op gekomen? Als je Erik tegenkomt en je wil 'm pakken, dan hoef je alleen je tattoo te laten zien. Knoop je overhemd open en laat de slang zien.

Hij dacht aan de tijd dat ze net bij hem weg waren, dat ze in Noord zaten en alleen maar aan het wachten waren tot de dagen voorbij waren, het verbond dat ze hadden gesloten om boos te zijn op Erik, en dat verbond was er omdat zijn moeder het nodig had.

Dat wist hij toen nog niet. Bloem moest dat tegen hem zeggen.

Hij had haar verteld over Erik, wat voor klootzak dat was geweest, hoe hij zijn moeder in elkaar had geslagen, en toen had ze gevraagd hoe zijn relatie was geweest met Erik en hij had gezegd dat die niet bijzonder was geweest, dat ze vaak samen hadden gevist en dat dat wel leuk was in het begin, maar dat het later meer een methode werd om hem weg te houden bij zijn moeder.

Wat moeilijk voor jou dan, zei Bloem toen, want ik kan me voorstellen dat je loyaliteit aan je moeder het vissen besmette. Bloem met haar therapeutenwijsheid.

Nah, had hij gezegd, dat viel wel mee hoor.

Ja, zei ze, logisch dat je dat zo voelt, je beschermt jezelf van dat gevoel. Toen vroeg Bloem of hij ook dingen tegen zijn moeder had gezegd die hij niet meende, zoiets als 'Erik is stom', terwijl hij hem niet echt stom vond.

Natuurlijk vond ik hem stom. Die gore klootzak heeft mijn moeders léven verpest. Ze heeft daar voorgoed iets aan overgehouden; ze is nooit, *nooit* meer gelukkig geworden.

Bloem had geknikt, en ze had 'Erik is stom' gezegd, en daarna had ze hem een kus op zijn wang gegeven.

Later, ja, later snapte hij het, toen ze opgelost was, niet meer in zijn boek stond. Niet eens zo lang geleden. Zijn moeder had dat verbondje nodig, en ach, hij wellicht ook.

Erik is stom. Erik was stom. Erik was bang voor slangen, dus Wes zou een tattoo van een slang moeten laten zetten.

Hij had ooit iets gemaakt met slangen, een game waarin je je door heel veel slangen moest worstelen, en het was af, klaar, hij kon het uitbrengen, maar hij had het niet gedaan, omdat hij het aan zijn moeder wilde kunnen laten zien, maar zijn moeder zou het niet snappen en later bedacht hij dat hij het voor zijn moeder had gemaakt, om te laten zien dat hun verbond er nog steeds was.

Kijk ma, ik ben net als jij nog steeds heel boos op Erik.

De chauffeur reed en zei niets. Wes keek opzij en hij dacht na over wat hij nog zou kunnen zeggen.

Bloem had het een keer gezien, zoals ze alles had gezien, ze zag het en ze had het door. Ze had een autootje en dat autootje moest naar de garage en daar gingen ze samen heen en de man van de garage was groot en breed en Wes deed bij hem wat hij nu bij de chauffeur deed, een beetje – wat was het, *kruipen*? Nee, je mag ook aardiger voor jezelf zijn, zo hoef je dat niet te noemen. Je was vriendelijk. Iets vriendelijker dan je normaal lukte.

Ze lieten het autootje bij de garage staan en ze liepen naar de tramhalte en ze zei: je deed dat weer, wat je bij dit soort types altijd doet. Die man is een Erik en je wil gewoon een aai over je bol krijgen. Bij zo'n Man word jij een Jongetje.

Dat is onzin, zei hij, de grootst mogelijke onzin. Maar dat zei hij altijd als ze iets slims over hem zei en ze wisten allebei dat het een paar dagen zou duren voor hij zou zeggen: over dat ene, hè? Daar had je wel een beetje gelijk in. Hij zei het op een gegeven moment steeds vaker omdat hij het idee had gekregen dat ze dat prettig vond, dat gelijk krijgen.

Ze kwamen bij de Velsertunnel en Wes zei: ha, de Velsertunnel. Om te laten zien dat je het herkent? Knap hoor, jongen.

Ze zakten het licht van de tunnel in, uit het donker van de snelweg. De chauffeur leunde wat naar voren op zijn stuur, en Wes moest denken aan Erik, die kon dat ook doen, zo leunen.

Hij mocht altijd naast hem zitten, op de bijrijdersstoel, ook al was hij nog niet zo groot – het was nog in de tijd dat kinderen altijd op de achterbank werden gezet, zelfs in auto's die achterin nog geen gordels hadden. Maar hij mocht altijd voorin, behalve als Erik vond dat Wes zich als een kind had gedragen, dan moest hij achterin, op die bank zonder gordels van die Opel Rekord.

Mijn stiefvader en ik gingen altijd vissen in Wijk aan Zee, zei hij.

De chauffeur knikte.

We gingen dan de Noordpier op. Hij had twee hengels, ik had er eentje. Hij had de zijne zelf gebouwd. Uit losse onderdelen. Hij had bij ons aan de eettafel nog de ogen zitten vernieuwen waar het vissnoer doorheen gaat.

De chauffeur reageerde niet, maar wat gaf het. Het was net zo boeiend als iemand die op een feestje vertelt hoe hij het gras maait, maar wat gaf het.

Ze reden de Velsertunnel weer uit.

Dat oog zet je vast met draad, en er gaat een soort lijm over het draad. Denk ik. Ik weet het niet meer precies, een soort lak was het misschien ook wel. Hij maakte ook zijn eigen onderlijnen. Volgens mij noemde hij die paternosters, maar hij noemde heel veel dingen paternosters. Deze paternosters waren een stuk draad van een meter of zo, en daar zaten dan drie afhouders aan, een soort stukjes ijzerdraad die van de lijn weg stonden, en daar hingen dan weer korte lijntjes aan waar de haken aan vast gingen. Drie haken dus.

Niks van de chauffeur.

Hij maakte ook zijn eigen ankerlood. Als je op zee vist, moet je een ankerlood hebben. Op zoet water vis je met een dobber, maar op zee niet, dan werp je je lijn uit en dan zet dat ankerlood zich vast in de bodem en dan moet je naar de top van je hengel kijken en je ziet het aan de beweging van die top als je beet hebt.

Hij was heel trots op zijn molens, mijn stiefvader, hij had heel goeie molens, maar ik kan me de merknaam niet meer herinneren. Ik dacht laatst aan Evinrude, maar dat zijn buitenboordmotoren.

Albatros, zei de chauffeur, of hij had Shakespeares.

Wes keek hem aan. Vist u ook?

Hm.

Wes trommelde met zijn vingers op zijn knieën. Dit was stom, wat een stom verhaal.

U heeft het allemaal netjes onthouden, zei de chauffeur.

Ja? Geen domme dingen?

Nee.

Wes keek voor zich uit. Ze reden over de provinciale weg die bij Wijk aan Zee uit zou komen, ze gingen onder een van de fietsersbruggen door. Albatros, zei hij, dat was het.

Dat is inderdaad een goed merk, zei de chauffeur.

Hier, dacht hij, hier heb je je aai over je bol. Sukkel.

Wijk aan Zee had nog steeds het grote veld in het midden van het dorp. Ze reden er rustig omheen. U wilt naar de pier?

Ja, zei Wes, ik wil graag naar de pier.

De chauffeur stuurde naar de duinrand, naar de weg die naar de pier leidde. Links waren de velden waar Eriks caravan had gestaan, de camping die weg was gehaald omdat de hoogovens te veel roet lieten vallen. Spookachtig, zei Wes.

De chauffeur zei niets.

Met zo de lichten van de hoogovens erachter.

Ja.

We stonden hier op de camping, toen die er nog was. Mijn stiefvader had een kleine caravan gekocht en die had ie op het trekkersveld gezet, en we gingen er elk weekend naartoe om te kunnen gaan vissen.

Die caravan die nog bij hun flat voor de deur had gestaan, Erik in de caravan, wachtend op hen.

De chauffeur nam gas terug, hij keek de donkere duinen in. Er staat nu kunst, zei hij. Wes keek mee. Er stonden sculpturen, als silhouetten zichtbaar.

Ja, kunst inderdaad.

Als u ergens wilt kijken, hoor ik het wel, zei de chauffeur.

Wes knikte, dan hoort u het.

Hij reed langzaam door, gaf wat gas bij, reed door over de weg naar de pier. Hij zei dat de meter wel opliep.

Sorry?

De meter. Die loopt op. Hij tikte tegen de meter. Hij stond op 112 euro.

Geen probleem, zei Wes. Hij vroeg zich af hoeveel herinneringen hij nog had aan Erik tegenover hoeveel herinneringen hij nog had aan Bloem. Hij had ze allebei even lang meegemaakt, ongeveer, maar hij bleef steeds maar terugkomen bij dat autootje, bij die garage en die man van de garage en hoe zij had gezien hoe hij zich had gedragen naar die man van de garage. Dat was waar het ruimtegesprek ook vandaan kwam, toch? Jij houdt te veel rekening met mensen, jij houdt geen rekening met mensen – een van die twee dingen had ze gezegd en het tweede was het meest logische, toch? Want het eerste zou je iemand niet kwalijk kunnen nemen.

Hij had geen herinneringen omdat hij zo zijn stinkende best had gedaan alles wat ze zéí te onthouden, alle aanwijzingen die ze gaf over hoe hij het beter kon doen.

Ze reden verder over de weg, Wes bleef rechts kijken. Hier zit ergens een bunker, zei hij.

Hm-m.

Er zitten hier nog veel meer bunkers, maar als we wat dichter bij de pier zijn, is er eentje waar ik een keer in slaap ben gevallen.

O? Het klonk niet geïnteresseerd.

Was met het vissen, zei Wes. We waren een keer 's nachts aan het vissen en ik was moe. Of ik verveelde me. Toen ben ik gaan wandelen, weg van de pier en toen kwam ik bij die bunker en toen ben ik daar in slaap gevallen.

Hij liet een stilte vallen. Was dit boeiend?

Mijn stiefvader was me kwijt, kon me hier niet vinden, dus die is met hoge snelheid naar Amsterdam gereden om mijn moeder te halen en met hoge snelheid reed ie weer terug – dat was zijn eerste ingeving, mijn moeder halen.

Snap ik.

Ja?

Ja, snap ik wel.

O. Ja, ik ook wel. Maar hij had wel al een half krat bier op, en hij reed met 150 of zo heen en weer. Mijn moeder was boos op hem omdat ie niet goed had opgelet, of het ging over het harde rijden met dat bier op, zoiets, ik weet het niet.

Allemaal spanning natuurlijk.

Ja, dat zal wel. Maar goed, dat was toen de eerste keer dat hij haar in elkaar heeft geslagen.

De chauffeur bleef even stil. Daarna zei hij: dat is niet netjes.

Nee, dat is niet netjes. Mijn straf was dat ik op de achterbank moest zitten, een week of zo. Ik mocht niet meer voorin.

De chauffeur nam weer wat gas terug – hij zei dat ie een bunker zag. Hier, zei hij, en hij stond stil.

Samen keken ze het donker in. Ja, zei Wes, dit zou hem wel kunnen zijn.

De chauffeur bleef een halve minuut stilstaan, daarna trok hij weer op.

Nou, zei hij, we zijn inderdaad bij de pier zo, dus dat daar terug was uw bunker, zou ik zeggen.

Ja, dat zou ik ook zeggen.

Ik geloof – ik weet het niet zeker, zei Wes, maar kent u dat, heeft u herinneringen uit uw jeugd die u misschien gunstiger voor uzelf heeft gemaakt? Zoiets als, ik zeg maar wat, dat u altijd oude vrouwtjes hielp oversteken?

Misschien, zei de chauffeur.

Ik heb de herinnering dat ik daarna, toen het in elkaar slaan erger werd, mijn stiefvader steeds vaker meevroeg hiernaartoe, dat ik hem voorstelde dat we met z'n tweeën konden gaan vissen. Zodat ie niet thuis was.

De chauffeur stuurde de kleine parkeerplaats voor de pier op. Er stonden geen auto's 's nachts.

Dat lijkt me iets wat best kan kloppen, zei hij.

Ja, zei Wes. Dat zou inderdaad best kunnen kloppen.

Hij dacht nog na over de theorie die hij had over de Bloem-herinneringen. Alles wat ze zei over hoe hij zich gedroeg zoog ie op, maar hij vergat de omstandigheden waarin ze het had gezegd. Hij vergat haar.

Dat was haar schuld, hij lette echt wel op, maar hij had zoveel om te onthouden. *Ik deed zo hard mijn best voor je, Bloem.*

We zijn er, zei de chauffeur.

Wes bleef even zitten met de verwachting dat de chauffeur zijn eigen portier zou openen en met hem mee de pier op zou gaan, maar dat was een idiote verwachting. Hij duwde zijn eigen portier open, liep in de richting van de pier, verbaasde zich over de diepte van de duisternis hier. Alles wat hij zag was in donkere blauwtinten afgetekend, met zwart en grijs als invulling. Vijftig meter verder begon de pier, en hij liep die vijftig meter, stond stil op wat het begin van de pier zou kunnen zijn; links was het water uit de vaargeul tussen deze pier en de pier van IJmuiden, rechts nog geen water, daar was nog zand, en al enkele basaltblokken. Hij had hier niets te zoeken. Niets. Dit was vals sentiment, wat betekende dit nog? Ja, hij had het een beetje leuk gevonden, het onderweg zijn met Erik, dit soort dingen doen met Erik, maar ook altijd ongemakkelijk, omdat ie verwachtte dat Erik elk moment zou kunnen zeggen dat hij hem een slappeling vond. Dat gevoel was er de hele tijd, de *hele tijd*, en dat was er al vóór de bunker, en na de bunker kwam er ook nog een stem bij: *Straks heeft ie je door en slaat ie jou ook in elkaar.*

Toch?

Dat gevoel was er toch geweest?

Ik weet het niet meer, zei hij hardop. Ik kan het me alleen zo goed voorstellen dat die gedachtes er waren, dat die angst er was.

Hij liep terug naar de taxi, en hij sprak onderweg niet meer tegen de chauffeur en de chauffeur sprak niet meer tegen hem.

Hij dacht aan Erik, aan zijn vader, aan Erik, aan George. Hij had geen enkele herinnering aan George, geen karakteristieken onthouden – het was een gladde, als hij hem had moeten omschrijven zou hij zeggen: het was een gladde. Alles viel van hem af. Ook Wes' herinneringen aan hem.

15

George had haar nog twee keer meegenomen naar de kroeg en toen mocht hij haar kussen.

Na het kussen vroeg hij of hij ook met haar naar boven mocht.

Nog niet, zei ze. Mijn jongen…

Ja, zei hij, snap ik helemaal. Ik ga nog een keer bij mijn zus slapen.

Ze had gevraagd of zijn zus onderhand geen hekel aan haar had.

Mijn zus heeft een hekel aan iedereen, had hij gezegd, en hij zei dat ze zich daar echt niet druk over moest maken, maar dat zat wel in haar hoofd, dus ze probeerde manieren te bedenken waarop George wel mee kon naar zijn eigen woning. Maar Wesley sliep op de enige slaapkamer en het zou zo fout voelen hem op de bank te leggen terwijl zij met een man naar bed ging. Ik denk dat ik een eigen woning moet vinden, zei ze, en hij had gezegd dat dat volgens hem nou juist niet de bedoeling was, want hij zou best wel met haar in één huis willen zitten.

Ze had een tinteling gevoeld, en ze was erdoor geschrokken, want ze was niet meer van plan geweest tintelingen te voelen die met mannen te maken hadden. Maar hij had ze zo goed geholpen; hij was nog een paar keer met ze naar haar oude woning gereden, twee weken na die eerste keer, en ze hadden spullen uitgezocht die nog mee konden, alles in dozen van de supermarkt gestopt, en die dozen stonden nu in de berging van Georges woning.

Veel goede spullen had ze niet meer; een damasten tafellaken dat ze nog van Franks moeder had gekregen, bestek – op de vorken na die hij had verbogen – en wat andere keukenspullen, een klok die hij aan de muur had laten hangen. Wesley had nog wel spullen, spullen te over, het was bijna belachelijk, de verhouding tussen haar spullen en zijn spullen.

Toen ze die spullen op gingen halen was ze de hele tijd naar het raam gelopen om naar buiten te kijken. Stond Erik niet buiten? Was hij in zijn auto op hen aan het wachten? Had ie die caravan weer neergezet? Ze had met zo'n verbogen vork in haar hand gestaan en ernaar gekeken, wat had er in dat hoofd gezeten van die man?

Daarna had ze zich gerealiseerd dat het huis ook léég moest, dat alles wat stuk was weg moest, en dat idee zorgde voor weer een nieuwe huilbui, maar George stelde haar gerust, hij wist wel wat mannetjes die hij voor een paar tientjes aan het werk kon zetten, dus zeg de huur hier maar netjes op, komt goed.

En dat kwam ook goed, voor zover dat goed kon zijn, het huis werd leeggehaald, haar spullen voorgoed weg. Ze zat nog steeds in de woning van George, en hij zat er niet, en met haar jongen erbij zag ze gewoon geen mogelijkheid om George er wel bij te krijgen. Hij zei dat ze een urgentiebewijs moest regelen, gewoon naar de instanties gaan en een verhaal ophangen en ze had ook een verhaal, het verhaal klopte, ze moest weg van die flat, ze moest zich verstoppen omdat hij haar anders lastig zou blijven vallen. Dus dat urgentiebewijs kwam er, en na nog een maand in het huis van George kreeg ze een woning toegewezen. Ook in Noord, hoewel ze Noord vreselijk vond, maar ze hadden inmiddels een school voor Wesley gevonden waar hij zich goed voelde, en die school stond in Noord. Het was een huisje in het Blauwe Zand, een arme buurt, maar wat maakte het uit, het was een huisje. Ze zagen stellen lopen, zij en Wesley, waarvan ze dachten dat die in dezelfde situatie zaten als zij eerder, gezinnen waar de man te veel dronk en de vrouw klappen kreeg, en wie weet de kinderen zelfs ook nog, maar zij waren eruit, zij en haar jongen. Hij kwam elke dag blij thuis van school, en dat was goed, dat was fijn om te zien, dat die jongen nog blij kon zijn. Hij kreeg een eigen slaapkamer waar een bed en een bureau van de kringloop in stonden, en op het bureau kwam zijn computer en het stapeltje strips dat hij mee had genomen, gele pockets van *Spider-Man*.

Bij de kringloop kwamen ze ook een kaptafel tegen, met een grote spiegel, en een kleine barst in de rechterbovenhoek. Ze was er als een kind zo blij mee geweest. Hij kreeg een plek in de hoek van de kleine woonkamer, en over de barst in de hoek plakte ze een A4'tje met een tekening van Wesley, een kam en een schaar.

George kwam op bezoek, een paar avonden per week. Hij had zijn tv meegenomen, omdat zij nog geen tv kon kopen. Ze had zijn telefoonnummer meeverhuisd omdat hij daar toch niets mee deed, had hij gezegd, en zij had haar klantjes die haar op dat nummer belden. Langzaam verzamelde ze wat geld om de boel in te richten, maar ze had eerst belangrijker dingen nodig, een bed onder het matras waar ze op sliep, een kast. De tv stond daar goed, had George gezegd, want hij zou toch bij haar intrekken. Ze lachte altijd als hij dat zei en hij zei dan dat het kon, want die jongen heeft een eigen kamer. Ja, zei ze, dat is waar, en dan zei ze iets anders, iets over wat ze die dag mee had gemaakt, of wat een klant had gezegd. De klanten die ze in Georges huis had kwamen mee, voor een deel, twintig van de dertig vaste klanten, en er kwamen andere klanten bij, mannen die ze in het café op het Mosveld ontmoette, kroegvrienden van George, mannen tegen wie hij zei dat ze bij zijn meisje langs moesten gaan als ze geknipt moesten worden. Vijftien gulden, geen geld, maar dat was het wel, ze vond dat zelf te duur, voor vijftien gulden konden die mannen ook naar een echte kapper, een herenkapper met wie ze over voetbal konden praten, maar George was overtuigend, die mannen kwamen, en ze wist niet welke mannen via hem kwamen en welke mannen via de kaartjes in de supermarkten kwamen, dus ze wachtte altijd af wat die mannen in haar handen drukten als ze klaar was, en dat was soms een geeltje en dan wist ze niet of ze terug moest geven van twaalf of van vijftien gulden. Maar daar had ze een methode voor gevonden: een beetje dommig aarzelend naar het geld kijken of ze nooit zoiets had gezien, en de meeste mannen zeiden dan wel: maak er maar zestien gulden van. Of als ze geen fooi gaven zeiden ze: vijftien gulden toch?

Oké, vijftien gulden, dit gezicht onthouden, dit is er een van George. En als ze er een van George had gehad, werd ze een beetje meer verliefd op hem.

Na een paar maanden kwam hij toch bij ze wonen. Hij stond op een gegeven moment met een paar dozen in zijn Ford Escort voor de deur en zei dat hij de tv miste. Daar moest ze om lachen, en ze vroeg aan Wesley of hij het goed vond – haar jongen zat in zijn kamer achter zijn computer, achter dat scherm met heel veel zwart en een brei aan groene letters, en hij zei ja, tuurlijk, en daarna duwde hij een glimlach op zijn gezicht, en daar was ze niet helemaal gerust op geweest, maar daarna had ze dat weggewuifd, want zij mocht nu ook wel weer eens een beetje gelukkig worden. Hij was al blij genoeg met zijn school in Noord en zijn kamer en zijn computer. Nu werd het weer tijd voor haar om blij te zijn.

En George was lief voor haar. Hij toonde interesse, stelde vragen. Waar hou je van, wat vind je leuk, waarom ken je geen andere mensen?

Daar had ze zich voor geschaamd, het klonk even alsof ze een enorme kneus was en ze had gezegd dat dat door Erik kwam, die had haar afgesneden van haar zusje, dat ten eerste, en toen ze waren gevlucht was ze zelf verdwenen, dus haar zusje had geen mogelijkheid haar te vinden. Ze knikte naar de telefoon in de hoek, dat is jouw oude nummer, zei ze, het is niet alsof ik in het telefoonboek sta.

Nee, zei George, maar je zus toch wel? Jij kan je zus toch bellen?

Ach, zei ze, ach. Zo close was ze nooit geweest met haar zus.

Niet? Waarom niet? Hij kon het zich niet voorstellen, hij en Jane waren belachelijk close, belachelijk.

Dus ze had verteld over de Assepoesterperiode, haar moeder die stierf toen ze jong was, haar vader die geen kinderen kon hebben naast zijn werk, dus de kinderen kwamen op verschillende plekken terecht en zij kwam bij een mevrouw die al twee dochters had. Daar werd ze aan het werk gezet, ze was tien of elf jaar oud, en ze moest poetsen als ze uit school kwam, poetsen en aardappels schillen, piepers jassen zoals ze dat daar in huis noemden en dat was het. Alsof ze in een oude film had gezeten over een zielig meisje met een slechte stiefmoeder. Maar het was zo, ze kon er niks beters van maken. De mevrouw was niet lief voor haar, dus de dochters van de mevrouw waren ook niet lief voor haar, en omdat ze op dezelfde school zaten, lieten de dochters de kinderen op die school duidelijk weten dat niemand lief voor haar mocht zijn.

Wat een kutkinderen dan ook, zei George. Dan heb je dubbel pech gehad.

Nee, zei ze, dat had ze zelf ook steeds zo gedacht, dat ze daar ook nog zoveel ongeluk mee had gehad, dat die meisjes ook zo onaardig waren, maar later had ze bedacht dat die meisjes dat voor hun moeder deden. Zij waren net zo goed bang, of misschien niet bang, maar ze wilden gewoon dat hun moeder hen leuk vond, dus daarom waren zij zo. Het hoorde bij dezelfde pech.

Geloof ik niet, zei George. Jij bent toch ook niet zoals jouw moeder of zoals die vrouw geworden?

Ze haalde haar schouders op. Ik ben nu niet zo, maar misschien was ik toen wel zo. Ook zo gemeen.

Kan ik me niet voorstellen.

Nee, misschien is het ook niet zo, zei ze om er niet meer over te hoeven praten – ze dacht ondertussen aan de kat die ze daar in huis hadden gehad en die ze geprikt had met de spelden van de mevrouw, ze wilde de gekleurde speldenknoppen in de kat zien staan, herinnerde ze zich, ze wilde dat heel graag een keer zien en nu schaamde ze zich daar zo heel erg voor.

Nou ja, zei ze, dat was het, dat wilde ik vertellen.

Dat was het?

Ja. Daarna is het er gewoon niet meer van gekomen. Vrienden maken. Vriendinnen maken.

George had haar toen in zijn armen genomen, want hij was lief.

Dat was waar ze dus uiteindelijk een beetje geluk in vond: een man die lief voor haar was. Ze had geen vrienden nodig.

Frank was niet de eerste geweest. Niet de eerste die lief voor haar was. Dat had ze wel altijd tegen hem gezegd, maar dat was helemaal niet zo. Daar was ze toch veel te oud voor geweest, welke vrouw komt op haar dertigste haar eerste vriendje tegen? Welke vrouw die eruitzag zoals zij eruit had gezien? Ze wist dat mannen haar nakeken. Ze vond zichzelf niet mooi of knap, maar als mannen haar na wilden kijken, zagen zij er toch iets in. Dus als een man iets met haar wilde, wilde zij dat meestal ook. Maar ze had tegen hen allemaal gezegd: jij bent de eerste, ik ben er een beetje langzaam in. Dat hadden ze allemaal geloofd, zonder uitzondering. Ze voelden zich allemaal bijzonder, een meisje dat nagekeken werd door mannen, een vrouw zoals zij die op hem had gewacht.

Maar ze maakten het allemaal uit.

Voelden ze dat er iets niet goed zat? Misschien kwam het doordat ze allemaal te werelds waren, doordat ze snapten dat een vrouw die er alleen maar voor hen was misschien te veel was? Was het omdat ze geen vriendinnen had? Dat ze mee wilde met alles wat haar vriendje deed? Ze maakte zelf nooit iets mee en als ze een vriendje had, wilde ze alles meemaken wat hij meemaakte.

Was ze te onzeker, te veel?

Natuurlijk was ze te veel. Jij was ze te veel, muts. Waarom had je dat toen niet door? Was een paar keer thuisgebleven terwijl je vriendje met zijn vrienden op stap ging en je had een van de betere kunnen houden.

Ze had Rudi kunnen houden – Rudi was acteur geworden, een mooie man, en ze zag hem op televisie toen ze al tien jaar met Frank was en ze slaakte bijna een gilletje en goddank had ze zich in kunnen houden, want ze zou geen excuus gehad hebben. Maar Rudi maakte het uit, omdat ze elke avond als een hondje achter hem aan liep.

Ze had Gerard kunnen houden, Gerard was arts en hij rookte sigaretten in een pijpje, want dat was toen hip, en ze had de vrouw van een arts kunnen zijn, maar ze was zichzelf al aan zijn moeder voor gaan stellen na een maand omdat ze het zelf al helemaal zag gebeuren, hoe hij haar mee zou nemen naar het grote huis waar zijn moeder woonde, en ze zag zichzelf daar al met kerst aan tafel zitten.

Frank was de eerste die het hondje helemaal accepteerde zoals het hondje was, de eerste die het niet uitmaakte. Vijfendertig was ze, hij ouder, en ze zei dat zij de eerste was voor hem en ze moest bijna kotsen van die leugen, hoe vaak had ze die gebruikt, zestien keer, zeventien keer en god, op deze leeftijd nog beweren dat hij voor haar de eerste was, en hij had gezegd: jij ook voor mij. Ze schrok, maar goed, haar eigen leugen kon ze niet meer terugdraaien, en ze wilde ook niet degene zijn die het uitmaakte omdat ze wist hoe dat voelde, als iemand het uitmaakte.

Frank nam haar na een week al mee naar zijn moeder. Hij was zo trots geweest dat hij nu eindelijk een vriendin had. En zijn moeder was zo blij voor haar jongen dat ze het die mensen niet aan kon doen niet verder met hem te willen. Ze zou wel aan hem wennen – ze herinnerde zich nu dat ze dat toen dacht, ik zal wel aan hem wennen. Hij was trots dat hij zijn eerste vriendin had, zij was trots dat ze er een had die haar wilde houden. Of trots, nee, ze was niet trots, ze was opgelucht.

Dus ze zei 'ja' toen hij vroeg of ze wilde trouwen, veel te snel, hij vroeg het veel te snel maar 'nee' was zo hard geweest. Dus ze trouwden. En ze werd zwanger. Ze kregen een jongen en Frank snapte het allemaal niet, die snapte niet hoe dat werkte, liefde voor je kind. Zij wist het ook niet héél goed, maar goed genoeg, de liefde kwam uit haar lichaam, het was pure biologie.

George woonde een jaar bij haar toen ze de eerste nachtmerries kreeg. Ze gingen allemaal over Erik en ze durfde niet meer te gaan slapen.

Ze was ook bang dat hij zou bellen. Ze was niet eens bang om klappen te krijgen, ze was bang dat hij zou bellen. Ze had het meegemaakt met hem, toen ze nog bij hem was (of hij bij haar, hij was bij haar ingetrokken maar zo voelde dat niet meer nadat ze alles wat ze over zou houden in een paar plastic tasjes had gestopt), ze maakte het mee dat hij een vrouw waar hij bij was geweest belde vanaf haar telefoon, dronken, vloekend, *damn it*, als ie dronken was vloekte hij in het Engels en dan zei hij om de paar zinnen damn it, maar het klonk als demmit. Demmit. Je weet wie er belt, zei hij dan aan de telefoon. Je weet heel goed wie er belt. Hij tikte dan met zijn vinger op tafel om zijn zinnen kracht bij te zetten. Je-weet-heel-goed-wie-er-belt. *Pok-pok-pok-pok-pok-pok-pok.* Demmit.

Ze was bang dat haar telefoon op een dag zou gaan en dat hij het zou zijn. *Je weet heel goed wie er belt.* Ze had het nummer van George, zij stond niet met haar naam in het telefoonboek, maar hoe hadden die vrouwen voor haar dat gedaan dan? Waren die gewoon in hun huis gebleven en hadden ze hem eruit gezet? En hadden ze gewoon het lef gehad hetzelfde nummer te houden? Hoe was ze dat gelukt?

Ze had zoveel verkeerd gedaan. Ze had nog in het fijne flatje kunnen zitten dat ze met haar jongen had. Ze had al haar spulletjes nog kunnen hebben.

Mam, je staart, had Wesley op een dag gezegd, en het was niet de eerste keer dat hij dat zei. Ze was steeds vaker aan het staren.

Hij zei het en ze zei ja, sorry, je hebt gelijk en ze moest even haar gedachten losschudden om te herinneren waar ze over na had zitten denken. Ze dacht aan een andere vrouw, een andere vrouw die nu bij hem aan tafel zat. Dat er ergens een tafel was waar eerst een vrouw alleen aan had gezeten, of met haar kinderen, en dat daar nu die man aan zat, die vreselijke man, die zichzelf lazarus dronk om haar klappen te kunnen geven, want dat deed hij – hij kon zich voornemen te gaan drinken zodat hij zijn vrouw in elkaar zou slaan.

Die realisatie, die vrouw daar ergens, maakte haar aan het huilen.

Wesley stond op en legde een hand op haar schouder. Mam...

Ze voelde plaatsvervangende angst, en tegelijk een klein beetje jaloezie. Ze miste de klappen niet, ze miste de angst niet, maar ze had even een goede man aan hem gehad.

Mam, het is oké.

16

De chauffeur zette zijn taxi stil voor de ingang van de Drie Hoven. De slagboom was dicht. Hij zei dat ie niet dacht dat die open zou gaan.

Nee, dat denk ik ook niet, zei Wes en stapte uit. Ik ga naar binnen, blijft u staan?

De chauffeur knikte naar de meter. Die blijft dan wel lopen.

Ik kom terug, zei Wes. Hij pakte zijn portemonnee en gooide die op de stoel naast de chauffeur.

Hij liep om de slagboom heen, het terrein van het bejaardenhuis op, door het ongelukkige tuintje met de rechthoekige vijver. De hoofdingang was dicht, en er hing een bordje met HIER BELLEN, maar hij wilde niet bellen, hij wilde naar binnen lopen, knikken naar de receptie en doorlopen naar de derde, waar zijn moeder lag. Ze zou niet slapen, want dat deed ze alleen overdag, als ze uitgeput was van het 's nachts wakker liggen. Maar de receptie zou hem niet doorlaten en hij wilde niet eens langs de receptie. Hij schudde zijn hoofd en zei hardop: morgen dan maar, mam.

En met gebak, dacht hij, want vijfentwintig jaar geleden zijn we op de bus gestapt.

En dus stapte hij weer in. De chauffeur startte, trok rustig op, niet per se ergens naartoe, maar het was goed om te rijden, om onderweg te zijn. Ze reden door Slotervaart, verder over de Calandlaan, niet harder dan 40 kilometer per uur, en dat kon, er reed niemand anders. Als hij zo doorrijdt komen we langs mijn school, dacht Wes, de school waar hij op zat toen ze met Erik waren. Hij besloot niets te zeggen en dan te kijken welke route ze zouden nemen, te kijken of hij de chauffeur kon sturen met zijn gedachten. En ze reden langs de school, of langs de plek waar de school had gestaan – er stond nu een heel ander gebouw, nog steeds een school, maar anders en met een andere naam. School was vreselijk geweest, vreselijk. Hier en later in Noord. Vreselijk. Hij was zo vreselijk gepest. Hij had zo lang fantasieën gehad over pijn, het pijn doen van de andere kinderen.

Ik heb een boek geschreven, zei hij tegen de chauffeur, en de chauffeur keek even naar hem.

O ja?

Ja. Het heet *Ruimte* en het gaat over... Hij dacht er over na.

Over de ruimte? De chauffeur deed een opwaarts knikje, naar de sterren boven de taxi.

Nee, zei Wes, en hij lachte beleefd. Hij had een simpel pitchzinnetje klaar, voor als hij bijvoorbeeld op de radio kwam en zo'n presentator vroeg waar zijn boek over ging.

Mijn boek gaat over jezelf een plek geven tussen andere mensen.

Dat zei hij nu ook tegen de chauffeur. Het gaat over jezelf een plek geven tussen andere mensen.

Hm-m, zei de chauffeur, en hij tikte zijn richtingaanwijzer omhoog: hij sloeg rechts af.

Hij lette echt wel op, maar hij had zoveel om te onthouden.

De oefening in ruimte had hij verzonnen omdat Bloem had gezegd dat hij *zo weinig* ruimte innam dat het juist *te veel* werd, te veel ruimte, dat hij haar door haar de hele tijd te pleasen een vervelend mens maakte, en dat hij zo het omgekeerde bereikte.

Ik weet nu niet wat mijn plek is tussen andere mensen, zei hij tegen de chauffeur.

Misschien moet u uw eigen boek lezen, zei de chauffeur.

Nee, zei Wes, want ik weet precies wat erin staat. Tot op de bladzijde precies. Er staat niets in waar ik nu iets aan heb.

Nog een keer rechts, terug richting stad. Misschien een hoofdstukje erbij schrijven, zei de chauffeur.

Weet u, zei Wes, volgens mij bestaan mensen alleen bij gratie van andere mensen. Een mens dat volkomen alleen is, is geen mens. Als ik mijn moeder niet meer zou bezoeken in de Drie Hoven, zou ze niet meer bestaan. Hoogstens als object dat gewassen zou moeten worden, maar niet meer als mens.

Dat klinkt niet aardig, zei de chauffeur.

Ik bedoel het niet niet-aardig. Ik bedoel het als inzicht. Maar ik woon in Londen, dus ik kan niet zo vaak langs bij mijn moeder. Ze bestaat bíjna niet meer.

Ze stonden voor een stoplicht dat in de stilte geen functie had.

Bestaat u zelf wel? Of heeft u alleen uw moeder?

Ik heb niet alleen mijn moeder, zei hij. Hij moest nu van zichzelf zijn model opzoeken, zijn Victoria's Secret-model. Hij googelde op de Alcatel en vond de foto's van de rode loper. Kijk, zei hij tegen de chauffeur. Dit is mijn vriendin.

Zolang het stoplicht rood was, keek de chauffeur naar de foto's. Die ken ik wel, zei hij. Die heb ik weleens op tv gezien.

Wes stopte de telefoon weg en schudde zijn hoofd om zichzelf – hij deed alles wat hij vroeger deed, álles. Tegen mensen zeggen dat hij een vriendin had terwijl hij geen vriendin had, o ja wie dan, en dan iemand noemen die ze misschien een keer gezien hadden, nou ja niet echt mijn vriendin maar we hebben wel iets met elkaar. Maar nu had hij foto's en er waren genoeg mensen die dachten dat ze wel iets met elkaar hadden.

Dit is mijn vriendin. Ha. Ha.

Ze waren aan elkaar voorgesteld bij dat benefiet op de verzamelplek en ze zouden in een limo stappen om er tweehonderd meter verder weer uit te stappen, twee verschillende werelden, leuk om jullie aan elkaar te koppelen en het meisje had gegiecheld, *oh sure, I love nerds*, en hij had dat in zijn buik gevoeld maar niet op een prettige manier, fuck, zag hij er nog steeds uit als een nerd?

Ze kregen allebei een flesje water, er werd gezegd dat ze champagne zouden krijgen op de andere locatie.

Het model zei dat ze moe werd van al die champagne. Wil jij straks mijn champagne opdrinken?

Misschien helpt het om me wat meer op mijn gemak te voelen, zei hij.

That's funny, zei ze, *you're funny*.

Laten we daarop proosten, zei hij, en hij proostte met zijn plastic flesje tegen haar plastic flesje.

Ze lachte en het leek oprecht.

Ze werden gewenkt door iemand met een oortje in, jullie zijn de volgende, en ze werden de limousine in geduwd.

Dus jij schreef een boek?

Hij knikte. Hij vertelde over zijn boek en ze luisterde, knikte. Daarna zei hij dat hij wist wat zij deed. Groot fan van je werk, zei hij.

Ze lachte weer, weer oprecht en ze legde een hand op zijn arm. Je bent lief.

En zo ging het door, de paar honderd meter dat ze in de limo zaten, maar ook op de rode loper lukte het hem om grapjes te blijven maken. Hij lachte naar de camera's, zij aan zijn arm, en hij twijfelde of hij een arm om haar middel moest slaan maar hij hield zich in, en dat was waarschijnlijk goed – zij aan zijn arm zonder dat hij te veel aan haar zat moest er beter uitzien. Het was waarschijnlijk goed.

Maar vertel me over je boek.

Ze vroeg het terwijl de fotografen aan het flitsen waren.

Het gaat over ruimte innemen, met opzet, zodat je andere mensen niet dwingt om ruimte in te nemen, want mensen die je daartoe dwingt worden vaak vervelend, en het is niet aardig als je ervoor zorgt dat andere mensen vervelend worden.

Ze keek hem aan. Dat is zo waar, zei ze. En ze lachte oprecht en mooi en heel erg Victoria's Secret, alles tegelijk en hij dacht: ik maak een kans.

Er werd minder geflitst – de fotografen gaven aan dat ze aan het volgende stel toe waren; een paar maakten een schuivende beweging, loop verder, jullie staan erop.

Ik maak een kans.

Jij gaat mijn champagne opdrinken, *right*?

Sure, right.

Ik maak een kans.

Ze liepen door, de hal in, en er liepen jongens rond met dienbladen en champagne, kijk, zei ze, ik kan dus elke dag gratis champagne drinken. Gek word ik ervan. Maar ik wil wel met je proosten, want ik ben blij dat ik je tegen ben gekomen.

Ik maak een kans. Hij pakte twee glazen van een dienblad, gaf haar er een, en ze proostten en *zij gaf hem een knipoog*.

Dit was duidelijk, toch? Hij maakte een kans, toch? Bij een Victoria's Secret-model.

Dus hij vroeg het: maak ik een kans?

Ze keek hem aan, haar gezicht onmiddellijk strak, en ze zei: nu niet meer.

Ik besta te veel, zei hij.

Hm-m.

Ik heb een miljoen boeken verkocht.

Ze reden over de Lelylaan. Kan een mens te veel bestaan? vroeg de chauffeur.

Ik denk het wel, zei Wes. Ik wel, in elk geval.

Dat zal wel meevallen, toch?

Nee, dat valt niet mee. Hij blies zijn adem uit; de uithoeken van het internet waar het ging over de epidemie – de roddelpers zal het onderhand wel opgepakt hebben. Meer moeders aan de tafel bij *Mr. Daily*. Tien, twintig, honderd. Als er één schaap over de dam is, volgen er meer. Hoe konden ze zo dom zijn, hoe konden ze dat grapje *zo serieus* nemen? Ze hadden godverdomme niets begrepen van dat boek. Ruimte. Ruimte. RUIMTE. Er godverdomme een eind aan maken, hoe is dat ruimte pakken?

Er hebben een aantal mensen ruimte gemáákt door mij, zei hij. Terwijl in mijn boek staat dat ruimte gevuld moet worden.

Hoe maak je ruimte? vroeg de chauffeur.

Kijk maar op nu.nl. Ik ben er vrij zeker van dat u mijn hoofd ziet als u daar doorheen gaat.

Hm.

Die jongen met gekte in zijn ogen, Stefan, hij had gewoon een biertje met die jongen moeten gaan drinken. Een cola. Red Bull. Het zal zo'n jongen zijn geweest, veel Red Bull en dan doorgaan, de hele nacht, code tikken, debuggen, de wereld vergeten, zijn ruimte vergeten.

Ze stonden stil voor het volgende stoplicht. Wes keek naar de snelweg onder hen door, de ring, zijn hoofd tegen de autoruit. Toen hij naar de chauffeur keek, stopte die zijn telefoon net in zijn binnenzak.

Heeft u op nu.nl gekeken?

Ja.

Stond ik erop?

Ja.

Niks over te zeggen?

Nee, zei hij, nog niet.

Hij had een Red Bull moeten gaan drinken met die jongen en geen grapje moeten maken en dan hadden ze daarna kunnen vertellen hoe ze eruit waren gekomen, hoe ze samen hadden gevonden hoe hij wel zijn eigen ruimte zou kunnen vullen. De Red Bull-sessies. Nog meer jaloerse nerds.

Hij dacht aan Erik, en hij zag voor zich hoe die bij een nieuw gezin terecht was gekomen en dat beeld zorgde voor een steek van jaloezie, het idee dat Erik zou gaan vissen met een andere jongen. Hij schaamde zich onmiddellijk voor die jaloezie en hij neuriede uit ongemak. Tyfus, wat kon een mens zich in zijn hoofd halen. De grootst mogelijke onzin. De grootst mogelijke.

Hoe voelt het?

Sorry?

De chauffeur herhaalde zijn vraag: hoe voelt het?

Hoe voelt wat?

Het idee dat er tweeëntwintig mensen zelfmoord hebben gepleegd om iets wat u heeft gezegd?

Twee –

Ik kan me voorstellen dat dat niet prettig voelt.

Tweeëntwintig.

In de nacht is de muur het dikst.

Ze reden het Surinameplein op.

Tweeëntwintig?

De chauffeur knikte. Op dit moment, zei hij.

Tweeëntwintig. Ik ben slecht, dacht hij, ik ben nog vele malen slechter dan een man die bij een vrouw en een kind intrekt en hun leven kapotmaakt.

In de nacht is de muur het dikst.

Hij pakte zijn telefoon en googelde zichzelf en probeerde het nieuwsbericht te lezen, maar hij zag geen woorden meer. Staat er echt tweeëntwintig?

De chauffeur knikte. Tweeëntwintig, zei hij, en hij voegde er 'vooralsnog' aan toe. Zo staat het er, zei hij, vooralsnog.

Dus ze denken dat er nog meer komen.

Zo klinkt het.

Moet ik iets doen?

Ik heb geen idee, meneer. Ik snap er eigenlijk niet zoveel van. Staat in uw boek dat mensen er een eind aan moeten maken?

Nee, dat staat niet in mijn boek. Juist niet, júíst niet. Staat dat in het bericht? Staat dat zo in het bericht?

De chauffeur keek even opzij. Nee, weet ik niet. Ik heb het in een paar tellen gelezen.

Maar mensen kunnen dat dus denken. Als mensen het in een paar tellen lezen, denken ze dat het in mijn boek staat.

Min tienduizend reputatiepunten.

God, waarom? Al die vreselijke domheid. Ik had een Red Bull met die jongen moeten gaan drinken en ik had geen grappen moeten maken. Hoe kom je erop dat grappig zijn hetzelfde is als slim zijn? Hij was nooit van zijn leven grappig geweest – hoeveel godverdomme hóéveel mensen hebben om je gelachen tot je voor die nerds stond? Niemand toch? Niemand.

Die gasten, jezus, waarom dóén ze het?

Maar wat gebeurt er wanneer zijn fans hun leider te serieus nemen? Ik ben hun leider niet, ik ben hun leider niet hou op hou op hou op. Hij pakte zijn telefoon, keek om zich heen in de taxi.

Kan hier ook licht aan? vroeg hij de chauffeur.

De chauffeur klikte een lampje boven hun hoofd aan, liever niet te lang, zei hij en hij reed rustig door, op de Overtoom nu.

Wes filmde zichzelf weer. *Okay guys, I'm still in the taxi*, en dit is echt een van de moeilijkste dagen van mijn leven aan het worden. Ik heb een boodschap die ik met jullie wil delen, misschien zelfs een opdracht: *stop fucking killing yourselves*. Ik heb hier nooit om gevraagd. Mijn boek heeft altijd duidelijk gemaakt dat je je eigen ruimte moet vullen, dat je moet bestáán, niet dat je níét moet bestaan. *Stop this. It's crazy. And you guys are not crazy.* Hij stopte met filmen en keek naar de chauffeur.

De chauffeur klikte het lampje uit.

Hoe klonk dit?

Voor zover mijn Engels toereikend is, klonk dit overtuigend.

Goed, zei Wes, en hij opende de YouTube-app en uploadde het filmpje.

U heeft nog geen antwoord gegeven op mijn vraag, zei de chauffeur.

Welke vraag?

Hoe het voelt.

Dat is een vraag waar ik geen antwoord op heb. Hij keek naar de huizen op de Overtoom en dacht aan een gesprek dat hij met Bloem had toen zij hem vroeg wat hij bedoelde met 'ik voel niet zoveel op het moment'. Hoe breed is 'het moment' precies? Want van de week keken we een film en ik heb je zien huilen om die film, dus toen had je wel gevoel.

Ja, ja natuurlijk héb ik wel gevoel. Natuurlijk kan ik huilen om een film, maar dan huil je eigenlijk om het idee hoe het ook had kunnen zijn, een leven zoals de mensen in de film, die van elkaar houden, die snappen hoe houden van werkt en dat je films gebruikt om te zien hoe dingen zouden moeten. Wat ik er éígenlijk mee bedoel is dat ik niet zoveel voel op welk moment dan ook, maar dat zei hij niet hardop.

Toen ik uit bed kwam en vroeg waarom die spullen er stonden, zei Erik dat ie weg zou gaan, en ik huilde. Ik huilde meteen. Dus Erik bleef.

Ziehier het nut van gevoel.

Gevoel en gevolgen.

Dus mag ik je een wedervraag stellen, lieve Bloem? Denk je dat het verstandig is veel te voelen, dat het handig is? Ik heb daar een tijdje mijn best voor gedaan, sinds we uit elkaar zijn, ik heb erover geschreven in mijn boek, gevoel is nodig om je te verhouden tot andere mensen, dus laat gevoel toe, bladzijde 186. Maar ik moet eerlijk zeggen dat ik sommige aspecten van mijn eigen boek zelf niet helemaal in de praktijk toe kan passen. Als ik op dit moment gevoel zou hebben, zou ik dood zijn, vermoed ik zo, dan zou ik niet eens een pistool tegen mijn slaap hoeven zetten en de trekker overhalen, dan zou ik spontaan stoppen met ademen, kan ik me zo voorstellen.

Nee, zei hij tegen de chauffeur, dat is een vraag waar ik niet zoveel mee kan.

Hm. De chauffeur ging links de Tweede Constantijn Huygens op.

Ik ben maar wat aan het rijden, hè, zei hij. De meter telt door.

Ja, zei Wes, dat is goed. Hij opende YouTube weer op zijn telefoon en zag dat zijn laatste filmpje 200.000 views had. Ha, zei hij, ik zag de 200.000 precíés, zei hij tegen de chauffeur.

Sorry?

Het aantal views, ik zag de twee ton precies.

Hm-m. Hij sloeg rechtsaf richting Rozengracht. Mag ik u nog wat anders vragen?

Wes maakte een wat-doet-het-ertoe-beweging met zijn hand.

Bent u autistisch?

Néé, ik ben niet autistisch.

Excuus.

Ik ben hoogstens raar. Ik ben getest. Ik ben geen autist.

Nogmaals excuus.

Maakt niet uit.

Op de brug naar de Rozengracht werd gewerkt. Er stonden verkeersregelaars en ze waren al het verkeer tegen aan het houden.

Nog steeds geen bestemming? vroeg de chauffeur.

Nee, zei Wes. Wacht maar gewoon hoor. Hij ververste YouTube en zag dat er 11.000 views bij waren gekomen.

Iemand heeft een teller gemaakt, zei de chauffeur. Hij had zijn telefoon in zijn hand en keek op een website.

Sorry? Wat voor teller?

Een teller, hier staat dat iemand een teller heeft gemaakt, hier, een website. Hij liet zijn telefoon aan Wes zien.

Iemand had een website gebouwd: howmanykillswes.com.

Een zwarte pagina met een titel: *How Many Kills, Wes?*

En een grote witte 27.

Zevenentwintig, zei Wes, hoezo zevenentwintig als het er net nog tweeëntwintig waren? *Hoezo*? Hij pakte de telefoon uit de hand van de chauffeur, scrolde naar onder en in kleine letters stond er: *gebaseerd op geloofwaardige aankondigingen op 4chan*. Geloofwaardig, wanneer is zoiets geloofwaardig?

Mag ik mijn telefoon terug?

Kut, zei Wes, kut. Hij gaf de telefoon terug aan de chauffeur.

Ze hebben er een liveblog van gemaakt.

Een liveblog?

Ja. Dan volgen ze de ontwikkelingen, hè.

Jezus. Wat voor ontwikkelingen kunnen er zijn?

De chauffeur keek nog een halve minuut naar het liveblog, tikte toen iets aan en Wes hoorde het fragment van *Mr. Daily* afspelen.

O god, zei hij, en hij kreunde, schudde zijn hoofd. De laatste persoon in de wereld die het nog niet heeft gezien heeft het nu ook gezien.

De chauffeur keek het fragment helemaal af. Dat moet toch verschrikkelijk zijn voor zo'n moeder, zei hij.

Hou toch op, zei Wes. *Dat moet toch verschrikkelijk zijn voor zo'n moeder*. Hij kneep zijn ogen dicht, hoe verschrikkelijk is dat dan precies, nee, echt, hoe verschrikkelijk is dat dan precies, want het is nacht en in de nacht is de muur het dikst.

Ik moet mijn moeder bellen, zei Wes.

De chauffeur keek naar de telefoon in Wes' hand.

Ik heb haar nummer niet. Het staat in een andere telefoon, ik weet het niet uit mijn hoofd. Ik heb een mobieltje voor haar gekocht toen ze naar het tehuis ging en ik heb nog steeds het oude vaste nummer in mijn hoofd.

Zo gaat dat, zei de chauffeur.

Ja, zo gaat dat. Hij keek naar de verkeersregelaar, die nog steeds met zijn hand omhoog stond.

Ik moet naar mijn hotel, zei hij. Het W, zei hij, achter de Dam.

Dat ken ik, zei de chauffeur. Hij keek weer op zijn telefoon en lachte. Dit is grappig, zei hij, en hij hield zijn telefoon weer omhoog. Er stond een rijtje memes op het liveblog, en in een van de filmpjes zat Wes radeloos aan tafel bij *Mr. Daily* (een ongelukkige still zoals soms foto's net op een verkeerd moment worden genomen) en daarna was hij weg, en in beeld was een cartoontekst geplaatst: PLOP.

Alsof hij een vacuüm achterliet.

In het volgende beeld haalde Mr. Daily zijn schouders op.

PLOP.

Vacuüm.

Op dat moment liet de verkeersregelaar zijn hand zakken en reden ze door.

Wes keek nog een keer naar de teller – die stond nu op zesentwintig, één *minder* dus. Hij zei het tegen de chauffeur, het zijn er nu zesentwintig, waarschijnlijk was een van de aankondigingen minder geloofwaardig.

Misschien heeft uw filmpje van net geholpen, opperde de chauffeur. Ik zag het net ook al voorbijkomen op het liveblog. Maar mooi dat er eentje minder is, toch?

Ja, mooi, zei Wes, mooi.

Al iets van een gevoel? vroeg de chauffeur.

Wes snoof en schudde zijn hoofd. Hou toch op.

PLOP.

Op de Rozengracht zag hij de rugbyers en de banaan lopen.

De chauffeur zette zijn meter stil voor het hotel. 236 euro, zei hij.

Mag ik pinnen?

Ja, dat mag. Hij pakte een apparaat uit zijn middenconsole.

Maak er 250 van.

Dank u vriendelijk. Wilt u weer een bonnetje?

Ja, graag.

De chauffeur schreef een bonnetje en gaf het aan Wes. Nog een prettige nacht verder.

U ook, zei Wes, en hij stapte uit. Hij wilde het portier dichtslaan, maar boog eerst naar binnen. Gaat u verder met werken?

Tot zes uur, ja.

Kan ik u bellen als ik u nog nodig heb?

Natuurlijk. Prettige nacht, zei hij nog een keer.

U ook. Hij sloot het portier, liep naar de ingang, werd binnengelaten met een knikje.

Deel 3

17

Er was eens een jongen, een man eigenlijk, die op zijn werk werd uitgelachen. Hij werkte al jaren als vakkenvuller in een supermarkt en hij had nog nooit met een meisje gezoend, ook al was hij bijna vijfentwintig. Nooit met een meisje gezoend is een eufemisme voor nog nooit geneukt.

Zijn collega's bij de supermarkt maakten grappen over hem en hij lachte mee. Het was niet echt pesten; hij kende pesten wel, van vroeger op school, en dit was niet echt pesten.

Hij woonde in een flatje in Slotervaart, een open keukentje in de woonkamer, een kleine slaapkamer.

Hij was al jaren ingeschreven bij de woningbouw toen hij nog thuis bij zijn moeder woonde, dus toen er een brief kwam dat er een flatje beschikbaar was, accepteerde hij het, zonder ernaar gekeken te hebben, en het maakte hem ook niet veel uit hoe het eruitzag; als hij zijn bed en zijn computer er neer kon zetten was het goed.

Toen hij verhuisde huilde zijn moeder. Hij schudde zijn hoofd. Ze wacht op gebak, dacht hij.

Mam, zei hij toen, het wordt tijd.

Ja, zei ze, maar ik vind het toch erg. Ze gaf hem een kookboek mee met eenpansgerechten.

Hij was acht uur per dag aan het werk en wanneer hij thuiskwam, programmeerde hij. Hij had het zichzelf geleerd. Hij programmeerde spelletjes en programmaatjes waarvan hij dacht dat ze handig zouden zijn of waarvan hij dacht dat het leuk was als het hem zou lukken ze te maken.

Hij ontdekte dat de muren van zijn flatje heel dun waren en hij vond het niet erg iets van zijn buren te horen, maar hij had een buurvrouw die om tien uur ging slapen en last had van zijn toetsenbord als hij aan het programmeren was. Zijn toetsenbord had veren onder de toetsen en elke keer als ie een toets had aangeslagen sprong die toets terug met een hard geluid dat het midden hield tussen een *poing* en een *klak*. Zijn buurvrouw hoorde dat en riep een keer door hun muur heen: *ik wil slapen*! Dus hij kon na tien uur niet meer programmeren.

Elke week at hij in het weekend bij zijn moeder in Noord. Ze vroeg dan of hij gelukkig was en hij zei dan ja, ik ben gelukkig hoor, ook al was dat niet zo.

In de supermarkt waar hij werkte kwam op een gegeven moment iemand werken die de jongen vroeg wat hij in zijn vrije tijd deed.

Programmeren, zei hij.

Moet je dat niet als baan doen dan?

Daar haalde hij zijn schouders over op; hij had daar nog nooit over nagedacht. Ik zou niet weten hoe ik aan zo'n baan zou komen, zei hij.

Gewoon naar het arbeidsbureau, zei de collega.

En dus ging de jongen naar het arbeidsbureau en een maand later had hij een baan als programmeur.

Hij programmeerde een tool voor zijn baas om heel veel documenten tegelijk in een interface te hangen. Zijn baas had die tool al verkocht aan een aantal bedrijven; hij moest alleen nog gebouwd worden. Hij dacht dat zijn nieuwe collega's waarschijnlijk grappen over hem zouden maken, maar er werden alleen grappen gemaakt die slim waren.

Het duurde vier weken voor hij iets tegen iemand durfde te zeggen. Hij had twee collega's horen praten over een probleem waar ze niet uit kwamen, en hij had vanachter zijn bureau gezegd waar ze naar moesten kijken, voorzichtig, wat ze misschien een keer moesten proberen; en eerst zeiden ze: wat zeg je? Niet omdat hij het niet had mogen zeggen maar omdat hij het zo zacht zei. Dus de jongen herhaalde wat hij had gezegd, en het was niet zoals in een film iets heel briljants, het was gewoon een oplossing. Zijn collega's bedankten hem en een van hen maakte daarna een praatje met hem alsof het de gewoonste zaak van de wereld was. Daar dacht hij over na: het was kennelijk de gewoonste zaak van de wereld om een praatje met collega's te maken. Dus hij ging de volgende dag bij het bureau van die collega staan, Bart heette hij, en hij maakte een praatje, keek mee bij Barts code, zei nog iets anders slims waar Bart iets aan had, en liep terug naar zijn bureau, en het was alsof er iets was veranderd voor de jongen; hij wist niet precies wat, maar het was alsof er een hand van zijn luchtpijp werd gehaald, een klemmende hand die hij eerder niet had opgemerkt.

De week erop gebeurde er iets soortgelijks, of misschien iets wat nog beter was: Bart kwam naar hem toe om iets te vragen.

Ik zit vast met een subroutine, kan jij even meekijken?

Natuurlijk, graag.

Dus hij keek mee, deed een suggestie, de suggestie werkte, en Bart stak zijn hand omhoog voor een high five, dus de jongen highfivede.

Een week later zouden de jongens van kantoor een LAN-party houden op vrijdagavond, gewoon op kantoor, na werktijd, bier en chips en met z'n allen *Civilization II* spelen, is iedereen erbij? Ja, tuurlijk, en Bart keek naar hem en zei: jij toch ook? Speel je?

Ja, ik speel wel, ja.

De baas haalde bier en chips, wenste ze veel plezier en ging naar zijn vrouw en kinderen, en Wesley en Bart en hun collega's speelden *Civilization II*, dronken bier, riepen smerige dingen naar elkaar en Wesley lachte, riep zelfs iets smerigs terug en iedereen vond het de gewoonste zaak van de wereld en *hij werd er niet om uitgelachen.*

Het was *leuk*. De jongen had *plezier*.

De volgende avond ging hij eten bij zijn moeder en hij vertelde erover: hij had op het werk een LAN-party gehad en hij had erg gelachen.

Mooi jongen, zei zijn moeder, en meer was het niet. *Mooi jongen*. Maar hij snapte het wel. Dit was geen ander verhaal dan de verhalen die hij had verteld over de supermarkt, over het werk daar en het lachen daar met zijn collega's; alleen had hij daar nooit zélf gelachen met zijn collega's.

Bart had de jongen een keer gevraagd of hij een vriendin had en hij had ja gezegd, ze heet Sabine, ze werkt bij de slagersafdeling in de supermarkt waar ik hiervoor werkte. Sabine had een paar keer vriendelijk naar hem gelachen, maar dat was alles geweest. De jongen had een keer tegen zijn moeder gezegd dat ie een afspraakje had omdat zijn moeder leek te denken dat hij homo was. Hij was toen wel de deur uit gegaan, maar hij had rondgelopen door de stad. Hij durfde nergens naar binnen.

Leuk, zei Bart. Ik heb geen vriendin hoor, ik ben daar veel te verlegen voor.

Op het werk was één andere programmeur die een vriendin had. Zijn vriendin kwam uit Japan, ze hadden elkaar via internet ontmoet, en zijn vriendin belde hem een paar keer per dag. Iedereen had een vaste telefoonlijn, en als de programmeur met de vriendin uit Japan zijn telefoon opnam, zei hij automatisch: *moshi moshi*.

Thuis programmeerde de jongen verder.

Hij hield van het programmeren omdat ie dan hele uren aan niets hoefde te denken, en hij hield van games spelen, of dat was niet eens houden van; hij wist dat hij daar zo naar kon verlangen dat het op drugs moest lijken.

Na een paar maanden had hij een eerste versie van een game en hij nam een gebrande dvd mee naar het werk. Hij noemde het *Supreme Commander*. Het was een soort mix tussen *Command*

& Conquer en *Civilization*. Hij was er niet helemaal zeker van of *Supreme Commander* een goeie naam was, maar het klonk in elk geval goed. Hij had het installatiebestand op een dvd gebrand en hij had die dvd meegenomen toen ze weer een LAN-party hadden, en nadat ze *Civilization II* hadden gespeeld en alleen nog maar smerige dingen naar elkaar riepen, pakte hij de dvd en gaf die aan Bart.

Iemand heeft porno meegenomen, riep Bart, en stak de dvd in zijn computer. Wat is het?

Installeer maar, zei de jongen. Hij haalde diep adem.

De installatie verliep een beetje schokkerig, maar dat was iets voor later. Voor het openingsscherm had hij een goed gelukte still gemaakt en zijn collega's lieten goeie geluiden horen: zo, dat ziet er mooi uit; is dat een game? Ziet er vet uit hoor.

Wat moet ik doen? vroeg Bart toen het spel opstartte.

Ik hoop dat dat snel duidelijk wordt, zei de jongen. Hij had iets nieuws bedacht, en hij hoopte dat het zou werken: in die tijd waren spelletjes alleen te begrijpen als je het boekje dat erbij zat doorlas, deze knop zorgt voor dit, de andere knop doet dat, en je doel is x. Maar in zijn spelletje kwam de uitleg tijdens het spelen. Hij had dat bedacht omdat hij wilde programmeren, geen boekjes maken.

Jezus, zei Bart – dit is briljánt. Hij keek op naar de jongen. Dit alleen al is fokking briljant. Hij was nog niet begonnen met spelen, en van het spelen zelf verwachtte de jongen niet te veel; het was een heel redelijke kloon van een strategiespelletje geworden met wat extra slimmigheden, een paar grapjes, maar het was wel een game die hij gebouwd had *en nu was iemand het aan het spelen.*

Oké, zei Bart bij elk puntje uitleg dat voorbijkwam, oké, ik snap 't, vet, da's cool, en bij het spelen zelf was hij al snel geconcentreerd, hij snapte inderdaad wat de bedoeling was en hij deed niets fout, niets was onlogisch. Het spel was gelukt.

De andere collega's stonden eromheen en – ze bewonderden zijn game. Ze bewonderden wat hij gemaakt had.

Bart speelde een level, en nog een level, zette 'm op pauze en zei: ik ben verslaafd. Hij keek de jongen aan en zei: verdomme lul, ik ben verslaafd. Daarna stak hij zijn hand op voor een high five.

Alle collega's wilden een dvd, namen die mee naar huis, en ze kwamen nog genoeg bugs tegen natuurlijk; ze noteerden alles, stuurden de jongen e-mails om twee of drie uur 's nachts, *ik ben op level 21 en ik stuur dwars door een berg*, dus hij was nog een halfjaar aan het debuggen, nieuwe dvd's branden, weer debuggen. Op kantoor noemden zijn collega's hem *Supreme Commander* als een grap en hij vond het een leuke grap. Na kantoortijd bleef hij doorwerken om zijn buurvrouw niet wakker te houden met zijn toetsenbord, en zijn baas zei dat hij wel zou helpen met publiceren, hij had nog wel een potje. Zijn baas zei dat ie geld had dat voor zelfontwikkeling van zijn mensen was bedoeld, dat ie die kosten af kon trekken, en nou, dit lijkt me wel zelfontwikkeling toch?

Ze hadden geen idee hoe het met games werkte, maar dvd's persen deed zijn baas al met andere software, dus waarom geen spelletjes? Een doosje, een inlegvelletje met een leuk design, een website met beelden van de game, een paar winkels die wel wilden kijken hoe het liep als ze zelf zonder risico bleven, dus zet maar een doosje neer, dan kijken we hoe het loopt.

En het liep heel aardig. Het werd geen hit, maar de kosten haalden ze eruit, met een beetje winst waar ze met de zaak van uit eten gingen; daar was het net genoeg voor. Ze vierden de jongen, eigenlijk. Ze víérden hem. Hij had zijn moeder nog willen bellen om het te vertellen, maar het was te laat geweest die avond en zijn moeder zou het niet helemaal begrepen hebben. Moeders van gamers zullen hun zonen nooit helemaal begrijpen, dacht hij.

De volgende dag nam hij een dvd mee naar zijn moeder. Kijk mam, dit heb ik gemaakt.

Is het muziek? vroeg ze.

Nee, het is een videogame. Een computerspel.

Wat leuk, zei ze.

Ik weet dat je geen computer hebt, maar ik vind het wel leuk om het aan je te geven.

Nou, zei ze, dan vind ik het leuk om te krijgen. Ze zette het doosje op de schoorsteenmantel en keek er even naar. Ze zei dat het er erg leuk uitzag.

Ja, zei hij, dank je wel. Wat er op die dvd staat is ook erg leuk. Mensen vinden het leuk, tenminste.

Wat heel erg fijn voor je, zei ze. Daarna zei ze: weet je trouwens dat het vandaag tien jaar geleden is dat we op de bus zijn gestapt?

Op de bus?

Ja, weg van Erik.

O, zo op de bus...

Ja. Da's toch wel bijzonder, niet?

Ja, dat is zeker bijzonder.

Ik weet het nog zo goed, zei ze; ik kan me alles nog helemaal herinneren.

De jongen knikte, daarna schudde hij zijn hoofd met zijn lippen in een geen-ideestand, ik niet, zei hij. Ik weet nog wel dingen, maar niet alles meer, hoor.

Dat is maar goed ook, zei ze, want het was vreselijk. Het was vreselijk. Ik heb gebak. Ze liep naar de keuken en kwam terug met een klein doosje waarin twee tompoezen zaten.

Heb je gebak gehaald omdat we tien jaar geleden zijn gevlucht voor Erik?

Niet daarom per se, zei ze. Ik had gewoon zin in gebak.

Oké, zei hij.

Vind jij het geen reden voor gebak?

Ik vind het in elk geval een gekke gelegenheid om gebak te eten.

Ze zette de tompoezen op tafel en ging zitten.

Ja, zei ze, dat is het misschien ook wel. Dan zijn ze voor je spelletje. Ze glimlachte naar hem. Goeie reden voor gebak?

Goeie reden voor gebak, zei de jongen.

Ze aten de tompoezen en hij zei dat ze niet meer zoveel aan Erik moest denken.

Maar hij heeft mijn leven verpest, zei ze.

Mam, zei hij. Dénk er gewoon niet zoveel aan.

Daar kan ik niks aan doen, zei ze. Ik denk nog heel vaak aan wat ik zou doen als hij nu hier binnen zou lopen. Wat zou jij doen als ie nu binnen zou lopen?

Weet ik niet, zei hij.

Ik denk daar heel veel over na. Maar we gaan hem nooit meer zien, hè?

Nee, zei de jongen, we gaan hem nooit meer zien.

Weet je nog die ene keer dat we hem wel zagen?

Ja, dat weet ik nog.

Erik stond te bellen in een telefooncel op de Meeuwenlaan. Zij waren daar naar de Dirk geweest voor boodschappen, de jongen was mee om tassen te dragen, en hij zag Eriks auto, die Opel Rekord, en daarna zag hij Erik. Hij stond te bellen in de telefooncel daar, zijn rug naar hen toe en hij voelde zijn hart de verkeerde reactie maken: het sprong op terwijl het naar de grond had moeten zakken natuurlijk. Mam, het is Erik.

Wat – nee. Ze sloeg haar hand voor haar mond en zakte bijna door haar knieën. De jongen liet een van de tassen vallen en ving haar op.

Kom, zei hij. Ze liepen terug naar de Dirk, bleven achteromkijken, maar hij bleef met zijn rug naar hen toe gedraaid staan.

Op die avonden dat ze nog niet zo lang in dat huis van George zaten, zonder tv, hadden ze het er vaak over gehad, wat zouden ze doen als ze hem zouden zien? Misschien zou ik 'm wel overhoop steken, had hij toen gezegd, maar dat was iets voor de show geweest, hoewel hij zelf dacht dat hij het meende. Hij had een zakmes in zijn zak. Hij had nu, terwijl ze naar zijn rug stonden te kijken vanuit de deuropening van de supermarkt, zijn zakmes in zijn zak. Zijn Zwitsers zakmes, met zesentwintig onderdelen. Hij had het nog van

Erik gekregen ergens, waar was dat, in Haarlem? Het daadwerkelijke mes, één van die zesentwintig onderdelen, stelde niet veel voor, maar het zou schade aan kunnen richten, hij zou de deur van die telefooncel open kunnen trekken en hem in zijn nek kunnen steken.

Maar dat wilde hij niet.

Hij had het moeten doen toen het nog gebeurde misschien. Toen hij op zijn kamer lag te luisteren hoe Erik zijn moeder sloeg, hoe hij zijn moeder hoorde steunen tot ze het niet meer hield en een kreet slaakte. Misschien had hij het toen moeten doen. Maar nu niet.

Ze keken hoe hij de telefoon in de telefooncel ophing en naar zijn auto liep, met dat loopje van hem, dat loopje vol zelfvertrouwen, en wegreed.

Toen ze weer thuis waren, bleef de jongen uit het raam van zijn kamer kijken tot hij George thuis zag komen. George zette zijn Ford Escort op een vrije plek en hij liep over de stoep naar hun huisje en hij had ook dat loopje. Hij zou zijn moeder niet gaan slaan, maar hij had ook dat loopje.

Hij hoorde zijn moeder beneden huilend vertellen over wat ze gezien hadden, en hij hoorde George zeggen dat hij het jammer vond dat hij er niet was geweest, want dan had ie die klootzak weleens wat laten zien.

Nee, dacht de jongen, Erik had jóú iets laten zien, en dat idee zorgde heel even voor een raar gevoel van trots, maar dat stopte hij weg en hij schudde zijn hoofd om het denken te stoppen godver godver godver waarom wás dit er allemaal?

Hij hoorde zijn moeder huilen en het geluid maakte hem misselijk – hier was de muur weer. Hier is de muur. Bouw ’m maar op. Pak je bakstenen, stapel ze op voor de deur van je kamer. Je hoeft dit niet te horen want deze tranen zijn voor George nu, ze huilt nu zodat híj haar kan troosten. De jongen hoefde niets te doen. Alleen zijn muur weer opbouwen.

Ze aten hun tompoezen en keken tv. Zijn moeder had de tv aanstaan en dat was goed, want hij had niet altijd iets te zeggen. Nu had de jongen ook niets meer te zeggen.

Het ging een tijdje slechter na *Supreme Commander*. Het spel was af, en hij ontdekte nog wel bugs en dingen die beter hadden gekund, maar het was klaar, de dvd's waren verkocht; hij zette wat patches op de website, maar dat was het wel. Zijn collega's vroegen of er een *Supreme Commander II* zou komen, ja toch, maar hij wist niet wat dat gevoel was dat hij had. Het was klaar en hij miste het. Hij dacht aan het huilen van zijn moeder toen hij op zichzelf ging wonen, maar dat was het ook niet, het was niet *zijn kindje*; het was ook het gevoel dat het beter had gekund, dat hij iets in de wereld had gezet waar iedereen naar kon kijken en wat iedereen dus af kon keuren. Het waren de mailtjes die hij kreeg van jongens die zeiden dat ze tot diep in de nacht hadden zitten spelen. Sommigen stuurden hun *playtime*: hij had een optie ingebouwd waarmee je kon zien hoelang je al *Supreme Commander* had gespeeld en er waren jongens die heel trots lieten weten dat ze driehonderd uur hadden gespeeld. Hij wilde dat niet weten. Driehonderd uur. Driehonderd. En het was gewoon een kloon van twee bestaande games.

Als zijn collega's hem Supreme Commander noemden, viel de jongen weleens uit – bedenk eens iets ánders alsjeblieft. Ze waren iets te eerbiedig geworden, en daar kreeg hij jeuk van. Hij zei dat een keer tegen Bart, toen ze tijdens de lunch een rondje om het kantoor liepen. Ik krijg daar jeuk van, van dat eerbiedige.

Dat klinkt een beetje te *supreme*, zei Bart.

Maar zo bedoel ik het niet, zei de jongen.

Nee, natuurlijk niet.

Daarna praatten ze niet meer zo vaak met elkaar.

Omdat hij niet meer aan die game hoefde te werken, zat ie 's avonds weer thuis, en hij had niets meer te doen. Dus als hij te lang thuis zat, ging hij naar buiten, het donker in, de schaduwen in, en hij liep en hij praatte in zichzelf, maar niet meer over problemen bij het programmeren zoals hij dat eerder deed – het was meer omdat het bij het lopen hoorde. Het hoort bij het lopen, zei hij tegen zichzelf, het hoort erbij, je kunt ook je andere problemen beter formuleren als je hardop praat, maar hou je mond als er iemand naar je kijkt. Wat zijn je problemen dan precies? Nou, punt één, je bent over straat aan het lopen en je praat in jezelf, dat lijkt toch enigszins op een probleem, toch? Maar je bent niet gek, je bent niet schizofreen, ga maar naar de dokter.

Dus de jongen ging naar de dokter. De dokter was een vriendelijke man en hij schaamde zich niet voor deze dokter dus hij vertelde alles. Ook dat hij zijn collega's had verteld dat hij een vriendin had terwijl hij die niet had. De dokter luisterde en schreef een verwijsbrief voor psychotherapie, en hij kwam bij een therapeut terecht bij wie hij zich wel schaamde, dus die vertelde hij niet alles. Hij vertelde de therapeut wel dat hij een vriendin had. De therapeut zei dat hij een hobby moest zoeken om zich te uiten, zoiets als schilderen, of hij moest een dagboek bijhouden, in elk geval iets waarin hij zich kon uiten. Is er iets wat je goed kan? Kan je een beetje schilderen? Was je op school goed in opstellen schrijven?

Er is wel iets wat ik goed kan, zei hij, dus hij ging naar huis en hij begon weer een game te bouwen.

Daar begon het mee.

Daardoor ontmoette hij Bloem.

Het kwam door die game. Toen hij een speelbare versie van die game had, nam hij zijn laptop mee naar zijn therapeut en hij speelde een paar scènes voor zijn therapeut, maar de therapeut had het vooral over zijn eigen kinderen, en dat die vast wel snapten waar hij nu naar zat te kijken.

Het maakte niet uit. De therapeut had de jongen bewogen dit te maken, en dit had hem geholpen.

Hij zette de game online, iedereen mocht 'm gratis downloaden en spelen, en op zijn website schreef hij dat het een persoonlijk verhaal was en dat hij hoopte dat er mensen waren die er iets aan hadden, en hij schreef dat hij er zelf in elk geval wel iets aan had gehad. Het is een raar ding, schreef hij, het is geen game als andere games, maar die raarheid had hij nodig gehad.

Op een forum waar hij kwam om te discussiëren met andere bouwers sprak Bloem hem aan. Daar ging het mis. Zij vond het een heel bijzondere game, een kunstwerk, zei ze.

Zo had hij er nooit over nagedacht, hij had niet gedacht dat een spelletje kunst zou kunnen zijn, en hij kwam er ook niet helemaal bij; hij bleef zelf een beetje hangen bij *het ziet er raar uit dus het kan inderdaad wel kunst zijn*. Ze raakten in gesprek, eerst op het forum en later per e-mail, en ze schreven elkaar lange mails, vol verwijzingen naar boeken die ze hadden gelezen, kennis die ze hadden, en de jongen zag wel dat ze slimmer was dan hij, dat ze getraind was haar slimheid te gebruiken – hij wíst vooral veel, zij was slim. Ze studeerde psychologie en hij had zelf nooit gedacht aan studeren, want hij had zijn school niet eens afgemaakt. De pesters waren te erg geworden en hij was steeds minder gegaan en op een gegeven moment was hij helemaal weggebleven en het was niemand opgevallen, ook zijn moeder niet. Dat had hij Bloem in een van zijn mails verteld, en zij schreef terug dat ze dat *verschrikkelijk* vond, en hij vond dat wel meevallen – hij zei dat het juist prettig was dat er even niemand op hem lette.

Ze had de jongen gevraagd hoe zijn jeugd eruit had gezien en hij had geschreven over zijn vader die steeds een tijdje weg was voor zijn werk en dan weer een paar weken thuis en hoe hij zijn moeder al vroeg kon helpen met van alles, hoe hij haar in elk geval bij kon staan, en dat was iets wat hij Bloem kon laten weten, iets waar hij trots op was. Hij schreef hoe hij vrouwen begreep door zijn moeder en dat hij vrouwen nooit verkeerd zou behandelen door wat zijn moeder had meegemaakt met de man die na zijn vader kwam. O ja, zijn vader was dood dus, kanker, maar hij had nooit echt een band gehad met zijn vader, dus dat had hem niet héél erg geraakt; of tenminste: hij was er toen ook voor zijn moeder en hij was blij dat hij iets had kunnen doen, dat hij voor haar had kunnen zorgen.

Wacht, ik snap het niet, hoe oud was je toen?

Dat was het hele mailtje dat ze terugstuurde, één regel, terwijl ze steeds lange mails hadden getikt, dus hij had paniek gevoeld – hij had ergens iets verkeerds gezegd, maar hij was niet zeker wat; hij keek in zijn verzonden items naar de mail, maar hij kon het niet terugvinden in de tekst, geen gekke dingen, toch?

Ik was negen jaar toen mijn vader doodging en tien jaar toen mijn moeder die nieuwe man vond. Waar *Be the Monster* over gaat.

Ze mailde terug: wil je me alles over je vader vertellen dat je je kan herinneren?

Dus hij mailde terug met zijn herinneringen en toen hij de mail had verzonden, telde hij die herinneringen nog een keer en het waren er vijf, dus hij stuurde nog een mailtje na met nog twee extra herinneringen die waar zouden kunnen zijn.

Het volgende mailtje: heb je nu één herinnering aan de man na je vader die niet met geweld te maken heeft?

De jongen had geschreven over de keer dat Erik hem mee had genomen naar de zwarte markt in Beverwijk, de eerste keer dat ze er met z'n tweeën heen gingen. Erik had niets nodig gehad, ze gingen gewoon struinen, en er was een kraam geweest met strips die allemaal veel goedkoper waren dan in de winkel, nieuw, en hij had tien strips gekregen van Erik en daarna waren ze ergens terechtgekomen waar ze een hotdog aten en die hotdog had het hoogste cijfer in hun hotdogtest gekregen, een 9,7, en hij had ook wel een 10 kunnen krijgen, maar de man die 'm klaarmaakte had een snor gehad. Erik vond dat dat 0,3 punt aftrek verdiende, hoewel hij zelf ook een snor had, zo'n snor die motorrijders hadden, en ze hadden er samen om zitten lachen, Eriks bezwaar tegen de snor van de uitbater. De jongen had de grap ervan bijna gesnapt, hij was net te jong, maar Erik had er zelf zo om gelachen, en daar had híj dan weer heel erg om gelachen.

Ze mailde terug dat ze het hier een keer over zouden hebben als ze elkaar eenmaal ontmoet hadden.

Dus we gaan elkaar ontmoeten?

Ja, dat lijkt me wel, met een smiley. Of wil jij niet?

Ja, ik wil wel. Hij wilde dat heel graag.

Ze ontmoetten elkaar en de jongen was teleurgesteld omdat ze er niet uitzag zoals hij zich voor had gesteld, maar zijn voorstelling was nergens op gebaseerd geweest, dus hij stopte die teleurstelling weg. Ze was veel onzekerder dan ze in haar mails over was gekomen, en ze zag eruit als Velma uit *Scooby-Doo*. Dat was wat hij dacht terwijl ze wandelden; ze hadden afgesproken te gaan wandelen in een bos.

Ik weet niet hoe zulke dingen werken, zei hij tegen Bloem, en hij moest aan *Scooby-Doo* denken, hoe elke tekenfilm hetzelfde was: het groepje helden reed met hun busje een onbekend stadje binnen, er was een monster, en Velma ontmaskerde het monster altijd als de lokale boef. Daar was ze goed in.

We gaan het samen uitvinden, zei ze.

Is het voor jou ook nieuw?

Ja, voor mij ook.

Hij zei dat ze over de mail heel zeker had geklonken.

Jij ook, zei zij. Nog steeds.

Echt waar?

Ja. In elk geval zonder twijfel. Of zoiets.

Hij zei dat hij lang had getwijfeld waar ze heen moesten, dus twijfel genoeg.

Ze praatten veel, over games die ze allebei mooi vonden, over astronomie, geschiedenis, en via allerlei associaties vertelde Bloem in wat voor auto haar vader reed, en hij vertelde dat zijn vader een Citroën DS had gehad, of althans: die had hij op het tuinpad staan om op te knappen, hij was bezig geweest onderdelen te verzamelen maar het was er nooit van gekomen, dat opknappen. Hij vertelde wat er bijzonder was aan een DS, het technische deel ervan, hoe het pneumatische deel zorgde dat de auto een paar decimeter omhoogkwam bij het starten en wat de gedachte van de bouwers daarbij was.

Hé, zei Bloem, wat leuk dat je vader je dat allemaal verteld had dan. Dat is een herinnering die je niet in die mail had geschreven.

O, maar dat heb ik later allemaal opgezocht, toen ie al dood was, zei de jongen.

O, had ze gezegd. Na even niets gezegd te hebben, zei ze: zullen we nu zoenen?

Deel 4

18

Bij George kwamen er toch klappen, maar bij hem was het eenmalig. Toen hij haar had geslagen, was het meteen klaar ook.

Achteraf dacht ze dat het was gekomen omdat het een man was die je nu eenmaal niet opsloot en zij deed dat wel. Natuurlijk deed ze dat wel.

Het was een dinsdag en op dinsdag wist ze vrij zeker dat hij niet weg zou gaan, omdat dinsdag zo'n dag was waarop niets gebeurde, maar ze had gekookt, of de pannen stonden nog op het vuur, dat kan ook, en hij zei dat hij niet mee zou eten.

Toen zei ze het en ze wist hoe het klonk toen ze het zei: kan je nou niet één avondje thuisblijven?

Vol in haar gezicht. Vol.

Dat deed Erik nooit, dacht ze meteen.

Ze moest ook denken aan de vriendjes van vroeger, de vriendjes die ze niet alleen uit liet gaan, achter wie ze als een hondje aan liep; dit was misschien het volwassen equivalent geweest, niet jezelf opdringen bij het uitgaan maar klagen over het uitgaan.

Hij ging weg, sloeg nog met de deur, en zij bleef achter op de keukenvloer. Een technische knock-out, ze was niet buiten westen, maar ze kon niets meer, einde verhaal.

Had ze geluid gemaakt? Nee, waarschijnlijk niet. Oké, dat was goed. Wes zat boven en zal niets gehoord hebben, alleen de slaande deur, maar dat kwam wel vaker voor. Ze voelde aan haar gezicht met haar hand, haar neus stond nog recht, maar ze voelde aan de spanning onder de huid dat het een zwelling zou worden. Ze kwam omhoog, moeizaam, en in de vriezer lagen nog wat bevroren boterhammen in plastic. Ze drukte net het pakketje tegen haar gezicht toen ze Wesleys voetstappen op de trap hoorde. Ze keek om zich heen, moest iets bedenken, en ze trok een van de keukenkastjes boven het aanrecht open.

Hij stond in de deuropening en keek naar haar. Een grote vent van achttien jaar.

Ze wees op de rand van het deurtje. Vol tegenaan gelopen, zei ze.

Wesley zei niets, deed niets en ging na een minuut stilte weer terug naar boven.

Met het koude brood in haar handen liep ze naar de bank in de woonkamer. George was ook een slechte man. Ze wist het niet, ze wist het wel. Het excuus dat hij tenminste niet sloeg, ging nu ook niet meer op. Er was met hem te leven, had ze steeds gedacht, want ze hoefde niet bang te zijn voor de pijn. Maar nu was de pijn er.

Het begin met George was goed geweest, natuurlijk. Ze hadden een eerste periode gehad, een goede periode, en daarna kwam een minder goede periode. Ze drukte de bevroren boterhammen met twee handen tegen haar neus en dacht over hem na, hoe hij haar mee uit nam, in de eerste periode. Altijd waren er mensen die hij kende in de kroegen waar ze kwamen, of het was zelfs beter dan dat, er waren mensen die hém kenden en die naar hem toe kwamen voor een beetje aandacht, en dat maakte haar dan trots, kijk hoe leuk mensen mijn vent vinden.

Ze gingen uit eten, naar de film, en overal was wel iemand die hij charmeerde, zo'n bijzondere eigenschap was dat – ze zag gezichten openbreken als hij een knipoog gaf, en ze gunde die mensen dat gevoel. Dat was trots. Zij was met hem op stap, en kijk allemaal maar wat een bijzondere vent ik heb.

Dat op stap gaan werd minder, althans, het sámen op stap werd minder en dat is ook logisch, natuurlijk wordt dat minder; als je niet wil dat het minder wordt, moet je daar misschien over praten, maar ze liet het gaan, want ze wilde niet weer die zeur zijn.

Ze dúrfde niet weer die zeur te zijn, want met zeuren had ze het de vorige keer ook aangezet.

Duurde dat een jaar, anderhalf jaar? Ze wist het niet – het groeide, zoiets groeit zonder dat je het doorhebt als je niet wil zeuren. Dus op een gegeven moment zag ze het, dat er een tweede periode was en dat ze er nu in zaten: hij kwam en hij ging wanneer hij zin had om te komen en te gaan, zei niet waar hij was, en als hij wel iets zei was het een leugen, een verhaaltje of een te harde waarheid. Wil je het echt weten, kon hij dan zeggen – wil je het echt weten, Dimphy? Wil je weten dat ik er een ander bij heb? Of misschien wel twee?

Nee, dat wilde ze niet weten, en toch wel, vertel het dan maar, maar dit was al genoeg, natuurlijk. En er waren dagen dat ze dacht: maar dat kan ook een verhaaltje zijn. Dat ie iets anders doet en alleen maar zulke dingen zegt omdat ik erover zeur. Ik zeur zo, o god, ik zeur het allemaal kapot. En dan zeurde ze een tijdje niet, tot ze het allemaal had opgepot en ze begon te huilen als hij weer wegging, waar hij dan weer boos van werd. Moet je weer janken, kan je het weer niet laten? Haar jongen die wachtte tot George weg was zodat hij haar kon troosten. Naar beneden komen en troosten.

Ha, bij Erik bleef ie altijd in de woonkamer juist. Bij z'n grote vriend Erik.

Zo moest ze niet denken, niet doen, kijk gewoon eens hoe groot die jongen toch wordt en hoe groter hoe verstandiger natuurlijk, hij zou nu niet meer in de charmes van een Erik trappen.

Steeds groter, haar jongen, onhandig, onstuimig groeiend, puistjes die haar vertederden en ze zag wel dat het een verlegen joch was en dat het wel even zou duren voor hij in dat groter wordende lichaam zou groeien, voor hij in zijn leeftijd zou passen.

Ze hadden Erik nog één keer gezien (natuurlijk moest ze aan Erik denken, natuurlijk, de man die wist wat slaan was); hij was gewoon in Noord, gewoon in dit godvergeten gat, en hij stond te bellen in een cel op de Meeuwenlaan en Wesley was er nog harder van geschrokken dan zij, maar hij had hen gelukkig niet gezien – het was toeval geweest, hij was hen niet op het spoor geweest.

Wesley was erg geschrokken, was lang nog stiller dan dat ie al was, en een tijdje dacht ze dat er iets mis was, maar hij zat in zijn eigen ritme, dat was het gewoon.

Zij had ook een ritme. Haar ritme bestond uit bijna elke avond wachten tot George weer thuis zou komen en bij haar in bed zou stappen. Met zijn grote lompe lijf en geuren die ze niet herkende.

Maar nu zou hij niet meer thuiskomen. Hij zou alleen nog maar komen om z'n spullen op te halen omdat zij zoveel had gezeurd bij hem.

Ze hield de zak met boterhammen tegen haar neus tot de boterhammen zacht waren.

George kwam de volgende ochtend om te zeggen dat hij wegging. Je hebt het toch voor elkaar gekregen, zei hij.

Ze zat op de bank met koffie en ze keek hem aan. Ja, zei ze.

Ik ga bij je weg, zei hij.

Waar ga je naartoe?

Naar mijn zus. Daar zie ik wel verder.

Ze knikte. Sorry, zei ze.

Nou ja, niets meer aan te doen hè? Hij ging weer naar buiten, liet de deur openstaan en ze zag door het raam dat hij een paar dozen uit zijn auto haalde, lege dozen.

Dit was het dus. Ze dacht aan Wesley en dat het goed was dat hij op zijn werk zat nu, want misschien zou het weer zo'n huilbui zijn geweest zoals bij die ene ruzie met Erik (*doe normaal die jongen is achttien nu en huilt niet meer omdat er een vent vertrekt*). God, wat zou haar leven er anders uit hebben gezien als Wesley toen niet gehuild had en Erik gewoon was weggegaan, nog voor er één klap was gevallen. Dan was ze nu niet zo stuk geweest.

Ze keek hoe George binnenkwam met die lege dozen. Hij zette

ze neer in de woonkamer en haalde overal uit het huis spullen tevoorschijn die hij in die dozen stopte, kleren, ongeopende brieven van instanties, een Boeddhabeeldje dat hij op haar dressoir had gezet.

Het sloeg nergens op, denken dat Wesley nu een huilbui zou krijgen. Dat slaat nergens op, muts. Denk normáál over je kind.

Je kind gaat blij zijn dat die man weg is. Dat kan niet anders. Hij heeft gelijk. Misschien moest ze iets vaker omkijken naar die jongen, zorgen dat hij gelukkig is. Zelf zou ze nooit meer gelukkig zijn dus waarom niet zorgen dat haar jongen gelukkig is?

Hij is gelukkig en dat is goed en nu is ie alleen maar nog gelukkiger, want hij had toch een hekel aan George. Hij heeft haar nooit een nieuwe man gegund na zijn vader natuurlijk. Zijn vader was zijn grote held, die was alles voor hem.

George pakte zijn cd's van Dire Straits, liet haar Barbara Streisands liggen en hij koppelde de cd-speler los – daar had hij waarschijnlijk gelijk in, maar als hij aan de televisie zou komen, zou ze zeggen dat dat een vergissing was, dat de tv die er nu stond echt van haar was omdat zijn apparaat het vorig jaar had begeven en zij deze had gekocht. Maar hij bleef ervan af.

Het zou Wesley niet eens opvallen dat George weg was als hij na het vakkenvullen thuis zou komen. Hij zou rechtstreeks naar zijn kamertje lopen. Maar als ze het hem zou vertellen, George is weg, dan zou hij er blij mee zijn. (*Hij heeft haar nooit een nieuwe man gegund.*)

Och, die jongen van haar. Hij vulde vakken in de supermarkt waar ze vroeger nog kaartjes voor haar zaak hadden opgehangen, verdiende een paar honderd gulden per maand en dat geld ging dan op aan nieuwe onderdelen voor zijn computer en stripboekjes met superhelden.

George trok het dressoir open en pakte het geldblik. Hij klikte het open, begon het geld te tellen.

Wat –

Hou je mond. De helft is van mij.

Hij telde zeshonderdtwintig gulden en begon opnieuw te tellen tot hij twee stapeltjes van driehonderdtien gulden had. Hij keek haar kort aan. Gezien?

Ze knikte.

Ze moest Wesley kostgeld gaan vragen, bedacht ze. Niet alles moest naar die stripboekjes gaan. Die stomme stripboekjes die hij in plastic hoesjes stopte. De gele pockets van *Spider-Man* lagen nog steeds op een soort ereplek op zijn bureau, maar de boekjes die hij erbij kocht gingen in die plastic hoesjes, en die hoesjes gingen dan weer in kartonnen dozen. George lachte hem erom uit en hij haatte George natuurlijk. *Natuurlijk.*

Laat hem. Laat hem.

George keek nog een keer de woonkamer rond. Hij zei dat ie alles wel had.

Ze zei niets.

George ging weg, en hij kwam niet meer terug.

19

Hij was de enige in de lift.

Hij vond zijn sleutelkaart in zijn achterzak, ging zijn kamer in. Op de nutteloze typemachine typte hij '26'. Hij zuchtte, pakte toen zijn telefoon uit de hoek van de kamer. Hij staarde ernaar. Aanzetten? Of nog niet?

Hij pakte de Alcatel uit zijn zak, keek op howmanykillswes.com. Zesentwintig, nog steeds. Dat was goed.

Hij had bijna 300.000 views voor zijn laatste filmpje, dus ze luisterden, ze luisterden, het zou goed komen. Hij keek naar allebei zijn telefoons.

Ben je wakker, mam? Want ik ga je zo bellen.

Hij pakte zijn MacBook en klapte 'm open terwijl hij zijn adem inhield, maar zijn mail stond niet aan, dus er kwamen ook geen berichten binnen. Hij ging op bed zitten, zijn rug tegen de muur, zijn benen languit, trommelde even met zijn vingers op de toetsen. Hij maakte een nieuw project aan, tikte snel wat code, keek op howmanykillswes.com, naar het cijfer (zesentwintig nog steeds, goed), plakte de feed in zijn code en het programmaatje dat hij in zijn hoofd had was klaar: hij hoefde het alleen nog op de Alcatel te zetten. In zijn tas vond hij een kabel waarmee hij de app op de telefoon kon zetten. Hij startte opnieuw op, en op het beginscherm van de telefoon stond nu geen klok meer, maar een groot cijfer.

26

Blijf zo, zei hij hardop. Daarna bedacht hij dat hij alleen wist of zijn app werkte als er een zelfmoord bij zou komen, als dat cijfer veranderde.

Sukkel.

Hij moest denken aan het gevoel dat hij op kantoor had gehad, de waardering die alleen al sprak uit het feit dat hij betaald kreeg voor zijn zielige hobby. Dat gevoel op kantoor, dat gevoel van thuis zijn daar... Hij had dat fokking boek nooit moeten maken. Hij had gewoon moeten blijven werken daar. Dat gevoel van thuis – dat dat kon, na die supermarkt. Hij kon bijna verlangen naar het gehorige kutflatje dat hij in Slotervaart had gehad. Die buurvrouw die hem op zijn oude toetsenbord hoorde rammen.

Hij stond op en liep naar de oude typemachine, tikte nog op een paar willekeurige toetsen.

Hij pakte zijn oude telefoon weer, liet zijn duim boven de aanknop zweven.

Ach ja, zei hij hardop, hoeveel slechter kan het allemaal worden?

Hij zette de telefoon aan, en toen hij de inlogcode had ingetypt, kwam de golf. Berichtjes via alle kanalen die er op zijn telefoon stonden. Gemiste oproepen, 118, 119, 120, allemaal van nummers die zijn telefoon niet kende. Oké, oké, oké. Hij duwde de telefoon onder het hoofdkussen tot alles binnen was. Daarna pakte hij 'm weer, negeerde het beginscherm alsof hij kots opruimde en zijn neus dicht probeerde te houden, ging naar zijn contacten, zocht zijn moeder op, tikte het nummer snel in op de Alcatel, sloot daarna zijn oude telefoon weer af, en gooide 'm in een hoek.

Hij belde zijn moeder.

Hallo?

Hé mam. Hij merkte dat hij had gehoopt dat hij blij zou zijn haar te horen, maar hij was het niet.

Hallo jongen. Hoe laat is het?

Het is nog heel vroeg, dus ik hoop dat ik je niet wakker maak.

Ik dommelde een beetje.

Hij hoorde de televisie in haar kamer aanstaan. De stemmen waren bijna zo luid als haar eigen stem.

Kun je de tv wat zachter zetten, mam?

Wat zeg je?

Of je de tv wat zachter kan zetten.

Ja, dat kan ik. Daarna veel geluid, waarschijnlijk zocht ze de afstandsbediening tussen de andere spullen op het kastje naast haar bed. De stemmen van de tv werden minder luid. Hij had ook gewoon úít gekund, zei hij zacht.

Wat zeg je?

Niets, mam. Hoe is het met je?

Hetzelfde. Ben je zo vroeg door het tijdsverschil?

Nee mam, ik ben in Amsterdam. En het tijdsverschil met Londen is meestal niet zo groot hoor.

Goed zo, zei ze. Kom je nog op bezoek?

Ja, zei hij, ik kom nog op bezoek.

Neem je dan gebak mee?

Ja, ik neem gebak mee.

Want het is iets om te vieren hoor.

Ja mam, dat vind ik ook.

Nou, ik heb niet zoveel meer te vertellen.

O, zei hij. Maar ik misschien wel, toch?

Nou, vertel maar dan.

Ik was op tv vanavond.

Leuk, jongen. Ging dat goed?

Nee, niet zo heel goed. Hij haalde adem om verder te gaan.

Nou, volgende keer beter dan toch?

Ja, maar –

O sorry, zei ze, ik praat weer door je heen hè?

Nee hoor, zei hij.

Ik hóór het mezelf gewoon doen. Hier hebben we het over gehad, ik zou dat niet meer doen, vertel maar over je avond.

O mam, ik zou niet eens weten waar ik moest beginnen.

Misschien bij het gebak morgenochtend?

Ja, zei hij, dat is misschien een goed idee.

Ik ben een oude vrouw.

Sorry?

Ik denk dat ik vroeger leuker was. Nu ben ik een oude vrouw.

Dat valt ontzettend mee, mam.

Nou, ik heb het nog even nagekeken, en volgens mij woon ik in een bejaardenhuis.

Hij lachte. Ja, dat valt dan weer niet te ontkennen. Maar je bent er wel erg jong naartoe verhuisd.

Ik zit goed waar ik zit. Pak je nog wat slaap, jongen?

Ja, ga ik doen. Tot morgen.

Tot morgen.

Hij hing op. Het scherm van zijn Alcatel stond nog steeds op zesentwintig.

Hou vol jongens, hou vol astronauten, doorsta dit, blijf leven. Als ik jullie leider ben, als ik er iets over te zeggen heb: stop ermee. Ik heb dit nooit gewild, ik heb nooit jullie leider willen zijn, ik heb nooit íémands leider willen zijn. Ik wilde nooit zo zichtbaar zijn als ik nu ben.

Hij pakte zijn MacBook, liep naar de hotelkamerdeur en ging er met zijn rug tegenaan zitten. Hij maakte een notitie in de code van zijn nieuwe game:

```
// Rewrite to let protagonist wake up in an empty world //
```

Dat zou goed zijn, dat is wat hij altijd al een keer had willen maken, een lege wereld waarin je als speler ronddwaalt, en die wereld dan heel groot laten zijn, randloos, een complete wereldbol en dat moest te doen zijn met de juiste regeneratietechnieken, voor iedere speler een nieuwe wereld waarin je nooit nooit nooit een ander levend wezen tegenkomt. Je begint in een bunker, je wordt wakker in een bunker en je weet dat je ging vissen met je vader nee stiefvader, dat jullie aan het vissen waren en dat het donker begon te worden en je hield dit meestal wel vol want het was leuk, maar nu even niet, je verveelde je toch een beetje want je was ook maar tien of elf jaar oud dus je vroeg of het goed was dat je wat ging lopen en tuurlijk was dat goed. Tuurlijk. Dus je ging lopen en je kwam bij de duinen en je ging de duinen in en daar was een bunker, een bunker met allemaal kamers en gangen en een geschutskoepel en even ging je die koepel in en doef doef doefde je de lucht in met afweergeschut, maar je was al wat te oud om zulke dingen te spelen, dus je ging de rest van de bunker verkennen en overal lagen bierflessen en peuken en condooms, maar er was ook een schoon plekje waar je best wel even zou kunnen liggen, stel je voor dat je hier zou slapen en je sliep er ook echt. Daar kon je niets aan doen. Je viel gewoon in slaap. En toen je wakker werd was er helemaal niemand meer. Helemaal niemand meer in de hele wereld. Het was al licht en je liep terug naar de pier waar je stiefvader zat, maar hij zat er niet, er was daar helemaal niemand en de parkeerplaats bij de pier was leeg, verlaten, en als je in paniek om je heen keek zag je niets, geen schepen in de sluizen geen rook uit de torens van de hoogovens geen beweging, helemaal nergens, niets, ook niet op de weg terug naar de wereld, het dorp leeg, de wegen leeg en je wist dat je thuis niets meer zou vinden. Geen moeder. Geen stiefvader. Geen klappen die er voor je moeder zouden komen omdat jij in die bunker in slaap was gevallen en je was alleen alleen alleen.

Ik heb mijn hele leven mijn best gedaan om te zorgen dat juist niemand me zag.

Waarom was dat, waarom wilde je dat niemand je zag? vroeg Mr. Daily met een kaartje in zijn handen waar de volgende vraag alweer op stond. Of nee, Bloem vroeg het, het is meer een vraag die Bloem zou kunnen stellen.

Nou, ik weet het niet, misschien voelde dat gewoon goed. Of goed is niet het juiste woord – misschien was het het minst slechte?

Het veiligst? vroeg Bloem, het kaartje van Mr. Daily in haar handen, haar ellebogen op de rode tafel, een camera achter haar schouder, kijk er maar recht in, het maakt niet uit als je overkomt als een bang konijn.

Het veiligst, misschien. Het bekendst.

Want wat je kent is veilig.

Ja, Bloem, misschien is dat het, wat je kent is in elk geval het veiligst, het minst onveilig.

Ik zou er ook een eind aan maken als ik een moeder als jij had.

Waarom zeg je zulke dingen?

Dat is onhandigheid. Echt, er is iets in mijn hoofd dat dan op de paniekknop ramt en dan komt er iets onhandigs uit. Ik ben dat niet echt, ik wil geen mensen pijn doen met wat ik zeg, juist niet. Het liefst – als je me kent zou je weten dat ik het liefst gewoon niet, niet eens ópval. Dat podium waar ik op moet staan door dit boek is zo onnatuurlijk voor me. Ik wil onzichtbaar zijn.

En dan Bloem met de kaartjes met vragen nog in haar handen: maar ik ken je toch, Wes. Ik weet toch dat dat niet waar is.

Natuurlijk is dat wel waar. Natúúrlijk.

Hij begon zijn spullen in te pakken. In zijn tas vond hij een petje, een blauwe cap met GEEK als tekst voorop, een deel van zijn uniform als ie een zaal met nerds had, en hij hield het even vast, misschien kon hij de pet opzetten als hij naar buiten ging, misschien dat mensen eerder naar een petje keken dan naar een gezicht, maar de tekst was fout nu, het had beter een petje van de Yankees kunnen zijn, of IAMSTERDAM, nog beter, misschien zouden mensen denken dat hij een toerist was.

Had ik maar iemand die aardig voor me was.

Hij voelde in zijn zakken, Alcatel, portemonnee, sleutelpas. Hij wilde naar boven, naar de club, kijken of Bruce er nog zou zijn, Bruce en zijn feestje, Bruce zou weten wat hij moest doen. Nee natuurlijk zou hij dat niet weten. Maar hij had gewoon iemand nodig die áárdig is.

Hij ging de trap op, naar boven. Bij de lift stond een groepje te wachten tot ze naar beneden konden. Mensen keken naar hem. Toch het petje halen. Toch eerst naar buiten en ergens in zo'n kutterige toeristenwinkel een petje met IAMSTERDAM halen. Nee, laat dat, je bent gewoon onhandig en dat gaan ze snappen. Zou er al een nieuwe update zijn op het liveblog? En maakte zij nou een foto met haar telefoon? Echt? Dat wordt zéker een update van het liveblog. Wes D. gesignaleerd in club.

Je bent gewoon onhandig en verder ben je oké dus loop door, ga die club binnen en zoek je goede vriend Bruce.

Bruce stond aan de rand van de dansvloer, drankje in zijn hand, een paar mensen bij hem. Wes liep naar hem toe en Bruce keek om – daar ben je dan, zei hij.

Daar ben ik dan.

Kom hier, zei Bruce, en hij gooide zijn armen om Wes heen. Goed dat je er bent, man. Hoe is het?

Gaat, gaat. Hij dacht er even aan te zeggen dat hij behoefte had aan iemand die aardig was, maar dat was overbodig, Bruce was gewoon aardig.

Ik bestel een drankje voor je, zei hij. Ik bestel de rest van de nacht drankjes voor je.

Hoeft niet, zei Wes – hij wilde niet dat Bruce weg zou lopen.

Straks dan, zei Bruce. Hij richtte zich naar de mensen die bij hem stonden en zei: jongens, dit is Wes.

Hé, wat goed om jou te ontmoeten.

Zo cool, ik heb je boek verslónden.

Mijn vriendin gaat zo jaloers zijn als ik vertel dat ik met jou ben en dan pakt ze meteen een Uber hierheen.

Ik vind nerds sexy.

Bruce kent ook echt íédereen.

Het meisje dat zei dat haar vriendin jaloers zou zijn stapte op hem af, ging naast hem staan en maakte een selfie met hem. Ze tikte iets in op haar telefoon en zei dat haar vriendin hier binnen een minuut zou zijn als ze dit hoorde. En mijn vriendin is *hot*, zei ze. Binnen een minuut.

Wes probeerde een lachje.

Bruce stak zijn vinger op naar een bekende acteur die voorbijliep, en de acteur kwam naar hen toe, ze botsten hun schouders tegen elkaar en de acteur keek naar Wes, schudde hem de hand, zei dat het een eer was, een éér, en gaf hem een kus op zijn oor. Hij begon tegen Wes te praten over zijn boek, briljant, ik snap mezelf eindelijk, en zo ging hij een tijdje door. Bruce was weg en kwam weer terug met een drankje voor Wes.

Daarna gilde het meisje dat had gezegd dat haar vriendin jaloers zou zijn en het gillen was omdat die vriendin binnen was nu – de vriendin gilde ook, ze stond bij het groepje en omhelsde eerst het meisje en daarna stapte ze op Wes af, deed alsof ze verlegen van hem werd en zei toen dat ze met hem wilde trouwen. Wil jij ook met mij trouwen?

Wes keek even naar Bruce.

Ik zou het niet doen, zei Bruce, voor je het weet wordt het een sleur.

Iedereen lachte.

Ik ben Valerie, zei de vriendin die met hem wilde trouwen. Ze kuste hem op de wang en omhelsde hem daarna. Ik heb je boek aan achttien mensen cadeau gedaan. Ook aan Bruce, toch Bruce?

Klopt, maar ik had het al.

Dat liegt ie hoor, hij kent je omdat ik je al kende. Ze ging naast hem staan, Bruce nog aan de andere kant van hem, en ze pakte zijn hand, duwde haar vingers door de zijne. Wat fijn dat we nu vrienden zijn, zei ze.

Valerie drukte zich tegen hem aan, pakte zijn arm om die om haar heen te slaan. Ik ken je zo door en door. Ik lééf echt naar je boek. Ik denk dat jij mijn ideale man bent.

Hij keek omlaag naar haar en ze duwde haar mond op de zijne.

Hij dacht aan Bloem en hij wilde dat zij hem zo zou zien omdat hij heel even dacht dat ze trots zou zijn op hem, maar dat was een belachelijk idee; hij was trots op zichzelf dat hij dit meemaakte, dat hij tussen dit soort mensen stond, mensen voor wie hij vroeger bang was en Bloem was voor niemand bang, ze had deze mensen vreselijk gevonden. Hij werd boos op haar – ik vind ze níét vreselijk, ik vind ze leuk, ik vind dít leuk, ik vind dit gewéldig, en hij kuste Valerie terug.

De acteur kwam aangelopen met een dienblad shotjes, en ze dronken allemaal.

Wes lachte voorzichtig, hij keek naar zijn vrienden en lachte nog een keer, de voorzichtigheid viel weg. Daarna keek hij buiten de kring om zich heen en buiten de kring werd iedereen een factor minder knap. Hij zag mensen kijken, en hij zag mensen naar hem kijken – alsof ze elkaar aanstootten en tegen elkaar zeiden: ja, dat is hem.

En toen zag hij haar, achter die menigte. Aan de bar zat de moeder van de jongen met de gekte in zijn ogen. De jongen van het manifest. Maak er dan maar een eind aan. Ze keek naar hem.

Ik moet weg, zei hij.

Nee, zei iemand, je moet helemaal niet weg.

Ik moet echt weg, zei hij, zijn arm van Valerie losmakend. Bruce keek hem vragend aan.

Ik moet, zei Wes, ik moet weg. Hij zag nog iemand buiten zijn kring van nieuwe vrienden naar hem kijken en knikken, ja, dat is hem dat is hem dat is hem.

Hij liep naar de deuren van de club, naar de uitgang, en hij keek nog een keer naar de bar waar zij hem nog steeds aan zat te kijken.

Ik zou er ook een eind aan maken als ik een moeder als jij had.

Er zat een man naast haar, hij praatte tegen haar en zij luisterde niet. Haar blik was op hem, oog in oog met de man die haar zoon tot zelfmoord had gedreven.

Wes zette een stap verder naar de deur, maar heel even was er een *help me* in haar blik: *help me want jou ken ik tenminste* – toch?

Wes keek om zich heen en er keken mensen, of niet, misschien wel niet, hij herkende niets; had zij nu om hulp gevraagd of niet? *Help me want jou ken ik tenminste*, en daar moet ze zelf van zijn geschrokken, het was een domme eerste reactie natuurlijk, die blik, alsof je over straat loopt en je hand opsteekt naar iemand die je kent maar je kent die persoon alleen van televisie.

Ach, wij kennen elkaar ook van televisie.

Hij haalde adem, liep naar de bar en ging aan haar andere kant zitten. De man keek naar hem en hield op met zijn verhaal. Hij was dronken. Zijn ogen stonden dronken.

Eindelijk gevonden, zei Wes.

Ja, zei de vrouw, daar ben ik dan.

Wes keek de dronken man aan. U kunt nu weggaan, zei hij, ze is weer in goede handen.

De man stond op en stak zijn handen in de lucht en liep achteruit, draaide zich toen om, ging ergens anders heen.

Ze zaten een tijdje stil naast elkaar.

Ze had een parasolletje in haar drankje. Ze pakte het en ze schoof het open en dicht, open en dicht. Goed idee om ons in hetzelfde hotel te zetten, zei ze.

Ja, briljant.

Er kwam een barman naar ze toe, hij keek Wes aan. Ik weet het niet, zei Wes, cola of zo.

Er maakt nu iemand een foto van ons met zijn telefoon, zei de vrouw.

Dan staat ie zo op het liveblog, denk ik.

Ze liet het parasolletje op de bar vallen. Wil je me met rust laten?

Ik heb geen –

Wil je me met rust laten? Waarom dacht je eigenlijk dat ik gered moest worden? Waarom stuurde je die man weg?

Ik dacht dat hij je –

Ga weg. Ga weg.

Wes liep weg, de club in, naar de rand van de dansvloer, keek nog een keer om, zag de schouders van de vrouw schokken, ze huilde. Hij zette nog een stap die kant op, bedacht zich, keek om zich heen, zocht Bruce, maar Bruce was er niet meer.

Toen stond de vrouw naast hem. Haar make-up was uitgelopen. Hoe dúrf je te denken dat je me moet helpen, na wat je hebt gedaan, denk je dat je het zo goed kunt maken?

Het spijt me, zei hij.

Wát spijt je?

Dat ik dat deed, ik dacht dat die gast dronken was. Hij wilde zeggen dat hij niet zo goed tegen dronken mensen kon en toen zag hij dat zíj dronken was. Haar ogen schoten heen en weer naar de zijne, haar tanden stonden op elkaar. Het spijt me, zei hij nog een keer.

Dus dit spijt je. Geen andere dingen waar je spijt van hebt?

Ja, natuurlijk wel –

Zeg dat dan! Ze schreeuwde het. Mensen keken.

Het spijt me dat ik dat eerder op tv zei, dat was gewoon onhandigheid.

Dat spijt je. Dát.

Hij wist wel wat ze wilde horen maar dat was een grapje geweest. Hij had eerder vanavond iets onhandigs gezegd maar wat hij tegen die jongen met gekte in zijn ogen had gezegd was een grapje en *hij had die gekte er niet in gestopt.*

Er is iets ernstigs mís met jou, zei ze, en ze drukte haar wijsvinger met elk woord op zijn borst, er-is-iets-ernstigs-mis-met-jou, en nu hoorde hij ook de dronkenheid, het slepen van de woorden.

Ik heb die gekte bij je zoon er niet in gestopt, zei hij.

Hij hoorde een knal en voelde onmiddellijke pijn – ze gaf hem een klap in zijn gezicht met alle kracht die ze in zich had en haar vingers raakten zijn oor en zijn trommelvlies scheurde, dat moest het zijn, een gescheurd trommelvlies, zij sloeg hem hij niet haar maar zij hem, want hij zou nooit een vrouw slaan, ook niet terúgslaan en hij zakte heel even door zijn knieën.

Maar hij maakte geen geluid. Hij had niet gejammerd, geschreeuwd, niets.

Zijn moeder had hem een keer verteld, nog niet eens zo lang geleden, dat ze vond dat de klappen die ze van Erik kreeg privépijn waren en dat ze daarom stil was.

Hij had o gezegd, o, maar ik hoorde je wel.

Maar ik hoorde je wel.

Die kon in het rijtje. Goedbeschouwd kon ie in het rijtje. Ze hadden het er verder niet meer over gehad, maar het was op dat moment of ze vreemden waren voor elkaar, alleen maar door wat hij zei.

- Maak er dan maar een eind aan.

- Maak ik een kans?

- Ik zou er ook een eind aan maken als ik zo'n moeder als jij had.

- Je gaat niet aan me zitten, toch?

- Maar ik hoorde je wel.

De vrouw liep weg, terug naar de bar, hij keek om zich heen, zijn hand op zijn oor en mensen waren aan het filmen. Heeft iemand dat? vroeg hij aan niemand in het bijzonder. Zet het maar op internet. Doe maar. Met zijn hand op zijn oor liep hij weg, naar de lift, hij keek nog even om naar de bar, daar zat ze alweer.

Zijn hele leven was hij doorgekomen zonder klappen en nu dit. Hij liep weg, stond voor de lift, zijn hand nog steeds op zijn oor, en er was een niet-bestaand geluid dat naar voren kwam en weer wegzakte, naar voren en weer weg. Er kwamen mensen naast hem staan voor de lift dus hij liep naar het trappenhuis, duwde de deur open, liet zijn voeten van de trap vallen terwijl hij de leuning vasthield, die klap, god, die *klap*. Hij ging de eerste overloop voorbij en zakte toen neer, ging zitten, zijn hoofd in zijn handen. Hij bleef een paar minuten zitten, stond toen op, ging verder naar beneden. Had hij geluid gemaakt? Had hij een onwillekeurig geluid gemaakt, gesteund, gehuild, gegild?

Hij liep door de lobby naar buiten, terug de nacht in, wat was het nu, vier uur, vijf uur? Had hij zich in kunnen houden of had hij misschien van verbazing een geluid gemaakt? Hij zou terug kunnen gaan om het iemand te vragen... Hij bleef voor de deur van het hotel staan. Een klein groepje kwam naar buiten en het groepje keek naar hem, twee jongens, twee meisjes, twintig of tweeëntwintig jaar en hij stapte naar ze toe en hij vroeg: waren jullie erbij?

Sorry?

Ik kreeg een klap daarboven, *waren jullie daarbij?*

Eh, ja, zei een van de meisjes.

Maakte ik geluid?

Ze keek de anderen aan en ze zei: weet ik niet, echt geen idee...

Volgens mij wel, zei een jongen.

Niks gehoord, zei het andere meisje.

Wat ís het nou? Wel of niet? Wel of geen geluid, ik moet het weten.

Was hij erbij geweest toen zijn moeder de klappen kreeg? Nee, hij was er niet bij, want Erik wachtte altijd tot de jonge Wesley naar bed was en het maakte niet uit hoe laat het werd, Erik wachtte en als hij dan naar zijn kamer was, hoorde hij hoe het begon, hoe Eriks demmits luider werden en zijn vlakke hand soms op tafel sloeg en hij was erbij in zijn kamer, hij hoorde het door de deur heen en hij hoorde zijn moeder zich inhouden, maar het inhouden mislukte altijd. Daar is het misgegaan, mam. Jij kreeg misschien de klappen, maar daar is het misgegaan met mij, want daar heb ik de muur gebouwd en die muur staat er nu voor altijd en ik krijg 'm nooit meer neer.

Kut-Erik kut-Erik kut-Erik, maar ik hoorde je niet, ik hoorde je niet hoor, wat ik zei klopte niet, je was stil, dat deed je keurig, keurig.

Een van de jongens zei: jij bent van die meme.

Wat?

Ik heb al een paar gifjes voorbij zien komen, zei de jongen, met jou bij *Mr. Daily*. In elk plaatje zeg je iets superpijnlijks, man. Echt gruwelijk. Zo lachen. En dat je dan verdwijnt met die plop.

Ach flikker op, zei Wes. Hij drukte zijn hand weer tegen zijn oor om het suizen tegen te gaan, het was suizen nu. Flikker allemaal op. Weg. PLOP. Hij liep om het hotel heen, richting Dam. Ze konden allemaal opflikkeren. Hij wist zeker dat het hem zou lukken geen geluid te maken, dat het hem zou lukken zich in te houden, ik zal het bewijzen, mam, ik heb je niet gehoord.

Ze werden vreemden voor elkaar toen hij dat zei, dat hij haar wel gehoord had.

Waarom moest hij daar nu aan denken? Het is die bus, waarom was ze daar in godsnaam zo mee bezig? Hij dacht er zelf nooit meer aan, maar zijn moeder was de rest van haar leven in die bus blijven stappen. Gebak om het te vieren. In de nacht is de muur het dikst, mam. Als je al geluid maakte, heb ik je nooit gehoord sinds ik die muur heb neergezet dus maak je geen zorgen.

Voor de trappen van de Albert Heijn aan de achterkant van het paleis zaten nog steeds de daklozen die er overdag ook zaten; het waren er nu acht of negen. Bij de taxistandplaats tussen de trappen en het paleis in stonden twee wagens; de chauffeur van de achterste wagen zat bij de voorste wagen op de passagiersstoel.

Wes ging bij de daklozen zitten, tussen een paar mannen in, zijn hand nog steeds op zijn oor. Ze waren aan het praten, dronken verhalen die nergens over gingen. Hij drukte op zijn oor en liet weer los, drukte erop en liet weer los, en het suizen werd minder. Stelletje klootzakken, zei hij. Eerst zacht. Daarna zei hij het nog een keer, maar harder. Stelletje klootzakken. Lamlullen.

De mannen die om hem heen zaten keken naar hem, verbaasd.

Jullie zijn een stelletje lamlullen, riep hij.

De mannen lachten en Wes gaf de man rechts van hem een duw. De man was zo dronken dat hij omviel: hij tuimelde langzamer dan nodig was naar voren en maakte een halve koprol de straat op. De andere mannen lachten weer.

Wes stond op en begon de man te schoppen tegen zijn benen. Klootzak, riep hij erbij, *klootzak*.

Hé hé hé, riepen alle mannen nu, en ze stonden op, duwden hem weg, maar hij sloeg naar ze, maakte vuisten van zijn handen en maaide naar ze, voelde wel dat ie een arm of een schouder raakte, maar daar ging het niet om, dat maakte hem niet uit, hij voelde dat een vuist hem raakte, hij schampte zijn hoofd en hij bleef stil, maaide nog een keer, raakte zelf niets, maar de volgende dronken vuist voelde hij op zijn jukbeen en hij was verbaasd over de kracht, de tegenwerkende beweging die erin zat. Maar hij bleef stil en toen er nog een vuist tegen zijn kaak kwam, bleef hij stil en de vuist in zijn maag was verrassend maar hij bleef stil en ook toen een van de daklozen in kwam vliegen met een rare karatetrap die hem in zijn borst raakte en hem naar adem deed happen, was dat allemaal zonder geluid te maken, *alles zonder geluid*, dus het kon, zie je wel dat het kon. Zie je, mam. Ik weet zeker dat het jou toen ook gelukt is.

Hij lag op de grond en toen trapten ze hem allemaal en hij moest huilen, hij voelde in elk geval vocht over zijn gezicht lopen maar hij maakte nog steeds geen geluid, toch?

Het trappen werd minder, hij voelde één voet minder, twee voeten minder en na – wat was het, één minuut? – hielden ze allemaal op, een schopper spuugde op hem, liep als laatste weg.

Hij bleef liggen.

Alles zonder geluid. Geen gekerm, geen gejammer. Hij kon het wel. Het kon.

Maar het was meer geweest. Het was niet alleen het geluid dat zijn moeder maakte, *nee nee ik hoorde je echt niet*, maar hij hoorde haar wel, op een gegeven moment, er was altijd dat moment dat ze een korte kreet slaakte omdat ze te veel had ingehouden en daar wachtte hij altijd op, hij wist dat het zich opbouwde, dat het al begon wanneer hij zelf nog in de woonkamer was en Erik aan de eettafel zat te drinken, het geluid dat hij maakte door zijn fles neer te zetten, met steeds meer kracht, door het gevloek, het demmit, het snuiven, het verontwaardigd snuiven, alles bouwde op naar het geluid dat zijn moeder ergens die nacht zou gaan maken, die korte kreet van pijn die ze niet meer in zou kunnen houden.

Daar was de muur voor.

Waarom moest je dat nou doen, Erik?

Hij drukte zijn handen in zijn gezicht, maakte daarna van zijn handen een koker om doorheen te kijken en hij richtte die koker omhoog, naar de lucht, en hij zag alleen lucht, een donkergrauwe lucht en hij hoorde niets meer, niet de daklozen die weer verder praatten, niet de rijdende auto's, de willekeurige schreeuwen, fietsers die bellen, gelach ergens, hij hoorde niets meer, zag alleen die lucht en hij was alleen.

Hij was alleen.

20

De eerste dagen zonder George staarde ze vooral, ze *staarde*. Maar er was niemand om te vragen waar ze naar staarde; Wesley zat op zijn kamertje. George zat bij zijn zus. Of bij iemand anders.

Ze wandelde door dat lelijke kut-Noord als ze geen klanten om te knippen had, liep naar de sluizen, bleef daar staan op het smalle overloopje waar mensen die vanaf de pont kwamen en naar de Vogelbuurt of het Blauwe Zand gingen overheen moesten, en het was te krap, dat overloopje, om er te blijven staan, dus als ze vijf of zes vloekende voorbijgangers had gehad, liep ze verder, keek ze naar de pont, hoe die vertrok, hoe die aankwam, hoe mensen vanuit de stad Noord binnen werden gelaten.

Uiteindelijk kwam het allemaal door Erik, toch? Zo'n man die je leven binnenkwam en zo slecht was, zo puur slecht. Dat drinken om te zullen slaan. Het slaan wíllen aanzetten, zichzelf in die roes drinken om zijn irritatie om te zetten in woede, en zijn woede omzetten in klappen, in stompen in haar maag, in zijn hand als een bankschroef om haar bovenarm, in pijn op plekken waar de wereld niets van zou zien, in *privépijn*. En als de pijn te scherp was, die korte, hevige schreeuw.

Dan hebben we dat gehad.

En haar jongen afpakken, o Erik was zo slecht. Ik deed zo mijn best, Wesley. Ik deed zo mijn best. Ik wilde niet dat je er iets van merkte, maar het was onmogelijk.

Staren. Op het overloopje van die sluizen staan en staren.

Ze snapte niet dat – oké, Frank, luister, ik ben ontzettend kwaad op je dat je doodging, dat je je liet opvreten door die kanker en dat je doodging, maar dat is zo oneerlijk van me sorry sorry sorry. God, Frank, je was zo'n sukkel. Zo'n sukkel. Ik had geen vrienden omdat mijn jeugd me was afgenomen, ik was Assepoester, jij was alleen maar een sukkel zonder vrienden (sorry sorry sorry).

Had Wesley dat niet van hem overgenomen? Die gedachte kwam af en toe omhoog als die jongen zijn maandsalaris van de supermarkt had opgenomen en thuiskwam met zijn stripboekjes. Sukkel, dacht ze een keer – of het was niet eens denken, het was iemand anders in haar hoofd die het zei, iemand die onaardig was. Onaardig tegen haar jongen.

Wes, had ze een keer gevraagd, doe je ook nog iets sociaals? Neem iemand mee van school. Of je werk. Ik kook wel wat.

Dat is goed, had hij gezegd, maar er kwam niemand. Er waren wel mensen, want hij noemde namen, hij had mensen met wie hij hing na school, of in de pauze op zijn werk, Rachid zei zoiets grappigs vandaag, Martijn heeft rijlessen cadeau gekregen. Maar er kwam niemand.

George had een keer gezegd dat hij het gevoel had dat die jongen maar iets verzon, maar dat was onzin, waarom zou een mens vrienden verzinnen? Zelf had ze dat in elk geval nooit gedaan vroeger, ook al had ze ze niet. Nee, hij had wel vrienden, maar die vrienden waren gewoon niet zo van het mee naar huis gaan, en ze kon zich ook wel voorstellen dat Wesley ze dat niet zo snel zou vragen – stel je voor dat ze nee zouden zeggen. Dat zou toch kunnen? Wesley had niet echt een sprankelende persoonlijkheid en mensen zouden nee kunnen zeggen tegen hem.

Ze zouden zijn vraag misschien niet eens horen, dacht ze; het was een korte gedachte die ze snel afkapte, maar het was een mogelijkheid. Als iemand haar had gevraagd wat zijn belangrijkste eigenschap was, toen, had ze kunnen antwoorden: hij valt niet op. Het was niet het antwoord dat ze zou geven, want dat zou niet aardig zijn geweest; waarschijnlijk had ze gezegd dat hij lief en zorgzaam was, maar dat waren de volgende eigenschappen. Hij viel vooral niet op.

Niet echt een sprankelende persoonlijkheid. Dat je dat denkt over je eigen kind. Terwijl hij vroeger zo sociaal was naar haar toe, altijd voor haar klaarstaan. Altijd.

Ze betrapte zichzelf erop dat ze niet wist of ie nou klaar was met school of niet – had ie nou iets gezegd over een diploma-uitreiking of niet? Niet waarschijnlijk, hij hield er niet van in het middelpunt van de belangstelling te staan, dus waarschijnlijk had hij zijn diploma opgehaald zonder er iets over te zeggen, en dat was goed, als hij dat zo wilde.

Het maakte ook niet uit, het niet-opvallen. Het was hoe hij was.

In de tijd dat George er was kwam hij bijna niet meer in de woonkamer, en wie kon het hem kwalijk nemen? Als George er was, keek die tv en hij zei niks en als ze heel eerlijk was: hij had sowieso nooit veel gepraat met Wesley. Ze hadden elkaar geaccepteerd, ze begrepen van elkaar dat Dimphy ze allebei nodig had, maar daar bleef het bij, dat deel van het begrip; ze begrepen elkáár niet.

Sukkel – ze wist weer dat ze dat woord zelf nooit op Wesley toe zou passen, het was George geweest, George had het gezegd, helemaal in het begin ergens, toen hij net met zijn dozen het nieuwe huisje in het Blauwe Zand binnen was gekomen, dat was toen ze met z'n drieën op de bank zaten om tv te kijken, de bank die ze bij de kringloop had gekocht voor vijftig gulden. Wesley had zijn glas cola op de salontafel willen zetten en hij had het ernaast gezet omdat hij naar de tv bleef kijken, losgelaten, dus het viel, cola over het tapijt en hij had een gilletje laten horen en ja, het was sukkelig, maar George had dat niet hoeven zeggen.

Sukkel.

Die jongen was toen dertien of veertien en moest wennen aan zijn groeiende lichaam – natuurlijk was hij onhandig.

Dus Wesley ging op zijn kamertje zitten en keek geen tv meer met ze. George vond dat ze daar iets van moest zeggen, dat zei hij een keer, daar kan je toch iets van zeggen, maar dat wilde ze niet, ze begreep haar jongen, en George begreep hem niet. Zij en haar jongen begrepen elkaar en er was nu geen man meer die tussen haar en haar zoon in stond en er was geen zoon die tussen haar en haar man in stond. Dat verbondje dat hij met Erik had gehad, dat wilde ze niet meer.

Ach, die jongen op zijn kamertje. Wanneer George niet thuis was, kon hij haar op zijn kamer roepen om haar trots te laten zien wat hij had gemaakt op zijn computer, maar ze snapte het niet – het begon met een stuiterend balletje over het scherm, daarna kwamen er poppetjes die hele avonturen beleefden – ze moest om zichzelf lachen, sorry jongen, je moeder is een beetje een muts in zulke dingen; misschien dat je vrienden het wel begrijpen – moet je het hun niet laten zien dan?

Ja ja dat was dan wel een goed idee en dat ging ie doen, maar hij vergat zijn vrienden uit te nodigen, want hij bleef hangen in dat scherm. Ze snapte niet wát hij maakte, maar ze snapte wel dat hij er goed in was. Of tenminste, dat vond ze, en ze vond dat ze het recht had dat te vinden. (En later bleek natuurlijk dat ze gelijk had gehad, toen hij er prijzen mee won, met de dingen die hij op de computer maakte en een keer op tv kwam, óók toen het nog om die spelletjes ging, nog niet over dat boek.)

George had het weleens over meisjes gehad, moet die gast niet eens een vriendinnetje krijgen ondertussen, of is ie soms homo? Daar had ie niets tegen, had ie gezegd, prima natuurlijk, als ik er maar niks van hoef te zien.

Zij had het ook niet erg gevonden als ie homo was, misschien wat ingewikkeld voor hemzelf, want daar zou ie dan vast wel mee worstelen, dus ze vond dat ze dat bespreekbaar moest maken – op een avond had ze gevraagd of ze nog eens een schoondochter of schoonzoon zou krijgen, heel nonchalant, om duidelijk te maken dat het haar om het even was, meisjes of jongens.

O, had ie gezegd, ik ga binnenkort naar de film met Sabine, een meisje dat in de supermarkt bij de slagerij staat.

En er was een zaterdagavond dat ie de deur uit ging en een paar uur later weer terug was. Ze vroeg of het leuk was geweest en hij had ja gezegd, ja, het was leuk.

Toen ze een maand later vroeg of hij nog een keer met Sabine af zou spreken, zei hij dat ie haar toevallig inderdaad nog een keer naar de film had gevraagd en dat ze deze zaterdag zouden gaan. Dus hij ging de deur weer uit die zaterdag en een paar uur later was ie weer terug, en het was weer leuk geweest, maar ze vroeg er daarna niet meer naar en hij ging niet meer met het meisje naar de film. Laat die jongen maar, had ze gedacht. Die ontdekt wel wat hij wil, meisjes of jongens.

Maar wat moest zij? Er zou niemand meer komen die haar wilde.

Nu staarde ze naar niets, in de woonkamer van haar kleine huisje, of ze wandelde door dat lelijke, treurige Noord.

Ze droomde vaker over Erik, alsof het weggaan van George Erik de ruimte had gegeven om bij haar terug te komen. Hoe hij aan haar tafel zat en steeds meer dronk en dan ging slaan. In haar dromen schreef hij die letters op de muur met haar bloed. Die letters, god ja, toen ze gingen kijken en alles stuk was. Dat fijne flatje dat ze daar hadden, haar jongen en zij. Alles was zoveel beter vóór Erik kwam. Drinken. Slaan. Stil blijven. Privépijn. Dan toch die schreeuw. *Dan hebben we dat gehad.*

21

Hij liep hinkend terug naar het hotel. Hij wilde hier weg, jezus, wat was hij hier nog aan het doen, hij wilde weg, weg uit Amsterdam, terug naar Londen, hij was hier niet voor niets weggegaan wat had ie hier nog te zoeken. Alleen zijn moeder die gebak wilde. Godjezus wat een gekut wat een gekut. Hij keek op het scherm van zijn telefoon. Zevenentwintig. Dus toch. Ze gingen gewoon door, ze gingen gewoon door stomme kutnerds, *stomme kutnerds*. Stop ermee. (Maar je app werkt wel, knap werk toch, ja, dat mag gezegd worden.) Hij leunde tegen het gebouw, een hand tegen het baksteen, en er liep een stelletje langs, een jongen en een meisje en ze keken naar hem en het meisje lachte, ze lachte hem uit. Ja, waarom niet, doe maar, hij snapte het wel, hij was genoeg uitgelachen vroeger dus er zal wel een reden voor zijn. Er zal wel een reden voor zijn, want je wordt niet zomaar uitgelachen natuurlijk.

Hij stond even stil op straat. Een mens wordt niet zomaar uitgelachen. Er is iets aan de hand. Als ik word uitgelachen, heb ik schade, die zwervers hebben me goed te pakken genomen.

Hij liep door, weg van de mensen die hem uitlachten en terug naar het hotel, de hink wat strakker, kom op, doe je best, naar je kamer, naar je tas en je MacBook en dan weg. Zevenentwintig. Hij hoestte, hadden ze hem nou op zijn borstkas getrapt, och ja, dat was die flying kick van die idioot natuurlijk, zevenentwintig (maar je app werkt wel). De portier van het hotel knikte naar hem en hij moest er ondertussen zelf uitzien als een dakloze, dat hinken, dat hoesten en hij had scheuren in zijn kleren en zijn gezicht zag er vast niet uit, goed geraakt ook daar, maar de portier had hem al een paar keer gezien natuurlijk, iedereen herkende hem (zevenentwintig). Hij liep naar binnen, stapte in de lift, ging naar de vierde, vond zijn kamer, duwde de deur achter zich dicht en hij wilde hier niet meer weg, nooit meer of ja terug naar Londen waar zijn huis was, maar wat heb ik daar in godsnaam te zoeken dan. Hij zakte tegen de deur omlaag tot hij zat, hij zat op het tapijt van zijn kamer en hij vond de beweging meteen te dramatisch en dat haatte hij meteen weer, het simpele feit dat hij altijd commentaar moest leveren op zijn eigen handelen en dat hij nooit eens lekker dramatisch kon doen. Maar goed, hij had zich in elkaar laten trappen door twintig daklozen zonder daar commentaar bij te bedenken dus dat was in elk geval echt geweest, o ja ik ben zo echt, *keeping it real baby*, ik ben honderd procent echt en helemaal mezelf.

Hij huilde. Zonder bijgedachten. Hij zette het huilen niet aan, hij huilde.

Hij had ooit een droom over zijn vader gehad toen die net dood was, een droom waarin hijzelf in de problemen was, iets met paniek en op de vlucht (god ja, toepasselijk nu, zou het een voorspellende droom zijn geweest?) en zijn vader stond om een hoek en hij had het leren jasje aan dat hij altijd droeg en plotseling wist Wes het: zijn vader was een geheim agent en hij zou Wes redden. En dat geheim agent zijn zorgde er ook voor dat hij op reis was natuurlijk, niks baggeren in Dubai, hij was op een geheime missie.

Die droom had toen zo goed gevoeld – het was alsof alles verklaard werd. Mama, wie is die meneer? Mama wist gewoon niet dat haar man een geheim agent was. Prima. Lekker doen, je gezin is niet belangrijk.

In de hoek zag hij zijn oude telefoon liggen, ja, die telefoon ken ik, dat was de telefoon die ik vroeger had toen alles nog normaal was, toen ik nog een leven had en ik gewoon contact had met mensen. (Nou, sjonge, wat had jij een hoop contact.) Hij kroop op handen en knieën naar de hoek, dit was wel weer drama, kruipen op handen en knieën, maar dan in combinatie met luiheid, want het zou meer energie kosten op te staan en stappen te zetten en dan weer te bukken en dan de telefoon te pakken en zich dan weer op te richten, dus het kruipen was een goede maar enigszins dramatische oplossing. In de hoek ging hij weer zitten, de telefoon in zijn handen. Zijn duim op de aanknop.

Wat zou er gebeuren als hij 'm weer aanzette? De grootste golf was een uur geleden al geweest, maar er zou nog meer komen. Berichtjes, berichtjes, berichtjes. Gemiste oproepen. E-mails. Notificaties.

Zijn lichaam deed pijn. Au, zei hij. Au, godverdomme AU. Laat het horen. Deel het mee. Schaam je niet voor je pijn, je bent net in elkaar getrapt, toch? Schaam je niet, schaam je niet. Nu mag het, nu er niemand achter een muur aan het luisteren is. Zijn moeder verslikte zich – wanneer was dat, helemaal niet zo lang geleden toch? Hij had haar mee uit eten genomen, kom, je moet weer eens onder de mensen, we gaan goed uit eten en ze was niet op haar gemak en ze nam een slok wijn en ze verslikte zich en ze moest die wijn uithoesten maar ze schaamde zich en ze wilde niemand tot last zijn, dus ze pakte haar handtas en ze hoestte de wijn uit in haar handtas.

Maar mam. Maar mam. Stel je voor dat iemand dát ziet. Dat, wat je nu doet.

Duw die aanknop maar in. Het is een kwestie van knijpen, simpel knijpen zodat je duim die aanknop induwt en je telefoon van vroeger gaat aan en alle schaamte zal binnenrollen. Kom maar binnen.

Nee, geen schaamte, die wijn in haar handtas hoesten was geen schaamte, het was *geen ruimte*, haha, hij dacht altijd dat het ging om schaamte, maar zijn moeder had zijn boek niet gelezen dus ze wist niet dat ze ruimte in mocht nemen en dat ze best een servet van tafel had mogen pakken om daarin te hoesten, een mooi damasten servet, ja, maar het was rode wijn en dan kan je zo'n servet weggooien, toch? Dat maakt godverdomme geen flikker uit, mam. Ik zal je vertellen over mijn oefening in ruimte.

Duw die aanknop maar in.

Daar gaan we.

Hij zag het zwarte scherm wit worden, het appeltje in het midden, daarna de vraag om zijn code. Daar gaan we weer. Geef me één stem die aardig is voor me. Dat is alles wat ik nodig heb.

Een paar momenten stilte en daarna kwamen ze, de notificaties, maar minder, veel minder dan eerder, dan wat was het, een uur geleden, en hij zag direct de stem die aardig was. Een appje van Bloem.

- *Gaat het?*

Het stond tussen berichten van onbekende nummers (*Beste Wesley, mag ik je misschien een paar vragen stellen* en *Vuile KK jood smerige moordenaar*) en er zat een glansje overheen, en dat verbeeldde hij zich natuurlijk, maar als dit ooit een film werd, zat er een glansje overheen en lichtte er even een sterretje op aan de rechterbovenhoek van het kadertje waar het berichtje in stond en hoorde je een tinkel-klankje, zoals in kerstfilms, ja, zoals in kerstfilms.

Hij opende het bericht en hij zag dat hun vorige gesprek van twee jaar geleden over het ophalen van nog wat spulletjes ging. En daaronder: *Gaat het?* Twee jaar later.

Ja, het gaat nu wel wat beter, dank je wel.

Maar dat was niet het antwoord dat hij kon geven, want hij had zevenentwintig doden op zijn geweten, zevenentwintig, god zevenentwintig, en dan kon hij nooit tegen Bloem zeggen dat het wel ging, want dan zou ze zeggen dat het onmogelijk *wel wat beter* kon gaan omdat hij compleet verscheurd moest zijn. Compleet verscheurd. Maar het is de muur, Bloem, het is de muur.

Haha. Muur, bloem.

Hij lachte hardop.

Jaja.

Hij typte met zijn duimen: *Ik weet niet meer wat ik moet doen.*

Daarna haalde hij de punt weg.

- Ik weet niet meer wat ik moet doen

Ze appten vroeger altijd met interpunctie dus een punt weglaten zorgde voor meer paniekgevoel en het was valsspelen, ja, maar dat was het ook, maar deels omdat hij echt niet wist wat hij moest doen.

Hij drukte op Verzenden.

Hij keek naar het klokje bovenaan het scherm. 4:22. Ze moest wel slapen nu, ook al had ze dit berichtje in het laatste uur gestuurd.

Bovenin, net onder het klokje kwam te staan: *aan het typen...*

Godjezus ze is aan het typen, nu komt alles goed want ze gaat zeggen wat ik moet doen.

Dat kan ik me voorstellen, ja.

Even stond er 'online' bij haar naam, en daarna was dat weg. Ze had afgesloten en wachtte niet meer op een bericht terug.

Dat kan ik me voorstellen, ja.

Was dat medeleven? Wat zei dit? Zat er nog advies in, ergens? Moest hij zich iets voorstellen? Was dat de boodschap, iets voorstellen? Al iets van een gevoel? vroeg de chauffeur en dat was wat hij zich voor moest stellen, hij moest *iets van een gevoel* hebben.

Hij pakte de Alcatel. Zevenentwintig.

Zevenentwintig moeders aan een tafel bij *Mr. Daily.*

Een miljoen doden is een statistiek, één dode is een tragedie. Zevenentwintig doden is een statistiek. Concentreer je op de jongen met de gekte in zijn ogen. Wat was zijn leven? Stel je zijn leven voor en je ziet de tragedie van zijn dood.

Hij was een gamer. Die jongen met de gekte in zijn ogen.

Ik heb die gekte bij je zoon er niet in gestopt.

Nee wacht, dat neem ik alleen maar aan omdat al die gasten op die avonden steeds gamers waren, wat zei hij in dat manifest, dat zijn leven er precies zo uitzag als mijn leven? Prima, geloof ik meteen, maar hij had ook *violist* kunnen zijn of dichter, nee, violist is goed. Violist dus, hij stond als klein kind al te oefenen, elke dag oefenen en zijn moeder kwam kijken of hij het wel goed deed. Ik was zelf een gamer. Was mijn leven nog maar zo simpel, zonder tragedies van dode jongens. Gamen en games bouwen. Ik weet nog zó goed hoe het voelde toen ik mijn eerste versie van *Supreme Commander* had gebouwd.

Was de moeder van die jongen met de gekte in zijn ogen de moeder van een violist? De vrouw die rondliep met een boek waar met zwarte stift MAAK ER DAN MAAR EEN EIND AAN op was geschreven? Wes schudde zijn hoofd, nee, ze was niet het soort vrouw dat haar kinderen zou pushen zoiets te doen en misschien was het een cliché, maar in zijn hoofd konden mensen alleen violist worden als ze een pushende moeder hadden.

Dat zegt toch niets, hij kan ook een pushende *vader* hebben gehad. Niet ieders vader is een geheim agent. Die dan nu dood is. Die jongen die jongen, hoe heette hij?

Zijn iPhone trilde. Haatmail, haatmail, interviewmail. WhatsApp van Bloem.

- Heb je al bedacht wat je moet doen? Ik zag nog meer aankondigingen op die enge teller.

Hij keek op de Alcatel.

Negenentwintig.

Prima. Doe maar. Ik heb zelf mijn problemen. Hij keek nog een keer.

29

Eikels. Lullen. Hoe stom kun je zijn?

Nee, ik heb niet bedacht wat ik moet doen, want ik heb andere problemen. Ik ben in elkaar getrapt door tien zwervers. Maar dat stuurde hij niet.

Hij dacht een tijdje na en stuurde toen: *Nee, ik kom er niet uit. Ik heb mezelf goed in de nesten gewerkt.*

Hij bleef een minuut of langer op zijn scherm kijken of ze iets terug aan het tikken was, maar er gebeurde niets. Hij legde de iPhone op het bureau met de nutteloze typemachine en hij trilde meteen. WhatsApp van Bloem. *Ik geloof eerder dat je 29 andere mensen goed in de nesten hebt gewerkt.*

Hij staarde naar zijn scherm. Hoe –

Dat ze dit, dat ze dit, zoiets, hoe…

Hoe kan ze DIT nou zeggen na alles?

Hij tilde zijn iPhone op om hem zo hard mogelijk in een hoek te kunnen gooien, maar liet hem weer zakken, maakte die beweging nog een keer, nog een keer, en dit was nutteloos want hij ging het toch niet doen. Lekker bezig, dacht hij.

Lekker bezig.

Hij veegde zijn iPhone open en stuurde naar Bloem: *Ja, ik ben lekker bezig.*

Er kwam terug: *Ja, zeg dat wel.* Daarna nog een berichtje: *Kan ik je helpen? Wil je er even over bellen?*

Hij snikte. *Ja, heel graag*, stuurde hij terug.

Momentje, appte ze, *dan ga ik even naar een andere kamer.*

God ja, die was gewoon met iemand anders, ze woonde samen met een ander, dat moest wel. Hij stuurde: *Bel jij mij als je in die andere kamer bent?*

Een tel later belde ze.

Hij nam op. Hoi, zei hij.

Hoi, zei zij.

Tijd geleden.

Ja, dat is alweer even terug.

Nou, ik heb het goed verpest, hè.

Ja, nou, ik weet niet of je dat zo moet zeggen, zei Bloem. Dat klinkt een beetje als een zielige versie van *het zal wel weer aan mij liggen.*

O. Ja.

Maar ik snap dat je iets moet zeggen, hoor. Dat je gewoon iets moet zeggen. Ik zou het ook niet zo goed weten, zei ze.

Nee. Ik weet het dus ook niet.

Dat snap ik, zei ze.

Heb jij een idee wat ik nu zou moeten doen?

Nee, niet zo direct, nee. Maar ik dacht dat je wel behoefte zou hebben aan een vriendelijke stem.

Ja, dat klopt. Weet je waar ik nu ben? (God, dat was een domme vraag, ik ben toch geen kind meer?)

Nee.

Ik ben in een hotel en die vrouw van tv zit in hetzelfde hotel.

Jeetje. Wat pijnlijk. En wat vreselijk moeilijk voor haar.

Hij zei daar niets op.

En ook voor jou, zei Bloem.

Ja, dat is best moeilijk.

Heb je met 'r gepraat?

Ja. Ik heb haar gevraagd of ze iets over haar zoon wilde vertellen. (Dat was helemaal niet zo, natuurlijk, hij had gezegd dat hij die gekte er niet in had gestopt. Vriendelijk hoor, heel aardig.)

Stefan, zei ze.

Hoe weet jij dat?

It's all over the internet, zei ze.

Ja, natuurlijk.

Wat heeft ze verteld over Stefan?

Niets. Ze heeft me zo'n harde klap gegeven dat mijn trommelvlies is gescheurd.

Ze lachte kort en hoog. Sorry, zei ze meteen. Je woont in Londen nu, hè?

Ja, klopt. Waar woon jij nu? Ongeveer? Dat 'ongeveer' voegde hij er snel aan toe omdat hij niet wilde dat ze dacht dat hij straks bij haar voor de deur zou staan.

Oost, zei ze.

Oké, zei hij.

Met mijn vriend, zei ze.

Leuk, zei hij. (Ik was haar vriend.)

Heel leuk.

Is ie net zo raar als ik?

Niemand is zo raar als jij. En dat is een vraag waar je jezelf weer slachtoffer mee maakt.

Ja, ik doe niet anders. (Geërgerd.)

Hup, zei ze, nog zo'n uitspraak.

Hij zei niets meer.

Sorry, zei ze.

Oké.

Ik snap dat je het moeilijk hebt. Ik zou je niet moeten aanvallen.

Nee, dat zou je niet moeten doen.

Sorry.

Oké.

Ik weet niet hoe ik je kan helpen, zei ze.

Jij bent de enige die me ooit snapte.

Nee, ik snapte je ook niet. Je liet me niet in de buurt komen. Dat is alles wat ik snapte, dat het me nooit zou lukken in de buurt te komen. Maar ik snapte jóú niet.

Dat kwam door de muur.

Ja, je had een pracht van een muur gebouwd.

Ik heb die muur nog steeds zo heel erg. Er komt geen enkel gevoel binnen. Geen enkel.

Hm, zei ze.

Ik zweer dat als ik nu Erik tegen zou komen hier – ik zou 'm ter plekke vermoorden. Dat zou zo goed voelen.

Nee, het zou onmiddellijk heel slecht voelen. Onmiddellijk.

Nee –

Jawel, want je bent wéér vergeten wat ik je zó vaak heb verteld. Erik –

Hij drukte haar weg. Hij tilde zijn iPhone weer op alsof hij 'm in de hoek wilde gooien, maar ach, wat hadden die loze bewegingen voor zin.

Ze belde weer.

Hoi, zei hij.

Volwassen reactie, zei zij.

Ik raakte je kwijt, zei hij.

Nog zo'n volwassen reactie. Helemaal in lijn met je volwassen leven.

Wil je nu niet –

Wát wil ik niet? Mag ik geen harde dingen zeggen omdat jij het zo moeilijk hebt? Je hebt dit allemaal zelf gedaan, Wesley. Jíj hebt een boek geschreven waar geen zak van klopt. Jíj hebt al die mannen uitgemolken.

Dat boek staat vol met dingen die jíj hebt gezegd, riep hij in zijn telefoon. Ik heb het geschreven om te laten zien dat ik jóú snapte.

Je snapte me niet.

Waarom is dat boek dan zo'n succes?

Als je me had gesnapt, waren we nog samen geweest.

Waarom is dat boek dan zo'n succes?

Wesley, je snapt alles nét niet. Net niet. Alles wat in dat boek staat, is net niet wat ik bedoelde toen ik het je vertelde. Je hebt alles wat ik zéí onthouden omdat je een wonder bent in dingen onthouden, maar dat wil niet zeggen dat je het begreep.

Maar waarom –

Waarom is het zo'n succes? Wat denk je? Dat dit soort boeken wáár moeten zijn? Natuurlijk niet. Jij hebt onthouden wat je van pas kwam, en er zijn hele hordes mensen die kennelijk zaten te wachten op wat jou van pas kwam.

Hij drukte haar weer weg, nam niet eens de moeite meer een gooiende beweging met zijn iPhone te maken.

22

Ze merkte dat ze minder knipklanten kreeg – eerst dacht ze dat ze het zich verbeeldde, maar ze ging ze tellen, de mannen die nog wel belden voor een afspraak, en het waren er daadwerkelijk minder. Ze zei het 's avonds bij het eten tegen Wesley, ik denk dat George zijn vrienden en kennissen heeft gezegd dat ze niet meer bij mij moeten komen.

O, zei Wesley.

Dat is vervelend, toch?

Ja, dat is een kutstreek. Hij at verder.

Ik had het niet verwacht van hem.

Nee. Daarna zei hij niets meer. Hij keek naar de klok omdat hij tussen zes en zeven uur het internet aan mocht zetten. Dat was een regel die ze hadden ingesteld toen George er nog was. Er konden geen klanten bellen als hij op dat internet zat, maar tussen zes en zeven belden de minste mensen.

Het was ook peperduur allemaal; de eerste maand dat ze internet hadden en hij de telefoonlijn uren per dag bezet had gehouden, was ze geschrokken van de rekening, maar hij beloofde dat zelf te betalen. George was er boos om.

George vond het niets, hij vond het stom, hij vond het irritant. Nu ben je wéér onbereikbaar, zei hij als het apparaat bij de telefoonaansluiting begon te piepen. Hij zei het elke keer, kon het niet laten, nu ben je weer onbereikbaar, en zij zei daar niets op. Ze lagen elkaar helemaal niet meer toen, George en Wesley; een paar keer per week zaten ze met z'n drieën aan tafel en zij probeerde dan een gesprek gaande te houden en George werkte dan wel mee, maar Wesley deed zijn best niet meer – hij zei gemene dingen. Hij vond George dom, en hij was niet dom, hij was een man van de wereld, maar hij wist bepáálde dingen niet. Wesley wist álles, leek het soms wel, dat joch was een wandelende encyclopedie geworden, en dat werkte George op zijn zenuwen.

Misschien kwam het wel door Wesley dat George haar die klap gaf en wegging.

George had gezegd dat die jongen op zichzelf moest gaan wonen met dat gezeik met dat internet en toen Wes daar niet op had gereageerd, was George steeds vaker weggebleven (ja, dat was toch zo, dat ie daarom steeds vaker wegbleef?) en toen was er die dinsdag dat hij haar die klap gaf.

Ze had geen geluid gemaakt bij die klap.

Ze moest denken aan wat hij toen een keer gezegd had: maar ik hoorde je toch? Hoe hij daarmee alles waarvoor ze zo hard werkte om die pijn voor zichzelf te houden belachelijk maakte. Het was nooit privépijn geweest.

Ze dacht erover na toen ze na het eten Wesley snel naar boven zag gaan om weer een uur het internet aan te zetten.

Ze had wél geluid moeten maken, ze had moeten schreeuwen, krijsen, zodat Wesley naar beneden was komen rennen en ze had kunnen zeggen DAT HET ZIJN SCHULD WAS, maar dat was niet zo. Dat was niet zo.

Ze had een kastdeurtje opengezet zodat ze net kon doen alsof ze daartegenaan was gelopen.

Ze huilde. Ze wilde George terug en ze wist dat hij niet meer terug zou komen.

Allemaal om dat internet.

Nee, daar gaat het niet om, het slaat nergens op dat je de schuld bij je jongen legt. Maar hij was vrienden met Erik. Erik was zijn vriend. Samen waren ze tegen mij.

Ze werd ouder, ze werd oud. Het ging te snel, ze wist niet hoe dat ging, oud worden, niemand had het haar verteld en op een dag was ze het.

Ook dat was Eriks schuld, uiteindelijk, dat ze haar dagen verdeed met nadenken over hoe het anders had kunnen lopen. Erik.

Erik Erik Erik.

Ze kocht een karretje om boodschappen mee te doen, een hoge tas op twee wielen die ze bij het boodschappen doen in het wagenpark parkeerde bij die andere ondingen voor oude vrouwen. Ze was *officieel* nog geen oude vrouw, haar AOW stond nog lang niet klaar, dus ze moest doorgaan met werk. Mannen knippen voor geld.

De mannen werden ook oud. Ze had een kringetje vaste klanten verzameld en ze merkte dat het haar onder haar vingers dunner werd, grijzer. Soms kwam er een nieuwe klant bij en ze betrapte zichzelf erop dat ze zo'n man altijd even bekeek als mogelijk materiaal voor een relatie, want ze zou wel weer eens een arm om zich heen willen voelen. (Een harde pik zou je willen voelen, bedoel je.)

Haar jongen kwam elke week bij haar eten, en als ze hadden gegeten, keken ze televisie.

Hij had een flatje in Slotervaart gekregen; hij had nog jaren bij haar gewoond, maar hij had zich wel ingeschreven voor een woning. Op een gegeven moment kreeg hij een brief van de gemeente dat hij eerste gegadigde voor een flatje was en hij was niet eens gaan kijken, hij had het flatje geaccepteerd en hij was ernaartoe verhuisd. Alsof ie blij was om weg te kunnen.

Ze hadden elkaar niet veel te vertellen op die avonden dat hij kwam eten. Zij vertelde het als ze een nieuwe klant had, hij vertelde soms iets over zijn werk. Hij had nu echt werk, geen vakkenvullen meer, maar iets met computers. Ze wist dat hij een eigen bureau had en een eigen telefoon op dat bureau; ze had het nummer in haar klapper staan, maar ze had het nog nooit gebeld.

Op zo'n avond zei ze tegen hem dat ze niet meer in dat rottige Noord wilde zitten, waar het altijd leek te waaien, ze wilde terug naar West, waar ze op haar gelukkigst was geweest.

Wesley vroeg: hoezo op je gelukkigst? We gingen erheen toen papa dood was, en daarna kwam Erik.

Dat bedoel ik niet, zei ze, ik wil gewoon een omgeving die ik ken.

Maar je kent deze buurt al meer dan vijftien jaar nu.

Ja, maar ik kén de omgeving niet echt, snap je? Ik wil gewoon weg. Ik weet dat jij heel gelukkig was in dit huis, maar ik ben het nu niet meer en ik denk dat ik voor mezelf moet kiezen.

Hij zei dat hij helemaal nooit gelukkig was geweest in dit huis.

Wat zei je? vroeg ze, met een toon alsof ze het niet had verstaan, niet alsof ze schrok, maar ze schrok er wel even van en stopte de schrik weg door de toon van haar 'wat zei je' meteen te verdraaien, om hem de ruimte te geven om 'niks' te zeggen.

Niks.

Het voelt gewoon niet als thuis, zei ze.

Maar hoe moet het dan met je vaste klanten? Die gaan echt niet naar West komen.

Nee, die gaan niet mee.

Ze zeiden een tijdje niets.

Misschien als ik aan mijn AOW toe ben. Dat is hetzelfde als ik verdien met het knippen.

Ja, dat kan dan wel, zei Wes. Hij knikte, zei dat hij het snapte en dat hij haar zou helpen met iets anders zoeken tegen die tijd.

Ze zei: misschien een aanleunwoning.

Een aanleunwoning?

Dan ben ik vast klaar, dan hoef ik niet wéér te verhuizen als ik te oud ben om alleen te wonen. Jij komt vast mijn billen niet wassen, zei ze met een knipoog.

Nee, maar om nu al in een aanleunwoning te gaan zitten?

Laat me toch. Dan heb ik wat aanspraak als ik geen klanten meer zie.

Van biljartende oude mannen?

Dat lijkt me prima aanspraak.

Hij zei dat hij tegen die tijd wat rond ging bellen voor haar. Maar als het maar niet zo is dat je al opgeeft, mam.

Ik geef niks op, zei ze.

In de laatste jaren dat ze in Noord woonde kwam er nog een man, maar daar vertelde ze Wesley niet over.

Ze wachtte op haar AOW, wachtte tot ze kon stoppen met knippen en haar zoon een aanleunwoning voor haar kon regelen. Ze kreeg er nog een klant bij, een andere klant had haar aangeraden en hij had gebeld en hij kwam dinsdagavond, want hij werkte vijf dagen per week en of het ook in de avond kon. Hij was iets jonger dan zij en ze dacht zoals bij iedere nieuwe klant: is dit materiaal voor een relatie? Maar hij had zoals de meeste mannen een trouwring om zijn vinger. En zij was oud; dat vergat ze heel even, maar zij was oud natuurlijk, dus waarom zou ze zich überhaupt zoiets afvragen? Maar ze praatte meer dan ze met andere klanten praatte en ze pauzeerde af en toe als hij iets zei en ze legde dan een hand op zijn schouder en ze keek hem aan via haar grote spiegel en toen ze klaar was met knippen en hij opstond, stond ze voor hem en trok ze zijn kleren recht en daarna (god, maar heel even) drukte ze een kus op zijn mond. Hij schrok er kort van, lachte even ongemakkelijk, betaalde haar vijftien euro en zei tot ziens.

Niks tot ziens natuurlijk, dacht ze, en ze zette de televisie aan en ze huilde.

Hij belde de maandag erop of hij dinsdagavond weer kon komen. Bij binnenkomst was het even ongemakkelijk; hij trok zijn jas uit en ze wilde die aannemen, maar hij wilde die zelf aan de kapstok hangen, en ergens tijdens die beweging drukte hij háár een kus op haar mond.

Ze ging hem voor naar de kaptafel met de oude tekening van Wesley over de barst geplakt, hij ging zitten, zij knipte. Ze praatten niet, maar ze hield wel af en toe stil om een hand op zijn schouder te leggen, en soms op zijn sleutelbeen, de toppen van haar vingers over het randje, op zijn borst.

Toen ze klaar was en hij opstond wilde hij haar vijftien euro geven, maar ze zei 'nee' en ze hoorde aan haar eigen stem dat dat het eerste woord was dat ze uitsprak sinds hij binnen was.

Hij stopte zijn geld weg en daarna neukten ze.

De man bleef, of althans, hij bleef komen op dinsdagavond, en af en toe knipte ze hem, maar meestal neukten ze alleen.

Hij praatte niet of niet veel, zij wel. Ze praatte tegen hem na het neuken, over Wesley, over vroeger, over klanten die ze had, over Erik, hoe Erik haar leven kapot had gemaakt. Hij luisterde dan terwijl hij zijn kleren aantrok, en hij wachtte met weggaan tot ze klaar was met praten.

Op een avond zei hij: maar dat heeft maar twee jaar geduurd, toch?

Wat heeft maar twee jaar geduurd?

Dat gezeik met die Erik?

Ja, maar het was traumatiserend.

Oké.

Vind je dat ik er te lang over doorzeur?

Hij haalde zijn schouders op. Als jij zegt dat het traumatiserend was, zal het wel zo zijn.

Nou, het was traumatiserend.

Oké.

Ik zal er niet meer over doorzeuren.

Schatje, zei hij, zeur door zoveel je wil. Je kan altijd je hart luchten bij mij.

Dat vind ik fijn, zei ze. Ze haalde haar hand door zijn haar. Zal ik je nog even snel knippen?

Is het nodig?

Het kan wel weer.

Doe maar dan.

Hij trok zijn das recht en liep de trap van haar kleine huisje af, ging op de stoel bij de kaptafel zitten.

Dimphy hing de kapmantel om zijn schouders en zei nog een keer dat ze het fijn vond, dat ze haar hart kon luchten bij hem. Ik heb zoveel rotzooi opgeborgen, zei ze, en het is fijn om daar af en toe de bezem door te halen.

Ja, zei hij, kan altijd hoor.

Ze pakte de plantenspuit om zijn haar nat te maken, haalde de kam erdoorheen en knipte langs haar vingers. Je weet over wat ik verteld heb over die mevrouw waar ik moest wonen toch, met die twee zusjes die ook zo gemeen waren?

Ja, weet ik.

Ze hadden een kat en ik heb die kat pijn gedaan. Ik heb die kat geprikt met spelden. Elke zondag als ik alleen thuis was met die kat.

Hij zei niets, keek haar via de spiegel even aan, daarna keek hij weer naar zichzelf.

Ik heb dat nooit iemand verteld en ik vind het vreselijk, zei ze.

Is begrijpelijk toch?

Ja, denk je?

Ik denk het wel hoor.

Gelukkig, zei ze.

Hij nam afscheid met een kus en daarna kwam hij niet meer. Ze had niet het gevoel dat het om die kat ging, hij was niet geschrokken van die kat, ze had er bijna niets over verteld, maar het was weer het zeuren geweest, ze was precies over het randje gegaan. Hij had aangegeven wat kon, wat mocht, gewoon haar hart luchten, maar zij greep dat aan om nog nét even iets vreselijks te vertellen. Iets vreselijks vertellen, het was niet haar hart luchten, het was een bekentenis.

Je hebt je leven verzeurd, zei ze tegen zichzelf toen hij vier weken niet meer geweest was.

Ze zei het ook tegen Wesley toen hij bij haar kwam eten. Ik heb mijn leven verzeurd, zei ze.

Hoezo?

Ik heb iedereen weggejaagd met zeuren.

Wie is dan iedereen?

Erik en George. Ze wilde ook zeggen 'de mannen voor je vader', maar dat was niet voor hem – er waren geen mannen voor zijn vader.

Erik sloeg je in elkaar, zei hij. George ging vreemd.

Je weet niet of George vreemdging.

Ik denk wel dat George vreemdging. Hij was er het type voor.

Ik denk niet dat George vreemdging, zei ze. Ze wilde ook zeggen dat ze die klappen van Erik misschien wel verdiend had met het zeuren, maar dat zei ze niet.

Ik denk niet dat je iedereen hebt weggejaagd.

Ik denk het wel. Wie heb ik nog over?

Je hebt mij nog over.

Jou kan ik niet wegjagen. Jij bent mijn kind.

Je kan een kind ook wegjagen hoor.

Daar schrok ze van. Zeur ik bij jou ook te veel?

Mam, néé. Ik bedoelde daar niets mee. Ik bedoelde dat er genoeg mensen zijn die hun ouders niet meer zien, maar dat dat bij ons niet zo gaat zijn.

O, zei ze. Goed.

Na het eten keken ze televisie, en ergens op die avond zei ze dat ze graag naar die aanleunwoning wilde.

Wesley zei dat ie het idee had dat dat niet zomaar kon, dat je daar op z'n minst officieel bejaard voor moest zijn.

Ik vóél me bejaard, zei ze.

Hij zei dat dat onzin was. Je bent nog hartstikke jong.

Daar zei ze niets meer op.

's Nachts droomde ze over Erik.

23

Hij droogde zich af, kleedde zich weer aan. Fris nu, fris is beter. Misschien weer naar boven, terug naar de club, nog een keer praten met de moeder van die jongen – was dat een gek idee?

Zijn iPhone ging. Hij had al een onbekend nummer weggedrukt en wilde dat weer doen. Hij keek op het scherm en zag 'Bloem'. Nee, zei hij, en hij gooide de iPhone op zijn bed, pakte de Alcatel en zag

32

Welja. Doet me niets meer.

Zijn iPhone weer. Weer Bloem. Hij nam op en zei niets, luisterde alleen.

Wes, zei ze, het zijn er tweeëndertig nu. Je moet er iets aan doen.

Ik zou niet weten wat, zei hij.

Wes, het zijn áángekondigde zelfmoorden. Misschien zijn er maar drie in totaal die het echt hebben gedaan. Ze luisteren naar jou, want ze doen dit omdat ze *naar jou hebben geluisterd.*

Dat is niet zo, zei hij. Ze doen dit om mij te pesten.

Pardon?

Ze zijn ontevreden omdat ik ze niet kon redden en nu doen ze dit om mij te pesten. Zie je dat nou niet? Jij die alles ziet, die alles zag, jij ziet dít niet?

Dus mensen plegen zelfmoord om jou te pesten?

Ja.

Dat is het meest egocentrische wat ik je ooit heb horen zeggen. En ik dacht dat ik alles al gehoord had van jou.

Hij draaide een rondje in zijn kamer, hief zijn handen op, drukte zijn iPhone weer tegen zijn oor – IK? Ík egocentrisch? Als er iemand is die áltijd aan een ander denkt, ben ík het wel. Ik denk altijd aan andere mensen!

Nee, je duikt altijd weg voor andere mensen. Wegduiken is niet hetzelfde als aan mensen denken.

Nou én, zei hij. Nou én. Hoor je wat ik zeg? Nou én.

Jij had geen liefdesverdriet toen het uitging, zei ze. Dat weet ik zeker. Ik weet dat je alleen jezelf verschrikkelijk zielig vond.

Ik heb godverdomme een boek voor je geschreven, zei hij. Ik heb *een bóék geschreven*. En ik heb daar héél duidelijk in gemaakt dat ik snapte wat jij zo stom aan me vond.

Je hebt heel duidelijk gemaakt dat je niets gesnapt hebt van wat ik zei en ik vond je nog stommer. Met je dramatisering altijd. Ik had dat meteen moeten zien met je stomme mailtjes waarin je de helft verzon om de werkelijkheid mooier te maken. Je hebt niets begrepen, nooit.

Leg me dat dan uit. Wat heb ik niet begrepen?

Wesley, kom op. Je schrijft alles wat ik ooit tegen je gezegd heb vlekkeloos op en dan ga je er dingen bij verzinnen die totaal nergens op slaan. Hier, en ik citeer: probeer de stemming in de kamer te peilen. Ontwikkel daar een extra zintuig voor. Zo begrijp je altijd wat mensen nodig hebben. En daarna schrijf je doodleuk over ruimte innemen.

Ja, dus?

Ontwikkel dáár een extra zintuig voor, Wesley, jij hebt dat zintuig ontwikkeld als kind terwijl je dat niet – nee, sorry, ik snap niet dat je dat niet snapt.

Wat kon ik dan niet snappen?

Die oefening in ruimte, zei ze. *Serieus*?

Ik moest toch meer ruimte innemen?

Ja maar – laat ook maar. Er staat zoveel in wat niet klopt. Ik bedoel, die ónzin op bladzijde 322.

Ik weet niet wat er op bladzijde 322 staat.

Nou ja, het is onzin.

Nee, je snapt het niet, ik weet niet wat er op bladzijde 322 staat en ik ken dat hele boek uit mijn hoofd.

Nou ja, kennelijk niet het héle boek. Je –

Hij drukte haar weg.

Fokking Bloem met haar *raarheid.*

Weet je wat het beste zou zijn? Als hij haar nooit had ontmoet, als ie meteen naar het Victoria's Secret-model was gegaan, als dat gewoon zijn eerste was geweest. Met haar had ie tenminste een echte klik. Zij begreep hem echt.

En nu?

Het was kwart voor vijf in de ochtend en het voelde alsof hij nooit meer zou kunnen slapen. Hij haalde zijn schouders op.

Het zijn er tweeëndertig nu. Je moet er iets aan doen.

Hij stopte zijn telefoons in zijn broekzakken, stapte zijn kamer uit, nam de lift naar de bovenste verdieping.

Op de gang naar de club was het leeg, hij zag dat de deur van de club dicht was. Het feestje was afgelopen. Tegenover de deur stond een bankje, en op het bankje zat de moeder van de jongen. Ze zat naar achteren geleund, maar het bankje had geen leuning en stond iets van de muur af, dus het enige leunen dat ze deed was met haar achterhoofd. Ze had zijn boek op haar schoot, haar handen eromheen.

Wes liep naar haar toe, stond even voor haar, daarna ging hij naast haar zitten aan haar rechterzijde.

Ze zei niets, en Wes zei een tijdje ook niets. Toen vroeg hij: hoe heette hij? Om maar iets te vragen.

Stefan.

Dat is een goeie naam, zei Wes. Ik heb zelf Stefan willen heten, toen ik klein was.

Daar reageerde ze niet op.

Wat deed hij?

Stefan deed iets met computers.

Wes dacht na over wat ze zei. Door het herhalen van zijn naam probeerde ze een mens van hem te maken. Dat deden onderhandelaars in gijzelingssituaties ook, door het regelmatig noemen van de naam van de gegijzelde maakten ze de gegijzelde menselijker, maar als er in deze situatie iemand gegijzeld is, ben ik het wel, dacht hij. Dan ben ik het wel, mevrouw.

Hij deed iets met computers.

Ja.

Ik dacht dat hij misschien violist was.

Nee, hij was geen violist. Waarom zou hij in godsnaam een violist zijn?

Wilt u me nog meer over Stefan vertellen?

Waarom? Ze keek even opzij.

Wes zei niets, wachtte.

Ze keek weer voor zich uit en zei: hij had een vwo-advies, maar uiteindelijk deed hij havo.

Wes wachtte tot er nog meer kwam, maar meer kwam er niet. En daarna ging Stefan iets met computers doen?

Ja. Dat klopt. Zo ging het.

Wilt u me nog meer over Stefan vertellen?

Op een dag kocht Stefan een boek en dat boek heette *Ruimte.* Ze klopte even op het boek dat op haar schoot lag. Door de schrijver van dat boek pleegde hij zelfmoord.

Ik stel u een serieuze vraag.

Ik geef je een serieus antwoord. Dat was het belangrijkste dat ik jou over Stefan kon vertellen.

Ze huilde kort – de tranen kwamen snel. Ik voel me zo schuldig maar het kan mijn schuld toch niet zijn? Jíj hebt het tegen hem gezegd, jíj hebt gezegd dat ie het moest doen.

Wilt u – wil je mij pijn doen?

Ja.

Dat snap ik.

Nee, dat snap je niet. Je zegt alleen dat je dat snapt omdat je denkt dat dat het correcte antwoord is.

Wes knikte. Dat klopt, zei hij.

Ze zeiden een tijdje niets. De deur van de club ging open en een man duwde een trolley met geluidsapparatuur naar buiten. Ze keken hem na. Toen hij de lift in was gestapt vroeg Wes het nog eens.

Wil je mij pijn doen?

Ja.

Dan moet je mij het allerbelangrijkste over Stefan vertellen. Het allerbelangrijkste zodat ik pijn kan voelen omdat hij er niet meer is. Iets wat niet in zijn manifest stond.

Ik gun je die pijn niet. Dat is mijn pijn en die krijg je niet van me.

Wes wilde bijna zeggen: dat snap ik.

Ze boog zich naar de vloer, en hij zag dat ze daar haar handtas had staan. Ze vond een pen, sloeg het boek open en zei: niet meekijken, en ze begon te schrijven. Wes keek de andere kant op. Hij voelde het bankje waar ze samen op zaten bewegen door de korte, snelle bewegingen die haar arm maakte. Ze schreef een paar minuten, en daarna voelde hij dat ze het boek in zijn zij duwde. Hier, stik er maar in.

Hij sloeg het boek open, maar zij sloeg zijn hand weg. Niet nu. Straks als het licht is. Of als ik weg ben.

Daarna ramde ze haar pen in zijn schouder.

Hij gilde uit pijn en verbazing, een korte schreeuw, hoger dan hij van zichzelf zou verwachten.

Ze stond op en zei: voor het geval mijn verhaal je geen pijn zou doen. Ze pakte haar tas en liep naar de lift.

Wes keek hoe ze voor de lift stond te wachten, hoe ze rustig wachtte tot ze in de lift kon stappen, en hij hijgde van de schrik, had zijn rechterhand om de balpen die een kleine centimeter in zijn linkerschouder zat geramd, door zijn overhemd heen.

De conciërge keek op van zijn scherm. Hoe kan ik u helpen, meneer?

Wes knikte naar de pen in zijn schouder. Ik heb een ongelukje gehad, zei hij.

De conciërge keek ernaar en zei: ik geloof dat u geen prettige nacht heeft.

Wes maakte een kort hikkend geluid om zijn huilen in te slikken. Hij wilde NEE roepen, NEE, want hij had het heel zwaar en het was heel fijn dat iemand dat zag, al was het maar de conciërge. Maar hij hield het huilen in. Nee, ik heb geen prettige nacht.

Kan ik een ambulance voor u bellen?

Nee, ik heb liever een pleister, denk ik.

De conciërge keek ernstig naar de pen die uit zijn schouder stak. Een pleister lijkt me niet afdoende, meneer. Als u geen ambulance wilt, kunnen we proberen een taxi te vinden die u vervoert naar de Eerste Hulp, met zo'n verwonding. Ik kan u een handdoek meegeven voor de achterbank.

Wes knikte. Doe mij die handdoek maar.

De conciërge duwde een deur achter hem open, verdween even en kwam terug met een witte handdoek, het logo van het hotel erin geborduurd.

Die kunnen we straks wel weggooien, zei Wes.

Geen enkel probleem, meneer. Zal ik een taxi voor u bellen?

Wes hield de handdoek op zijn arm, onder de pen en zei nee, nee bedankt, ik zoek er zelf een, buiten.

Geen enkel probleem.

Wes liep naar buiten. De lucht begon van zwart naar donkerblauw te kleuren. Hij ging om het gebouw heen, zag de achterkant van het Paleis weer, hinkte naar de kant waar de taxistandplaats was. Hij zag de Mercedes van zijn chauffeur staan en hij ging iets harder lopen, daar is de man die ik nu nodig heb goddank. Op de trappen voor de Albert Heijn zaten nog drie daklozen met wie hij had gevochten (nee, dacht hij, niet gevochten, ik ben als een bang hondje gaan liggen, maar dat was ook de bedoeling, geen bang hondje dus, maar *just to prove a point*) en een van hen stak zijn hand op naar hem, dus hij stak ook zijn hand op, zijn linkerhand, want met zijn rechterhand drukte hij de handdoek op zijn schouder, de pen ingebed in de badstof. Onder zijn linkerarm had hij het boek geklemd, het boek dat hij had geschreven, vol met post-its van een dode lezer, MAAK ER DAN MAAR EEN EIND AAN door een dode lezer op het omslag gekrast.

Hij hurkte bij de taxi, naast het passagiersportier; de chauffeur keek op van zijn telefoon en drukte met een knop het raampje aan die kant omlaag. Daar bent u weer, zei hij.

Ja, zei Wes, daar ben ik weer. Ik hoopte al dat ik u hier tegen zou komen.

De chauffeur keek naar zijn schouder, de handdoek, de pen. Ongelukje?

Ja, zei Wes. Ik moet naar de Eerste Hulp. Kunt u me brengen?

Bloedt het nog?

Ik denk het niet. Nee, het bloed niet meer. En ik zorg dat er geen bloed op uw bekleding komt.

Vooruit dan maar. Omdat we vrienden zijn.

Deel 5

24

Hoi Bloem,

Ik moet even goed nadenken hoor! Ik denk dat de eerste herinnering aan mijn vader op Schiphol is, waar mijn moeder en ik hem ophaalden. Hij werkte als baggeraar in het buitenland, Dubai en zo, en wij gingen nooit mee, maar hij was wel altijd een maand of drie weg geloof ik. Ik weet eigenlijk niet waarom we nooit meegingen, dat is zoiets wat ik altijd vergeet te vragen aan mijn moeder, zal ik binnenkort eens doen. Want ik kwam er pas later achter dat er zat baggeraars zijn die gewoon met vrouw en kinderen in Dubai zitten. Het is niet zo dat ie een paar maanden op een schip zat of zo.

In die herinnering pakt mijn vader me op en ik vraag aan mijn moeder: mama, wie is die meneer?

Daarna is hij gestopt met dat werk, is hij werk gaan zoeken hier, en toen is hij bij de Cindu gaan werken in Uithoorn. Daar werkten heel veel mannen die hadden gebaggerd of op de grote vaart hadden gezeten, ik geloof dat het werk een beetje vergelijkbaar was, pijpen loskoppelen en vastkoppelen. Ik heb daar ook een herinnering aan, dat ik een keer mee mocht omdat ze daar sinterklaas vierden, en ik vond het magisch daar, toen we het terrein op reden, heel veel buizen, buizen, buizen. Het was petrochemische industrie, een soort raffinaderij, dacht ik. Mijn moeder zei later vaak dat ie daar ziek was geworden, maar hij rookte gewoon veel te veel.

Ik denk dat ik nog heel klein was toen, want ik heb alleen dat beeld van die buizen en van een Sinterklaas die ik heel eng vond. Ik denk dat ik niet zo op mijn gemak was met mijn vader, dat ik nog een beetje aan hem moest wennen.

Ik weet nog dat we een keer een katrol gingen kopen. (Ik lees het woord nu na en ik zie kat-rol, maar het is een ka-trol.) Zo'n ding waar je een stroomsnoer omheen wikkelt. Hij had er een nodig en ik ging mee naar de winkel; ik weet dat die op de Vlugtlaan geweest moet zijn, een ijzerwinkel daar die er nu niet meer zit. Ik heb daar verder geen details over, het is gewoon zo'n vaag beeld, zoals herinneringen zijn. O, wel een grappig detail: ik heb die katrol nu zelf in huis. Ik had 'm om een of andere reden in mijn kast gezet toen mijn moeder en ik verhuisden nadat mijn vader dood was, en ik heb 'm steeds meegenomen, ook toen we die flat leeghaalden met George, waar ik je in een vorige mail over heb verteld. Beetje suf, maar ach. Hij staat nu in mijn woonkamer, ik kijk er nu naar, ik heb 'm gebruikt omdat ik mijn bureau met mijn computers op een plek neer heb gezet waar geen stopcontact zit, dus hij komt nog van pas.

Ha, ik weet ook weer waarom mijn vader die katrol wilde hebben! Hij had een elektrische grasmaaier gekocht voor de tuin, dat was helemaal hip toen, ik denk dat die dingen later weer uit de handel zijn gehaald, bleken superonhandig te zijn. Hij moest 'm gewoon met een stekker op het lichtnet aansluiten, lang snoer eraan (maar niet lang genoeg, vandaar die katrol) en dan maaien, maar je had dus steeds de kans dat je over je eigen stroomsnoer maaide, en dat gebeurde dus ook. Haha.

Nou ja, je zult altijd zien dat de ene herinnering de andere naar boven haalt, want er schiet me nog één te binnen, waarin we in de voortuin staan met twee neven (volgens mij had ik neven van mijn vaders kant, maar we zijn die kant een beetje uit het oog verloren nadat hij dood was, mijn moeder had er niet zoveel mee, met die kant) en we wachten nog op een tante, die kan er elk moment aan komen. Mijn vader vraagt in wat voor auto die tante rijdt, en een neef zegt 'een Opel Kadett', en mijn vader zegt: 'Wat? Een opoe tet?'

Oké, deze moet ik toelichten denk ik, want het was een woord dat bij ons thuis gebruikt werd en ik heb het opgezocht en het bestaat! Kijk, dit heb ik gevonden:

Opoe tet zelfst. naamw.
Ouwe teut, slappe ouwehoer
Voorbeeld: 'Ja hoor, daar heb je opoe tet ook weer met haar praatjes.'
Synoniem: spuit elf

Nou ja, mijn vader maakte dus een grapje en ik heb daar toen hard om gelachen en ik vond dat iedereen daar hard om zou moeten lachen.

Dat was denk ik toen ik een jaar of vijf, zes was.

Toen ik acht of negen was, werd ie ziek. We hebben niet echt meer gepraat of zo, maar dat is een beetje mijn schuld, ik had wat beter mijn best moeten doen. Soms wilde ik niet eens mee naar het ziekenhuis, en daar voel ik me achteraf nog best kut over.

Maar goed, gedane zaken. Ik ga iets heel geks zeggen, maar soms ben ik kwaad op mijn vader omdat ie dood is gegaan, maar dat is belachelijk natuurlijk; ik zou eerder boos op mezelf moeten zijn dat ik niet wat harder nadacht over de situatie. Het was volkomen duidelijk dat ie dood zou gaan, en ik jammerde dat ik elke avond mee moest naar het ziekenhuis.

Maar ach, kinderen. 'Mama, wie is die meneer?' Ik kan me niet voorstellen dat ik dat niet wist, dat was gewoon aanstellerij. Maar ja, je mag je wel een béétje aanstellen als je kind bent, denk ik dan.

Heb jij nog leuke herinneringen die je wil delen?

Veel liefs!

25

Hoi Bloem,

Er kwamen nog wat herinneringen aan mijn vader op, en die wilde ik met je delen, want ik denk dat het belangrijke herinneringen zijn.

Ik heb nog een herinnering aan mijn zakmes – ik heb ooit een zakmes van mijn vader gekregen, zesentwintig onderdelen. We waren iets leuks wezen doen, en toen waren we ergens in een winkel en volgens mij was dat in Haarlem, ik weet niet meer precies waarom we daar waren. Maar goed, ik zag een zakmes in een vitrine liggen, en daar keek ik heel erg verliefd naar, kennelijk, want ik kreeg het toen cadeau van mijn vader. Ik dacht eerst dat ik alleen die gekke katrol had als tastbare herinnering aan mijn vader, maar ik heb natuurlijk mijn zakmes nog.

Ik herinnerde me ook dat toen hij ziek was en opgegeven, hij weer thuis was, en op een dag had hij genoeg kracht om te gaan wandelen in de buurt. Ik was buiten met vriendjes aan het spelen, met pijlenblazers, en ik kwam hem tegen; hij zat op een bankje in het park. Hij had zijn dikke vest aan, maar het was warm weer, een vroege zomer. Hij had bijna geen vlees meer op zijn botten, was heel veel gewicht kwijtgeraakt, dus ik denk nu dat hij het toen koud had.

Ik ging naast hem zitten en mijn vriendjes liepen door, die snapten dat ik ze later wel weer in zou halen. Het was pijlenblazersseizoen – weet je dat nog van vroeger, dat je als kind steeds weer iets anders deed met je vriendjes, knikkeren of flessenvoetbal en dat dat dan een paar dagen of een paar weken duurde? In die dagen liepen we allemaal met pijlenblazers rond, en we maakten pijlen van papier. Papier uit de Wehkampgids was het beste materiaal. Je scheurde dat papier aan stroken en die stroken hing je over je broekriem en buiten draaide je een pijl als je er een nodig had. Maar ik was er niet goed in, dat pijlen draaien. Ik weet nu nog niet hoe je dat precies moet doen.

Mijn vader zei dat ik hem een paar stroken papier moest geven, en hij draaide een paar mooie pijlen voor me.

'Weet je,' zei hij, 'ik ga er binnenkort niet meer zijn.'

Ik zei dat hij dat niet moest zeggen, maar hij hield zijn hand omhoog, en hij zei: 'Ik weet dat dat vreselijk is om te horen, maar het is de waarheid, en die moeten we onder ogen zien. Samen. Daarom wil ik je iets vragen.'

Ik zweeg, omdat ik niet wist wat ik moest zeggen, en omdat ik voelde dat het belangrijk was.

'Wil je goed voor je moeder zorgen? Wil je op haar letten voor mij?'

Ik knikte. 'Dat is goed,' zei ik.

'Wil je me nu naar huis brengen? Ik kan wel wat steun gebruiken.'

Ik ben met hem naar huis gelopen, zijn hand rustend op mijn schouder, en toen hij dood was, heb ik voor mijn moeder gezorgd.

Nou, dat wilde ik je graag nog vertellen, ik vond dit toch wel belangrijke herinneringen.

Veel liefs!!

Deel 6

26

De taxichauffeur bleef naar rechts kijken, naar de handdoek die Wes tegen zijn schouder drukte.

Ik lek niet, zei hij. Hij had het boek op schoot liggen.

Goed, zei de chauffeur.

Anders koop ik nieuwe bekleding voor u.

De chauffeur knikte. U heeft tenslotte een miljoen boeken verkocht.

Ze reden over de Rozengracht.

Hoe is het met het gevoel?

Ik voel nu pijn. Wes knikte naar zijn schouder. Ik heb ook een dingetje gehad met een paar mannen eerder vanavond.

Gevochten?

Ja.

Gewonnen?

Daar dacht hij over na. Ik zou ja hebben gezegd, zei hij, ik zou ja hebben gezegd omdat ik daar graag complimenten over zou hebben gekregen, maar ik heb mezelf eigenlijk in elkaar laten slaan.

Ieder z'n ding.

Het is niet mijn ding.

De chauffeur zei daar niets meer op. Hij bleef een minuut stil. Ze waren op de De Clercqstraat nu.

Maar dat gevoel? Ik keek nog op die teller en ik zag tweeëndertig, zei de chauffeur.

Hm.

Dat is niet niks. Tweeëndertig.

Het zijn áángekondigde zelfmoorden. Geen daadwerkelijke.

Maar je weet niet hoeveel het er echt zijn.

Wes schudde zijn hoofd. Hij wurmde een telefoon uit zijn rechterbroekzak – hij zocht zijn Alcatel voor de teller, maar hij had zijn iPhone in zijn hand. Hij had een appje van Bloem.

- Het staat in het manifest

Hij appte terug: *Hoezo, wat staat in wat voor manifest?*

- Het manifest van Stefan

- Ik heb geen zin om het manifest van Stefan te lezen

- Het staat er allemaal in. Lees het.

Hij drukte zijn duimen hard op zijn iPhone, alsof hij naar haar wilde schreeuwen: ik heb het tien keer gelezen en het is allemaal waanzin.

Ze belde en hij nam op. Het is allemaal waanzin, zei hij. Zijn moeder is ook gestoord. Ze heeft net een pen in mijn schouder geramd.

Wát?

Hij vond haar verbijstering fijn.

Ja, gestoord. Zij en die jongen. Zij heeft die gekte erin gestopt.

Wat – ga je wel naar het ziekenhuis?

Ja, nu onderweg naar het OLVG. Het is waanzin, Bloem.

Maar dat manifest is zo duidelijk, ik snap niet dat je niet eerder –

Bloem, ik heb dat manifest serieus tien keer gelezen en ik heb daar niks in gevonden. Helemaal niks.

Hij hing op.

De chauffeur keek nog een keer opzij. Dat is 'm, hè? Hij knikte naar het boek op zijn schoot.

Ja. De wortel van al het kwaad. Wes zuchtte. Bladzijde 322 – hij moest nog naar bladzijde 322 kijken. De verklaring voor alles, wellicht, alles zou duidelijk worden als hij wist wat er op bladzijde 322 stond.

Zijn naam, de titel (*Ruimte*), en MAAK ER DAN MAAR EEN EIND AAN in zwarte stift.

Goed. Bladzijde 322.

Hij bladerde ernaartoe en er zat een roze post-it van Stefan op die bladzijde en op de post-it stond DIT KLOPT, IS OOK ZO VOOR MIJ. Hij trok de post-it weg, kneep het papier klein in zijn rechterhand en ging lezen, ja dit ken ik dit ken ik maar dit is geen les dus dit kan niet zijn wat Bloem bedoelt, en toen las hij: *Ik heb alles in mijn leven aan de kracht van mijn moeder te danken. Zonder mijn moeder en haar onuitputtelijke kracht zou ik niet zijn waar ik nu was.*

DIT KLOPT, IS OOK ZO VOOR MIJ.

Wat was hier fout aan?

Die ónzin op bladzijde 322.

Onzin. Dat had Bloem gezegd.

De taxichauffeur zei dat hij straks lekker naar zijn bed ging.

Sorry, wat?

Ik ga straks lekker naar mijn bed, zei hij. Ik heb mijn dienst er zo wel op zitten.

Wesley voelde paniek opkomen – maar ik ben nog niet klaar, zei hij, ik moet nog naar mijn moeder, mijn moeder verwacht gebak omdat het vijfentwintig jaar geleden is dat we de bus hebben gepakt.

Bent u straks fit genoeg om bij uw moeder op bezoek te gaan, dan?

Ik – in het ziekenhuis straks word ik helemaal opgelapt en dan kan ik naar mijn moeder en u mag uw meter laten lopen.

De chauffeur klakte met zijn tong. Vooruit dan maar. Vooruit dan maar. Ze stonden stil voor een stoplicht op het Mercatorplein, en naast hen stond een jongen op een fiets (vast uit geweest, uit met vrienden, gezoend met meisjes) te wachten tot het groen werd, en de jongen keek opzij, de taxi in, keek Wes aan en gaf geen blijk van herkenning.

Toen het groen werd, reden ze weg van de jongen.

Plop, zei Wes. Weg, verdwenen, net als in dat filmpje.

Ze reden het buitenste deel van West in, het werd groener maar ook viezer, vuil dat in de struiken was gewaaid en waar niet tegenop te vegen was omdat de jongens die hier woonden hun blikjes Red Bull lieten vallen waar ze liepen, hun lege chipszakken weg lieten waaien. Hij lachte om zichzelf bij die gedachte: ik word oud. Nee, wacht, dit was niet oud worden, dit was iets wat hij altijd had gehad, altijd kwaad om dat soort dingen, waarom lieten die jongens hun troep gewoon vallen, konden mensen geen rekening houden met anderen? Bloem had dat ook een keer tegen hem gezegd, maak je daar toch niet zo druk om, het heeft geen zin, jongens doen dat hoe dan ook en dat houdt wel op als ze ouder worden en nu moeten ze gewoon stoer kunnen doen naar hun vrienden; het enige echte probleem is dat jij er zo boos van wordt.

Maar het is zwerfvuil en vogels pikken plastic op en gaan eraan dood.

Maar dat is niet écht waar jij boos van wordt, jij wordt boos omdat jij dat níét kan, jij krijgt het fysiek niet voor elkaar afval te laten vallen.

Hij moest toen denken aan zijn moeder die haar wijn in haar handtas had gehoest.

Ik ben netjes opgevoed, zei hij.

Jij bent niet netjes opgevoed, zei Bloem, jij hebt jezelf aangeleerd om niet op te vallen en niets te laten gebeuren, omdat je moeder anders in elkaar werd geslagen. Dat zijn twee verschillende dingen.

Had hij dit in zijn boek gestopt? Wel toch, of niet? Hij bladerde erdoorheen, langs de post-its van Stefan. Nee, natuurlijk niet, want het was onzin en hij herinnerde het zich nu pas, ook. Hij had er niet aan gedacht toen hij het boek schreef.

Het was alleen maar *kritiek* geweest, de hele tijd, ze was hem de hele tijd aan het *aanvallen*, hoe heeft hij het zo lang vol kunnen houden? Godverdómme wat een gezeik de hele tijd, wat een gezeik.

Hij keek weer naar het boek op zijn schoot. Waarom heb ik dat eigenlijk geschreven, dacht ik echt dat ik haar terug wilde soms? Hij pakte zijn iPhone, ging door de foto's. Foto's van twee jaar geleden.

Hier deden ze een reisje en dat was leuk. Dit was uit eten en dat was leuk. Het was leuk. Het was leuk.

Ze had –

Ze moest…

Ze wíst zoveel.

Hij had haar gevraagd waarom ze dat allemaal wist en ze zei: weet je nog hoe we elkaar ontmoet hebben? Op een gameforum toch? We zijn toch hetzelfde, Wes? We zijn *introverts*, ze zei het in het Engels, we zijn *introverts*. Ik weet dat de meeste jongens mij gewoon voorbij zouden lopen en ik vind dat goed nu, maar vroeger schaamde ik me voor alles en ik ben me af gaan vragen waarom ik dat deed en ik heb gewoon veel gelezen. Dat is wat wij doen, toch?

Hij lachte toen, en nu lachte hij ook weer. Ja, dat is wat we doen. Als we iets over iets willen weten, gaan we lezen.

Sorry als ik af en toe te veel dingen zíé, zei ze. Maar ik ben net als jij, Wes, jij ziet ook alles gebeuren. Jij hebt jezelf aangeleerd om niet op te vallen en bij het niet opvallen kijk je wel en daarom zie je alles gebeuren.

Dat klopt, zei hij.

Ik zie dingen bij jou gebeuren, zei ze. Ik doe ook van alles fout – ik denk bijvoorbeeld dat ik een fout maak door steeds van alles te benoemen en dat spijt me.

Fok dat, als ze wist dat ze het deed, dan kon ze er toch gewoon mee ophouden? Fok dat.

De chauffeur reed zijn taxi het terrein van het ziekenhuis op, volgde de pijlen SPOEDEISENDE HULP. Wes zei nog een keer dat hij zijn meter moest laten lopen en stapte uit, met pijn, zijn lijf was stijf geworden na alle klappen. Met het boek in zijn hand zwaaide hij zijn been voor zich uit, liep een sluis voor ambulances door en er schoof een schuifdeur voor hem open.

Een dokter had de pen uit zijn schouder getrokken, de wond gehecht, en de man had een grapje gemaakt: wilt u deze bewaren als aandenken?

Wes had te laat door dat het een grapje was geweest, dus hij had ja gezegd en hij had zijn hand opgehouden.

Nu zat hij met het boek en de pen op zijn schoot in de wachtkamer en de pen had een punt die roodbruin was van zijn bloed. Hij wachtte op een tetanusinjectie omdat de dokter even niet wist waar die lagen. Iemand anders zou hem daarbij helpen. Maar die moet je wel hebben, dus even geduld, had de dokter gezegd, en hij had ook wel geduld gehad, de chauffeur wachtte op hem met zijn draaiende meter, maar dat was geen probleem. Er waren overal ter wereld mannen en jongens die hadden aangekondigd zelfmoord te plegen om iets wat hij had gezegd, maar hij had wel geduld.

Zijn moeder wachtte op gebak en zijn moeder was goed in wachten geworden. Die heeft haar leven zo langzamerhand ingericht op wachten, want die heeft nergens anders meer zin in, maar weet u wat gek is dokter, mijn moeder is nog steeds de krachtigste vrouw die ik ken, wist u dat, dokter? Ik heb ondertussen toch aardig wat vriendinnen gehad, een van hen was zelfs een Victoria's Secret-model, maar ik ben nooit een krachtiger vrouw tegengekomen dan mijn eigen moeder. Ik zou het zelf als volgt willen formuleren: ik heb alles in mijn leven aan de kracht van mijn moeder te danken. Zonder mijn moeder en haar onuitputtelijke kracht zou ik niet zijn waar ik nu was. En ik ben op een bijzondere plek, kan ik u vertellen. Ik heb namelijk een miljoen boeken verkocht.

Hij keek om zich heen. Er zat een Turks gezin, een moeder met hoofddoek, een vader, een jong dochtertje dat erbij was om de pijn die haar moeder had toe te lichten; het meisje was bezig iets voor haar ouders te vertalen. Zij kenden hem vast niet, maar er zaten nog twee jongens van een jaar of twintig tegenover hem en de een ondersteunde zijn eigen pols en de ander was met hem mee, de ander zat op zijn telefoon. Misschien was hij wel het liveblog aan het bekijken.

Wes pakte de Alcatel. Hij had zijn iPhone wel voelen trillen, maar hij had er niet meer naar gekeken. Flikker maar op allemaal. De teller op de Alcatel stond nog steeds op tweeëndertig en het kon hem geen reet meer schelen op het moment. Hij wilde gewoon even het liveblog zien. Hij zocht een browser op de Alcatel en zocht op het liveblog, maar er was geen liveblog meer.

O, oké.

De jongen met de telefoon tegenover hem keek even naar hem op en Wes wist zeker dat de jongen hem herkende. Maakt niet uit, maakt niet uit, het liveblog is gestopt dus je hoeft er ook geen updates naar te sturen (*Wes D. nu gespot op Spoedeisende Hulp van het OLVG*), dus laat me maar gewoon even met rust. Ik zit hier op een tetanusinjectie te wachten en ik ga gewoon een beetje lezen, ik heb tenslotte een goed boek bij me.

Buiten werd het licht.

God ja, ik mag lezen wat ze heeft geschreven.

Hij sloeg het boek open en zag 'Stefans Bijbel' staan in viltstift, een bijna kinderlijk handschrift en daarna een hoop gekras in ballpoint. O ja, die pen had tot tien minuten geleden in zijn schouder gezeten. Jezus, je had het ook léésbaar op kunnen schrijven, stomme kut.

De anderen in de wachtkamer keken allemaal op, naar hem.

Dat had hij dus hardop gezegd. Goed zo, het gaat uitstekend met je.

Hij keek goed naar het handschrift, moest het eerst ontcijferen, las het moeizaam.

Stefan was een goede jongen en ik kan daar nu geen voorbeelden van bedenken, maar ik snap niet dat hij mij alleen gelaten heeft en ik zal het hem nooit vergeven.

Maar –

Hoe kun je dat zeggen, stomme kut?

En dit zei hij hardop, daar was hij zich geheel bewust van, dus iedereen keek weer op.

Hoe kun je dat zeggen als hij 'dit klopt' schrijft bij wat ik over míjn moeder schrijf?

Hij stond half op en zocht in zijn broekzakken en hij vond de post-it, roze – hij haalde de kreukel eruit en met stift stond erop DIT KLOPT, IS OOK ZO VOOR MIJ.

Het bewijs, *het bewijs* dat hij jou niet alleen liet zoals jij vindt dat hij deed. Dit klopt. Dit klopt.

De jongen die met zijn vriend mee was, die vriend met die pols, die jongen had zijn telefoon nog steeds vast en het zou heel goed kunnen dat hij nu aan het filmen was, want Wes D. deed weer raar dus huplakee filmen maar en die boodschap moest bij haar terechtkomen, dus Wes stond op. Hij hinkte met de post-it uitgestreken voor zich uit naar de jongen met de telefoon toe en hij riep: film je dit? Film je dit?

Nee, zei de jongen en hij deinsde terug.

Film het maar, kom op, film het, dus de jongen hield zijn telefoon omhoog en zette zijn camera aan en filmde terwijl Wes nog een paar stappen dichterbij hinkte. Hij zei: dit is het bewijs, moeder van Stefan, dat hij je niet alleen heeft gelaten, want hij had een post-it bij de zin 'ik heb alles in mijn leven aan de kracht van mijn moeder te danken', waar dus op stond 'dit klopt' en jij hebt er gewoon overheen gelezen, godjezus, waarom heb je daaroverheen gelezen? Stefan verdient meer respect van jou. Hij keek recht in de lens van de telefoon. De jongen erachter staarde over zijn telefoon heen. Wes schudde zijn hoofd. Hij keek de jongen recht aan. Stefan verdiende meer respect, zei hij. Hij verdiende dat jij duidelijk had gezien wat hij allemaal voor je heeft gedaan, hoe hard hij ervoor heeft gewerkt om te zorgen dat er niets met je gebeurde.

De jongen knikte.

Wes hinkte terug naar zijn plek.

Het Turkse meisje vertaalde wat hij zei voor haar ouders.

Hij zwaaide naar haar en zij zwaaide terug.

Hij keek naar de jongen tegenover hem. Hij was nog steeds aan het filmen. Weet je eigenlijk wie ik ben?

Ik heb geen flauw idee, zei de jongen.

Stop maar met filmen. Heb jij een account ergens?

Insta, zei de jongen.

Zet daar maar op, zei Wes.

Hij stond op en liep de wachtkamer uit.

27

Dimphy had eerst een aanleunwoning en toen kwam het emfyseem en na het emfyseem kwam de botontkalking, allemaal veel te vroeg en ze vroeg zich af of het was omdat ze graag oud wílde zijn, dat dit haar verdiende loon was.

Maar ze was weer in Slotervaart en daar wilde ze graag zijn, of ze had dat graag gewild, maar toen ze er eenmaal was, merkte ze dat ze het toch niet zo graag had gewild. Haar jongen had haar daarvoor gewaarschuwd, is dat geen vals sentiment, je hangt zo in dat verleden, maar ze had hem verzekerd dat dat echt niet zo was, ze miste echt, oprecht, haar oude buurt.

Ze kreeg een scootmobiel omdat ze een zuurstoffles moest rondzeulen wegens dat emfyseem en een scootmobiel maakte haar nog ouder natuurlijk. Maar ze kon er wel mee rondrijden. Dus ze reed door Slotervaart en ze deed haar boodschappen bij de Dirk op het Sierplein, ze kookte in haar aanleunwoning, en ze deed haar boodschappen, en ze kookte, en ze bleef steeds vaker stilstaan op het Sierplein en waarom niet, want ze zat toch in die scootmobiel, en ze stond steeds vaker stil op een bepaalde plek en op een gegeven moment wist ze waarom; dit was een herinnering, deze plek was een herinnering. Erik had haar hier een klap gegeven. Hier, op straat, terwijl hij altijd zo voorzichtig was geweest met het waar (alleen thuis) en wanneer (alleen als ze alleen waren), dus dit was een bijzóndere herinnering. Ze hadden in Café Huizinga gezeten en hij had veel meer dan anders gedronken en zij werd angstig en hij had die angstigheid gezien en dat had hem geïrriteerd dus ze wist dat ze klappen zou gaan krijgen, maar dat de eerste op straat zou vallen had ze niet verwacht.

Een bijzondere herinnering.

Ze moest denken aan het verschijnsel dat je je hele leven aan je voorbij ziet trekken als je doodgaat en dit was het, dacht ze, ze was naar Slotervaart gegaan om dood te gaan en ze kon tijdens het doodgaan haar leven nog even aan zichzelf voorbij zien trekken. De Assepoesterperiode, de vriendjes vóór Frank, Frank, Erik, George, de eenzaamheid. Als je het zo opsomde klonk het simpel, maar het was belachelijk wat er allemaal in een mensenleven kon gebeuren, tegelijk zo veel en zo nietig, hoe níétig het allemaal was, o god, ze vergat Wesley, Wesley was een constante natuurlijk en hij was niet iets wat gebeurde, hij wás er, en ze was trots op die jongen, trots dat hij er wás. Zijn leven was niet nietig, absoluut niet. Dat wist ze later helemaal zeker toen hij op tv kwam, eerst met die spelletjes en later met dat boek.

Assepoester, Frank, Erik, George, eenzaamheid.

Bij de sigarenman op het Sierplein kocht ze een schrift omdat ze van plan was om het allemaal op te schrijven. Ze ging ervoor zitten aan haar tafel, pen in haar hand.

Assepoester
Frank
Erik
George
Eenzaamheid

Ze streepte Assepoester en Eenzaamheid tegen elkaar weg, want dat was hetzelfde, daarna streepte ze Frank en George tegen elkaar weg, want dat waren allebei goede mannen geweest, en toen bleef er één woord over op de eerste bladzijde van het schriftje:

Erik

Zie je wel, zei ze. Wesley zei dat ze te veel bij Erik bleef hangen, maar alles draaide om hem, dat was toch duidelijk? Hij zat in het middelste deel van haar leven en als Frank niet dood was gegaan en zij geen kapster had hoeven worden om geld te verdienen was Erik nooit bij haar terechtgekomen. Alles leidde naar hem.

Haar vader kon geen kinderen hebben naast zijn werk en dat had ze begrepen, dat waren andere tijden. Erik had die verantwoordelijkheden niet, die voelde zich een vrije jongen en die ging van vrouw naar vrouw, van het ene gezin dat hij kapotmaakte naar het volgende.

Dat waren andere tijden. Dat zou nu allemaal niet meer normaal zijn, waarschijnlijk is het nu verbóden om je kinderen zomaar ergens neer te zetten.

Assepoester.

Daar had ze ook geen geluk mee gehad. Niemand is ooit slechter geworden van een beetje hard werken, maar ze had er geen geluk mee, nee. Door die vrouw en haar dochters was ze niet zo'n held in vrouwen vertrouwen – dát was het, daarom vond ze het veel fijner bij mannen, natuurlijk. Daarom had ze zich zo veilig gevoeld bij Erik terwijl dat helemaal niet zo veilig bleek te zijn, ha ha ha.

Alles leidde naar hem.

Ze legde het schriftje weg en schreef niets meer op. Het was haar wel duidelijk.

Toen ze een jaar in haar aanleunwoning zat, kreeg ze een ongeluk: ze reed met haar scootmobiel over het fietspad van de Calandlaan en ze werd afgesneden door een paar jochies op een scooter en ze gooide haar stuur om en dat ding was daar niet voor gemaakt: ze ging tegen de grond en omdat ze oud was, brak ze haar heup.

Ironisch, vond ze dat. Of dat was niet het woord dat ze zocht – ze bedoelde dat het een cliché was. Maar ze moest naar het ziekenhuis, er moest een nieuwe heup in, en bij de operatie kwam er een ziekenhuisbacterie mee, dus door het ziekenhuis kwam ze voorlopig niet uit het ziekenhuis en ze werd slechter en slechter en haar aanleunwoning stond maar een beetje te verpieteren.

Toen ze uiteindelijk wel uit het ziekenhuis mocht, kon ze niet meer voor zichzelf zorgen.

Ze moest revalideren op een andere plek, en Wesley kwam daar braaf op bezoek, zoals hij ook steeds naar het ziekenhuis kwam, en toen moesten ze bedenken of ze nog terug zou gaan naar haar aanleunwoning en eigenlijk kon dat niet, ze kon niet meer staan, niet meer zitten, ze kon niet meer voor zichzelf zorgen, alleen maar liggen. Dus het werd een kamertje in het verpleeghuis, drie bij drie meter.

Dat ook nog – dan kon ze het laatste deel van haar leven ook nog indelen in periodes; als Wesley dat schriftje zou vinden bij het opruimen van de aanleunwoning zou hij het mee kunnen nemen en dan zou ze op kunnen schrijven:

Aanleunwoning
Ziekenhuis
Revalidatiecentrum
Verpleeghuis

Maar gelukkig was het verpleeghuis gewoon een afdeling van het gebouw waar haar aanleunwoning zat. Dus ze kende de buurt al.

Wesley kwam minder vaak toen hij naar Londen verhuisde. Naar Lóndon, god. Sommige mensen verhuizen naar Purmerend, zei ze tegen de verpleger die haar hielp bij het wassen.

Hij belde wel regelmatig, en zij belde hem, hij had gezegd dat ze zich niet in moest houden nu hij in Londen zat, hij hield gewoon zijn Nederlandse mobieltje en dan merk jij niks van de kosten, mam. En ik kom als je me nodig hebt. Ik kom gewoon regelmatig.

Ze zei tegen hem dat ze het wel fijn zou vinden als hij er zou zijn voor het vijfentwintigjarig jubileum en hij had net gedaan alsof hij niet wist waar ze het over had, dus ze had het rustig uitgelegd en hij had gezegd dat hij zijn best zou doen. Het zou pas over een paar maanden zijn, maar ze wilde wel dat hij het wist. Je komt niet zo makkelijk over uit Londen, ook al had hij gezegd van wel.

In de tussentijd was hij twee of drie keer langs geweest, en ze hadden gezellig gekletst en ze had het jubileum genoemd en elke keer deed hij net of hij niet wist waar ze het over had.

Mam, je maakt het hele Erik-ding te groot, had hij gezegd.

Zij zei dat het geen díng was, het was waar haar leven uiteindelijk om had gedraaid en daar werd hij kwaad over, maar ze zei dat ze het letterlijk bedoelde, als je het in een rijtje zet en verder alles wegstreept tegen elkaar blijft Erik over en ik wil met jou vieren dat we toen op de bus zijn gestapt. Ik wil dát juist vieren, ik vier Erik zelf niet. Dus ik maak hém niet te groot.

Wesley had gezucht en beloofd dat hij er zou zijn en hij was er ook.

Hij was er heel vroeg in de ochtend en hij had geen gebak bij zich; hij zei dat hij gezocht had, maar er was nog niets open en dat gaf ook niet, hij was er, hij had het beloofd en hij was er. Hij zag er niet uit, alsof ie onder een auto had gelegen, maar hij zei dat er niets aan de hand was. Alles was goed, zei hij. Hij vroeg of hij haar mocht filmen voor zijn fans en ze zei dat hij haar natuurlijk mocht filmen voor zijn fans, maar alleen als mijn haar goed zit, en daar hadden ze samen om gelachen.

Hij hield zijn telefoon zo dat ze zichzelf op het scherm konden zien en ze lachte naar het scherm en hij hield zijn gezicht dicht bij het hare en hij zei: dit is mijn moeder, je kent haar, want je hebt mijn boek gelezen, en iedereen die mijn boek heeft gelezen kent haar. Ze zwaaide naar het scherm en ze zag zichzelf zwaaien.

28

De taxichauffeur stond tegen zijn auto geleund, zijn telefoon in zijn hand. Het was licht nu.

Hoe is het?

Ik... Wes keek om zich heen, zette zijn handen in zijn zij, keek naar de grond, naar het asfalt waar hij op stond. Ik ben zo kwaad. Zo kwaad.

Is dat het gevoel?

Hij keek op naar de chauffeur. Wat?

Is dat het gevoel? Ik ben al de hele nacht aan het vragen wat uw gevoel is, maar dat kan dit dus ook zijn, hè. Dat u kwaad bent.

Ach, weet ik veel. Weet ik veel. Hij keek naar de lucht, zonder de lucht te zien, zijn handen nog in zijn zij.

Ik heb dat manifest eens doorgeklikt, zei de chauffeur. Ik hoorde u erover praten over de telefoon en ik had wat tijd over.

O, heeft u ook opzienbarende bevindingen kunnen destilleren uit die idiote geheimtaal? Is íédereen dan slimmer dan ik?

Ik heb niks gedestilleerd, zei de chauffeur, maar ik heb wel gewoon gelezen. Het staat er gewoon letterlijk in: die jongen miste zijn vader.

Wat?

Dat staat er gewoon letterlijk in.

Ja, dat staat er letterlijk in, ik heb dat ding tien keer gelezen en ik heb dat gezien, het staat er letterlijk in, maar de rest dan? De rest van die gekte? Waarom ligt dat op mijn bord? Waarom heb ik een pen in mijn arm geramd gekregen omdat hij er een eind aan heeft gemaakt met al die gekte?

De chauffeur schudde zijn hoofd. Die jongen miste zijn vader. Al het andere kwam daarna.

Hij had *niets* met zijn vader. Zijn vader was er nooit, ging toen dood, en zijn moeder heeft hem zijn leven door gesleept. Zijn moeder heeft het allemaal opgeknapt.

Volgens mij staat dat er niet, dat ie niets met zijn vader had.

Ik weet zeker dat het erin staat. En ik heb net ontdekt dat zijn moeder niet eens doorhad hoe hard die jongen voor haar gewerkt heeft.

Achter hen kwam een ambulance het terrein op.

Ik heb het niet helemaal gelezen, zei de chauffeur, tegen de auto leunend, zijn telefoon nog in zijn hand, maar ik heb wel gelezen dat hij zijn vader míste. Al het andere kwam erna. Net zoals u, een slechte stiefvader, losse handjes.

Erik was mijn stiefvader niet, mijn moeder en hij waren nooit getrouwd.

Nou ja, deze gaf hem ook klappen.

Erik gaf mij nooit klappen. Hij sloeg alleen mijn moeder in elkaar. Dat is een heel belangrijk verschil.

Ja, oké, zei de chauffeur, maar waar het volgens mij om gaat is dit zinnetje. Hij klikte zijn telefoon open en las voor: als mijn vader er nog was geweest, was dit allemaal niet gebeurd.

Ja, snap ik wel, zei Wes. Hij bleef zo staan, zijn handen in zijn zij.

Maar u zegt dat hij niets had met zijn vader.

Ja, dat zegt die zin toch ook? Als mijn vader er nog was geweest, was dit allemaal niet gebeurd. Dat zegt het toch?

Ja, zei de chauffeur, dat zegt dat hij zijn vader bij 'dit allemaal' heeft gemist.

Wes bewoog niet. Misschien, zei hij.

Misschien, zei de chauffeur. Hij duwde zichzelf van zijn auto af, trok het portier van de achterbank open. Zal ik u naar uw moeder rijden?

Wes keek naar de achterbank. Hij mocht niet meer voorin. Nu voel ik me net een klein kind, zei hij.

Sorry?

Nee, maakt niet uit. Hij liep naar de auto toe en stapte in, op de achterbank.

29

Niet lang daarna werd het ademen nog zwaarder dan het al was en soms wilde ze Wesley bellen, maar dan had ze zo weinig lucht dat praten niet eens lukte, en dan belde ze hem wel maar kon ze niets zeggen en dan kwam er na een paar minuten altijd iemand van de verpleging bij haar kijken omdat hij haar dan had opgehangen en meteen de verpleging had gebeld, ga kijken bij mijn moeder, en dan wist ze dat hij nog op haar paste.

Haar jongen paste nog op haar.

Toen kwamen er een paar weken dat hij er elke dag was, hij vertelde dat hij iets in de buurt had gehuurd nu en dat ze hem weer vaker zou zien en het was heerlijk, het was héérlijk hem elke dag te zien.

Ze praatten veel over zijn vader, in die dagen. Hij vroeg naar hem, en zij vertelde. Dat was goed. Soms dacht ze nooit meer aan Erik.

Toen ze voelde dat ze dood zou gaan, zei ze dat ook.

Mam, dat moet je niet zeggen, zei hij.

Ik zeg het niet om zielig te zijn, ik zeg het zodat je het weet. Niet schrikken als het gebeurt.

Oké, zei hij. Ik zal niet schrikken als het gebeurt.

30

Het filmpje begint met een shot waar hij naast zijn moeder zit in een ziekenhuisbed, de muur op de achtergrond wit, en hij zegt: dit is mijn moeder, je kent haar, want je hebt mijn boek gelezen, en iedereen die mijn boek heeft gelezen kent haar. Mijn moeder is de sterkste persoon die ik ken, Stefan, en ik denk dat je dat herkent. Ik denk dat we veel overeenkomsten hebben, naast die sterke moeder – hij geeft zijn moeder een kus op haar wang en staat dan op, gaat in een stoel naast het bed zitten en blijft zichzelf filmen, maar hij lacht ook even naar zijn moeder die nu buiten beeld is en geeft haar een knipoog – en daar wil ik het met je over hebben, Stefan. Want ik geloof dat ik je nu begrijp.

* * *

Nawoord

Een aantal passages in dit boek gaat over zelfdoding. Het hele verhaal is fictief, en de zelfdodingen zijn dat ook. Dit boek is bedoeld als literatuur, en je leraar Nederlands heeft wellicht ooit verteld dat je literatuur niet letterlijk moet nemen. Ik wil mijn boek niet uit gaan leggen, maar stel dat persoon A zelfmoord pleegt omdat persoon B zegt dat hij er 'maar een eind aan moet maken', is er meer aan de hand. Dit boek gaat over dat 'meer'.

Als je weleens nadenkt over zelfdoding en je hebt hulp nodig, bel dan 0800-0113 of kijk op www.113.nl.